U0472647

# 潮汐图

林棹 著

上海文艺出版社
Shanghai Literature & Art Publishing House

听古勿驳古

——粤谚

# 目 录

一　海皮

# 01　尚未定型

我是虚构之物。我不讲人物，因为我根本不是人。我有过许多名字，它们一一离我而去，足以凑成我的另一条尾巴。我会说水上话、省城话和比皮钦英文好得多的英文。一点澳门土语。对福建话、葡萄牙话、荷兰话有一定认识。认得十几个字。

我是虚构之物，是尚未定型的动物。我的万能创世主——我的母亲，一九八一年生在省城建设四马路某工人新村。早在创世之初母亲就赋我以好奇、善变、怕死三种质地。那时刻大地为我准备好了，但光秃，不着一物。字符滔天翻涌，无方向，无意义。我伏着。那是洪荒时代。除去好奇、善变、怕死我一无所有。

突然母亲睁开巨眼而我一朝识性，发觉水上一半嫲、一半公：月是嫲，日是公；风是嫲，雷是公；蛤是嫲，虾是公；阿金、大孖、细孖、妹钉是嫲，阿水、三全、候仔宝、何巴浪是公。阿水和三全擒上桄¹杠，劈脚，顶腰，凸显慈姑椗。此刻是生死关头。阿水和三全谁人做大哥谁人做细佬全凭此刻。我们七个判官，鲜鲜出水擒上船板，皮肤仍然湿，要对两丸高悬的慈姑椗做最公正裁判。我们昂头望。珠江的大泥味抱紧我们小小裸体。等到阿水和三全跳落来，二人都发生势不可挡变化：阿水从此是水哥，三全从此是全仔。

对我，水上万物深感困惑，个个皱眉。还是这些人：阿金、大孖、细孖、妹钉，水哥、全仔、候仔宝、何巴浪，还是鲜鲜出水、仍是湿的，将我翻肚朝天摁向船板。翻肚朝天可不容易。因为照母亲设计，我是为蹲伏、弹跳、攀缘、划水而生。水上仔女七手八脚捉实我前踭、后脚、长尾巴，以防我似啫哩一样滑脱，五趾小爪向我胸肚乱摸乱揸——

"它肚皮是透明。"全仔说。

"它偷食落一大盘香。"候仔宝说。

---

1 ［粤方言］音近"利"，意为"帆"。水上人以水为生，对平安、顺利的渴望亦体现在日常用语之中。因"帆"发音近似"翻"，故忌讳，以"桄"取而代之。同类例子还有以"胜瓜"取代"丝瓜"（"丝"音近"输"）、吃鱼时忌讳翻转鱼身等。

阿金笑响口："伥仔宝，那是它的肠呀！"

——不知什么塞入我的小孔又猛然拔出。我通身一震，水上仔女笑得缩肩缩颈。等他们搞清楚我下巴吸盘用处，手掌、脸皮、屁股肉就连环压向我，啵啵啵的吸拔声令他们脆笑连绵、无限快活。后来他们终于厌倦，密集的指压就再度向小孔包抄——

"它无慈姑椗，"何巴浪说，"它不是男仔。"

"它无鲍鱼仔，"阿金说，"它不是女仔。"

大孖说："它只得一个窿。"

水哥大叫："有罅钻罅！有窿塞窿！"

水上仔女即刻炸开似炮仗，发散去寻物塞窿。那是我的生死关头。从压实我的、兴奋至发震的水哥身上，我初次领会人之恐怖，对那朦胧雄伟概念建起细致恒常知觉。我永远记得水上仔女狂奔返来，每只手爪都高举一种具体的恐怖，急切地，憋不住笑地，又被某种不可抗的庄严拖慢了节奏。

契家姐及时赶到，大喝一声"蹦[1]开！"，将怀里虾头一下子颠去背上。一对早早成形吊眼一圈扫射，水上仔女纷纷缴械投降。木屐、船钉、咸鱼头，笈杯、骰盅、戤船石，向船板卜卜声地落。

---

1 ［粤方言］滚，爬，连滚带爬。

契家姐说："阿水，你想死！"

水哥说："芫女！大头怪胎，非公非嫲，不阳不阴，好成问题！"

契家姐叉腰说："有乜问题？只不过公嫲阴阳，它还未拣定！现时就请它拣一拣！"

水上仔女个个噤声望实这一突降特权，眼望它，似张平展的渔网，慢慢转，慢慢落，盖向我眼顶的同一时间，水上仔女发力尖叫："拣一拣！拣一拣！"——童声大唱和——"拣啦！拣一拣！"女仔扯我：来做女仔！男仔扯我：来做男仔！唯有契家姐和她背上虾头岿然不语。我望向女仔男仔腿间，那里有幽暗的对偶、哀歌与诗。

我拣择。契家姐望着我。幼态的男女望着我。母亲望着我。

我向男仔爬去。

阿金即刻踢我一脚："奇了！你为乜不做女仔？"

水哥跳出来推阿金："做女人有乜好？跍[1]低屙尿，矮人一头！"

水上仔女向我眼顶打起来了！夕阳插向船头，密笼笼桅杆切碎天空，漫漫桅影压低江面，陆上升起炊烟，

---

1　[粤方言]蹲。

海幢寺钟声飘埋来，"省城是条巨舶，光塔和花塔是它的双桅"，这是屈大均讲的，契家姐大喝："停手！"

他们停手，但不再立成一圈，而是立开两边：一边女，一边男。契家姐怀抱虾头，插在男女罅隙中。

"由今日起，不可再叫它大头怪胎；要叫，就叫蛙仔！"

男男女女不说话。我吸实船板。

"散水！"契家姐发最后的号令，"各自返归！"


一到打风季节我就要醒醒定定了。我蜷向鱼盆底求神拜佛，祈求风飔不要害人命、毁收成。我的尾巴弯在我侧边。它每天溜走一点，我和它躺在一处的时日无多。契家姐向鱼盆铺一层薄水，我浸着，就能一夜熟睡。那是我的鱼盆时代。我的鱼盆时代日日发鱼腥、发鱼臭；手发出四指，脚发出三截。鱼盆时代之前是船底时代。船底时代的我向来是吸实船底过夜的。

若然风飔伤了人命，醒婆就从沙南过来。醒婆坐艇，众巫女棹艇。醒婆的高脚水棚立向沙南水陆交界地带，竹织批荡，竹脚插入蟹窿密布的烂泥滩。

打磬声远远地传。契家姐请她们入屋船，用白榄、嘉应子招呼。敬神香点起来。线香，盘香，大头烛。屋船里白烟滚滚，由船头焗到船尾。我升起眼膜。眼膜生在外眼皮和眼球之间，透明，布满复杂纹路，被契家姐称作"假眼皮"。

起初，契家姐对眼膜和其上花纹大大地好奇，认定它们是通往宝藏的水路图。我俩审视那些蚝灰色线条——我从里面，她从外面——竟日不动，像是死了；我俩以眼代步在线条间摸索，荡失于盘旋弯曲的经纬、无法验证的暗示——那就是契家姐的天真时代，极之短暂，极之明亮，像一道误入船荫的日光。契家姐的天真时代终结于一瞬，终结于一种选择——选择更浅显实用的意义，不再对更深远的那些抱有希望。于是灵光消逝，通道硬化作死的花纹。

巫女一支大湿笔搭落我眼间。墨味。现在你很难闻到那样的墨味了。老墨的回味令我忧愁。这个巫女画，那些巫女念打。契家姐稳坐巨臀。她身上各个圆球已经发围——女人是圆球，男人是长棍——墨汁流入鼻窿，流向我一天天变凸、变阔的嘴。巫女沿我长长背脊画符，墨咒远行，去向尾尖。契家姐绞手指。更远江面上，风飓正在移动。

我向天一面本是花斑青，向水一面本是鱼肚白，现在由头至尾变一句滚墨大咒。烂蓉蓉道袍张开怀抱，我识趣地钻入去——比起旧年，道袍大大地变小。契家姐捉了铰剪，挪前来，将道袍各个入口剪至阔绰。五老冠、八卦镜、铜钱串、五色令旗、空心葫芦在我头上身上插戴齐全。现在我又是灵蟾大仙了。醒婆睁开独眼，收起烟枪，催我们上路。屋船外大竹升上，南无佬捉大龙蛇一头一尾。大龙蛇照规矩是九丈黑布，布首绑只鸭公，布尾绑只鸡嫲。见我们出来，南无佬就捧龙缸，赶鸡鸭，执位列阵。我行头，醒婆打手磬，众巫女唱腹语歌，南无佬舞鸡鸭龙缸，舞舞跳跳，串联作我哭天喊地长尾。大龙蛇徐徐松骨，向中流沙连绵不绝船篷大地蜿转；大龙蛇又吐溪钱、喷米酒，收买我脚下水路——

音通象外韵遍无方——

龙蟠云聚虎伏风平——

中流沙船的连环浮城亦分船户、立保长，陆上人哪里知道。千船万户全凭大竹升沟通。大竹升是条浮桥，太长，隐头匿尾，据老水鸭讲是发自北边某截小沙咀。那时刻，母亲鲜鲜在钻石牌绘图纸上画出中流沙轮廓，江浪茫茫拍打无人迹的大地，芦竹连理，鸥鹭遮天蔽日。后来，人管辖陆地，船管辖江河。人和船初相逢就设下界线。船渴慕岸，和远古海兽做同样功课，亦似远古海兽一样，大多数失败，永恒禁锢在鱼的形式里。十分机智、较为行运的一群，进化作高脚水棚：进退有余的两栖类，活在水陆过渡地带，日日年年受潮汐、风飔滋扰。顶笼行运的一撮进化作楼房。楼房决绝地逃离水岸，逃向陆地深处。

母亲离开转椅，做健颈操、扩胸操、扭腰操。回来再看，几条尖嘴船已经咬开芦竹根，令小沙咀的泥浆皮肤暴露。那些尖嘴船向小沙咀附近徘徊好一阵了，终于敢下嘴，只因小沙咀实在过分凸出——它的尖端出离陆地那样远，挺入江面那样深，使它仿佛理应归水族所有。船引船。船生船。船交配繁殖、啄来咬去。小沙咀变形、延长——那就是浮桥出芽。一条北方来的生埠船凭一己之力促成浮桥的出芽。那船前半生仓仓惶惶、频频扑扑，等到浮桥出芽，突然老定，打算不再流离浪荡。

浮桥用竹升接驳，是小沙咀向南伸长的胭。船都爱这南伸的胭。船群嗫紧胭歇息，在劳动归来之后，在太阳下坠时候。从此，中流沙的船都感染造桥病。有船不惜为造桥倾家荡产。也有船实惠些，合份造桥。只有至为漂泊不定水流柴，无根之船，世界的过客，对造桥免疫。中流沙水面似发藻般，发出连绵船的浮城，船桅连緪遮天蔽日，竹升浮桥蜿蜒千里分岔无穷，恢恢然网罗水域。那条至古老至壮、叫做大竹升的，将中流沙东西二重水天联络，一通到底。

中流沙西，花艇靡集，大楼船楼台高企，紫洞艇扎堆香，向江面铺开烂花丛、浓花荫。午前静。你等。等到日落西天，横箫、冇弦、月琴、大板胡全部爬桅登高，歌仔就由月下升起，又有莫名惆怅浪潮声，衬得天尤其高、水尤其深，火烛灯笼亦起，晃出叠影重重幽魅浮城。素馨花田听过吗？大竹升南讲古佬首本名书，一堂《海霸王张保生擒红毛鬼》，另一堂就是《素馨花田》。话说西关永宁桥南面，素馨花生向南汉宫女坟场之上，茂茂摇摇，幽白，特殊地香，月夜花田时有笑声、歌声、饮泣声。这段古从来提供一个阴白画面，穿透心肺脾肾髓上脊骨发凉。这画面亦会自动飞向月下，同桅台嵯峨的大楼船、紫洞艇重叠，令灯火夜曲都凄惶。越向东行，花色越凋，生活色水越现。生活色水就是塘鲺色、泥色、屎色，就是晨早一抹薄炊烟、日落一团浓炊烟，湿衫湿网半空纵横，脚底滑挣挣船板缆绳烂木桶，背脊绑空心葫芦的水上仔女乱爬，女人婆边洗船板边打招呼。

我们慢爬慢行，哭哭打打，顺大竹升向东推进。龙蟠云聚虎伏风平，稽首皈依无极大道。沿途船篷船板堆满仔女，一堆堆，似鱼获大丰收，太多仔女，光挣挣，发腥发臭。巫女一哄而起，拍舱门，掀舱帘，灵蟾出水羽众来朝，破财消灾诚心福至，撞聋扮哑大祸临头！船舱里头，一只一只铜板飞出来，我身上墨咒沿途滴写另一句墨咒，船桅船板上女仔男仔拍手大叫："大仙！""大头胎！"铜板雨落咚咚当当，风又作大，风作越大，铜板雨落越大，那大雨中唯独无细妹婆的铜板。细妹婆是挖心挖肺憎我。细妹婆钉在船头，手捻一扎线香。燃烧的香火头终将扎向我的皮肉，一丝焦肉香，火星四溅，疼得精深。契家姐定会讲："无所谓。香灰辟邪。"细妹婆还要吐口水痰、吐恶语咒语、掟屎团——浮城深处水面，多的是漂漂摇摇屎团。

蛇年的风飓咬走细妹婆独女，还有许多别人。水上人讲：龙君抢人。抢去云水中间做妾，做苦工。抢的时候，将船从人的身上撕离、撇落。船被疾风大水荡成粉末，循着尾浪归来，给生人看：船似老狗，认得归路。细妹婆对我的恨意，是微小一个人对真的神明的恨意，是苦海味，是极大。她是这条打醮路上一颗必然的肉钉，本来是肉，但恨意蚀得肉也黑硬、生锈。我沉默地爬过锈钉，心知她原来是肉。巫女不识死，仍然凑前去要钱，被苦毒口水痰照直射脸。众巫女上去，扯细妹婆头发，挖她喉咙，又踢又打。

大竹升某段间搭了个竹笪棚，烂瘫荣长期烂在棚底乞食。你若觉可厌，踢他一脚即可脱身。烂瘫荣是中流沙出名的有用人，亦是贴地安装的、世界的锁头。你一脚踢落去就锁起了什么。但它总会鬼鬼鼠鼠自行打开，你唯有一直踢、一直踢。

烂瘫荣从来不阻灵蟾大仙的旗。烂瘫荣流露笑意唱:"唔好咁易死,死要死得心甜。"[1]烂瘫荣发一身麻风,是烂去一半水蜜桃。当其时,中流沙尚未有人认得水蜜桃,但向东四里西关、向东南七里河南岛青砖围起风廊水庭之中,完美无瑕黄泥墙水蜜桃在珐琅彩大盘内码起,经团扇一挃,馨香四溢。团扇是状元坊手工,钉金绣红棉鹦哥。挃扇手腕上松松地挂只玉镯。若然烂瘫荣命不该绝,就会在某日午后碰上乱转的福音船。那时刻的烂瘫荣已是水蜜桃酱,唯有半截脚是好的,插向酱里似支汤勺。福音船吐出两个人,一个番鬼传教士,一个番禺通事[2](同时还是助手、学徒、船工、厨师、花王、打杂)。两个人将烂瘫荣铲进担架、抬入船去。那担架是从巴黎流出的旧货,曾有十二个法兰西人、五个德意志人、五个丹麦人和三个匈牙利人于架上殒命。福音船行远了。据说看诊是免费的。但人间没有什么是免费的。

过了烂瘫荣就是鸬鹚胜和他的七个大鱼盆。是日品种:青衣、泥鳅、沙白。鸬鹚胜裤脚卷过膝头,半跽,正急着收档。胜嫂坐一边刮鱼,鳞光闪闪手指伸向乳间,夹一只铜板出来。水上铜板,只只都腥。大鱼盆是

---

1　粤民歌《唔好死》唱词。
2　旧时称翻译人员为"通事"。也有称作"象胥"、"舌人"的。

鱼档亦是饭缸：卖剩鱼，蒸一条就蒸一条，无所谓的。水上人家，好日食鱼，衰日食风。鸬鹚胜最旺时候养八只大鸬鹚，而今剩五只，锁在一腔老竹上，终身为奴；逢到冬季，眼甘甘望着野生同胞向天空拖出绵延数里的黑云。鸬鹚胜出船拿鱼时候，整腔竹连竹上鸬鹚担起就走，到水流缓清处停船，发律令，鸬鹚就群起杀入水去。鸬鹚办事，似心狠手辣少年扒手，又快又恶，因鸬鹚和少年一样，又怕又饿。

风色轻快。鸬鹚胜举起祖传套竿，一切鸬鹚震三震。套环淤积着世代鸬鹚头颈血、死灵魂。鸬鹚胜胜利秘诀在于区区一条禾草绳：扎实鸬鹚喉颈，封死鸬鹚食路，确保这班羽衣劳工食不能咽、揾食无门。鸬鹚胜似猎人王，似大将军，衣不沾水，只需观望，凡有鸬鹚咬鱼即刻出手，一手圈套鸬鹚头颈，一手捉桨向鸬鹚头壳起势乱撵，桨起桨落，鳍翼翻腾，水花四起，好一个生机勃勃大场面！鸬鹚胜越撵越勇，焕发童颜，万寿无疆；鸬鹚泄气，束手就范，瘫作粮袋。鸬鹚胜最后发力，一手扯死鸬鹚头皮，一手向鸬鹚喉咙深挖，渔获噗噗噗滑入船底，越堆越高，多少快活轻松！空粮袋一时失落，转念又发奋。空粮袋发奋，杀入水去，再次鼓起，圈套从天而降，袋口敞开，粮袋失落，粮袋发奋，来来回回，循环无间，渔获沉沉。空空湿粮袋回归老竹上，变回老竹的囚徒。鸬鹚胜拣出最夭鱼毛仔喂鸬鹚，鸬鹚心满意足。鸬鹚晒翼。鸬鹚饿。

鸬鹚胜亦需晒翼。鸬鹚胜跐在鱼盆间食水烟时候，就是他的晒翼时光。他脚上黐满闪烁的鳞哩，他老婆胜嫂在尾舱喂细仔食奶哩，他更多的仔女爬满船板、挂满桯杠、在江水里喧哗鬼叫和百千户水上人的屎团齐齐漂漂沉沉，每个背上都绑只空心大葫芦，他喉头有扎实的绳、头顶有寒光闪闪圈套，渔税船税鸬鹚税，鱼油税，鱼胶税，税税高升，布袋伸向他，他丢入铜板，又念，又拜，母亲在桅林上空倾倒墨汁，用量是我身上墨汁的数亿倍，船的连绵浮城里人人拜我，香火乱窜，铜板籔籔锵锵落布袋，那布袋越坠越沉越发越胀，似阳气大旺后生仔春袋，水上男女十跪九拜，接续倒下，有精工之美，吴师傅伏在档口收拾纸人纸鞋，壮丽的纸瘟船早就准备妥当，等众人去送，讲古佬不开档，蕉布大帘落着，舱门口不朽摆个琵琶桶，此刻桶内油纸伞失踪——中流沙人尽皆知桶内应有一把油纸伞，开档时撑圆，收档时合拢，亦皆知伞面写有大字廿四只——

*水上讲古寮，中流沙独此一家*

*天涯回头客，南洋海奈何半生*

天长日久，廿四只大字似沙虫，似船蛆，钻入三千零九水上男女眼底，又至心间，排开作廿四座神像。再行一段，遇小豁口，江面大开，鸭船平举两翼驶过，两翼大笼内无鸭，尾板上亦无，鸭王撑篙，一身湿透，契家姐大声问："鸭王！你的鸭哩？"鸭王猛力撑篙，喊："赶入避风塘啦！"江风劲吹。茶船、米船、拖船、果栏船向远水处乱剪，江面万物向西逃窜，渔网飞天似母夜叉。醒婆踢我尾尖，我复又爬行，转头钻入轰鸣不已浮城迷宫。大竹升东头缆索档、油灰档、缝桯档全部收档。安南婆打坐船头唱《弔秋喜》[1]，江坪佬笑笑口摸我脚骨，两公婆船上长期摆二陇花木：香橼、佛手、九里香。此一对疯癫夫妻和他们柑桔香的疯船，就是寡母巷巷头信标。风啸叫了。你看一条细径由大竹升岔出，向南深入，越行越窄，那就是寡母巷，中流沙所有男子剋星流放地，亦是契家姐认定的她和我的归宿。照契家姐讲法，寡母巷不朽是阴是邪，"多你一个不多，少你一个不少"。我说："我是男人哩！"契家姐笑眯眯："你不是男人，亦不是女人，你根本不是人！"《弔秋喜》和南無咒狭路相逢，不但毫无退意，反为越战越勇。你名叫做秋喜，只望等到秋来还有喜意，做乜才过冬至后，就被雪霜欺。巫女哭：稽首皈依，无

---

1　粤地歌谣，相传为招子庸（1793—1846）所作。招子庸，广东南海横沙人，代表作《粤讴》。下文中引自《弔秋喜》的唱词，以楷体标出，特此说明。

极大道！风乱拨桅杆，船碾船，浪碾浪，中流沙轰声大作。泉路茫茫，你双脚又咁细。黄泉无客店，问你向乜谁栖。青山白骨，唔知凭谁祭。衰杨残月，空听个只杜鹃啼。醒婆打手磬，雨弧向江面狂扫，大浪潮的白色利爪挠岸，飞虫、飞鸟、水上人发盲发震啊！在酥脆的容器里。

风吹碎桅杆，似吹散一撮鸭绒。


## 02　海皮自然史

十三行街一刀斩落去。然后是西濠：斩。然后是联兴街：斩。三刀斩完，海皮就由省城脱离、成块跌入珠江。省城是一只祭祖日子锦地开光大盘，斩落的海皮刮去彩料，净剩素胎，晾向江边吹风。

然后旗人骑土马来，给海皮抹一种全然独特涂层。广州人隔着十三行街、西濠和珠江眈望。广州人越望兴越起，索性过街过水上海皮转转。旗人在街口、桥头建哨所，又向江边摆设税馆。他们给草包套制服，插向海皮吓人。

海皮住客有：红毛鬼、白头鬼，花旗鬼、荷兰鬼，瑞国鬼、马拉鬼，佛郎机鬼、法兰西鬼，个个在海皮开公司，被立夏南风吹来，被立冬北风打去；有差人、打手、乞儿王，烂瘫、卤莽、半日清醒醉酒鬼；有掌柜、银师、事头婆，经纪、火头、小千金；有工匠、赁书、补镬仔，闸夫、管仓、马车人；有大榕树，大榕树是风水树；有影树、苹婆、铁力木，木棉、酸枝、白饭子；有瑞香、含笑、夜合花，鸡冠、鹰爪、雁来红；有十五窝高髻冠[1]、一班流氓霸王长尾升[2]，有鹩哥、喜鹊、山椒鸟，有花斑鸠唱旧日与黄昏的歌；有蝉，有凤蝶、粉蝶、蛱蝶；有风、江的飞沫、夜雨和过云雨；有回南的潮气，有霞气，一七六七年有冰与霜；有糖霜，经年累月敷于白银之上。

有十三商行夷馆，收留寰球番鬼和番鬼公司。有海皮四街：联兴、同文、靖远、猪巷。猪巷正名新豆栏，人家叫来叫去叫成猪巷应该有个道理。有饼铺、米铺、药材铺，当铺、布铺、银钱铺；写书铺有，打铁铺有，整表铺有；绸缎铺有，茶叶铺有，料器铺有；有画肆、酒肆、食肆、烟肆；有医馆、印字馆及万国动物市场。有红毛鬼所开杂货铺，卖风灯、鱼缸灯、盔头灯，卖三鞭杯、五味架、千里镜。有外洋来的老鼠芳、老虎须、

---

1 ［粤方言］红耳鹎，粤地俗称高髻冠、飞机头。
2 ［粤方言］红嘴蓝鹊，粤地俗称长尾升。

番利市钱，种在夷行花园。又有钟楼酒房大餐房、花砖拱楣活页窗点缀商行内外。有花旗鬼沿江岸踩独轮车。有装载褪骨鸡、蟹肉汤的大餐盘向廊上飞驰。有唱诗班、白兰地、八枝吊灯。有让人大开眼界寰宇的一切，唯独是无番鬼婆。

有一条什锦织金大蛇，蛇鳞是省城话、官话、福建话、英文、佛郎机话等等，佛郎机话褪色、较为老旧。大蛇向海皮盘游，龙精虎猛，钻窿钻罅。


# 03　掘尾


"夏时行南风、打台风。行立夏南风的珠江湿湿静静。冬时翻北风。立冬北风好似回魂风。买办、通事、事仔拥着番鬼波士由澳门返归。好快番鬼大商船又入黄埔，珠江艇家又再冲锋。之后是番鬼水手放生日。番鬼水手一艇一艇登陆海皮，好似鬼门关又开；驳艇向江面乱钻，喧哗鬼叫好似发癫；珠江艇家，又要笑，又要惊。海皮不够大！靖远街同文街新豆栏不够长！番鬼水手由街头巷尾喷出去，由海皮边缘跌落去！

"海皮鬼声隆隆，好似大镬煮鬼仔。向新豆栏又饮又嫖，向靖远街、同文街大买特买。乜都买！抢！瓷器、假珊瑚、漆盘、蒟纸花、烧料[1]鉹、女人帽、双蒸、黄莺、敬神香……番鬼水手祖屋贴满墙壁纸,又挂米纸画、木板画、玻璃画,通通是珠江、南湾蓝色风景,有乜用!主人婆早就走了去,阿爹阿娘病死,空空大台面摆青花瓷,蓝色大船向釉面失魂飘,浪花打空翻,一屋无根风——做番鬼水手惨过做野鬼!买完,钻返入新豆栏,大饮大食,揽几个咸水阿姐,通宵搞作,日出之前,一扑一磹搭驳艇返黄埔,返仓房,返船楼船板。海皮街面静英英,留下条条垃圾路,成群乞儿一路执。在黄埔饮醉,打跤,闹事,等下个放生日,等出粮,等归期。前世要造几多孽,今世才会折堕到又做番鬼又做水手呀!"契家姐掀开桶盖,捉一条塘鲺,"流离浪荡,无人收尸!"砸向船板,砸完又砸,直至砸晕。两指对正鳃缝噗一声插入,提起,钻进舱来。

契家姐,罗圈腿,蟒蛇腰,巨臀轰然,三两下工夫就挪到饭台边。契家姐同大花船扎脚船仔正相反——人家船大、脚小,她是船小、脚大。契家姐的大脚,睡觉时向外一伸,船尾棚罩不住,悬向江面大过水师船船楼。

我饿极,大脷鞭向塘鲺。有一次,伥仔宝突然发

---

1　时人称玻璃为"料"或"烧料"。

瘟，对大脷发生兴趣。他长久望实我，有多长久呢？我顺水游猎，陆续吞落水老鼠、文雀、鲩鱼、水蛇，爬爬企企，穿田过涌……就有那么长久。侲仔宝一双无神大眼钩实我，做只吊靴鬼，学我用四爪爬行，向船底、泥底钻出钻入。他搏命伸长脷，舔卵石，舔芦竹茎，舔走蜗牛、龙虱在口中咬碎。他舔泥，泥也舔他，将他舔成一条泥虫，将他裤头也舔去。水光在他无毛的皮上荡漾。

侲仔宝虽是侲[1]，却也活下来、长大了！

侲仔宝发恶大叫："大脷哩？"擒过来挖我的嘴。那时我手脚生齐，又有力量，随随便便就撞他落水。侲仔宝浮头，呕吐一下巴口水涎，恶狠狠望实我，突然拧头游了去。

塘鲺如梦初醒，但大脷已经发育成势，一切猎物插翼难飞。塘鲺的发愤令我玩心大起、暂忘饥饿，我故意放长脷、放软脷，观赏它扭拧弹跳、挣扎求生，它是真的自信有活命的希望哩！

契家姐发火，嘭一声拍台面："无规矩！吞落去！"

船身微微摇，船头磨船尾，左舷磨右舷；一层水波声，一层木头吱吱叫声，贴向船底连绵地痒。那是我

---

1 ［粤方言］"侲"有痴傻、神神叨叨之意。

熟极的痒，落向皮上可以蒸出潮气。塘鲺在我喉囊里乱拱。契家姐摇葵扇，懒得理我。契家姐的摇扇是向大花船扎脚姐仔学的。契家姐个心向往大花船，常说"大花船有好世界"。神位干干净净，神台上龙母、天后、洪圣爷三个木头人仔潜向影中，香炉插三炷新香，蜜柑仔、白兰花摆两盘。白兰花是卖花阿齐送的。阿齐是契家姐的契相知[1]。中秋之后送龙船花。柱上挂着新做的绣带。中舱落着花帘。

契家姐说："望乜？现时无人客。"隔篱有人啪一声倒水。契家姐静寡寡摇一阵扇，说："今日过午时候，阿金尸体漂返来了。"

说："细孖在船头刮鳞。见大孖打赤脚啪啪声走过，就丢开刀、鱼，追上去扯住大孖衫角：'家姐，行咁急，赶去投胎啊？'

"大孖答：'嘻！你就估中一半，确是有人需投胎，不过不是我，是蚝王船上死尸！'细孖问：'吓！什么死尸？'大孖一字再不肯多讲，推开细孖，啪啪声急走，一面走，一面拍打衫角鱼鳞。"

摇一阵扇。说："细孖猛转头，钻入屋船，狂拍何

---

1 粤地旧时风俗，立志不嫁的女子相约守志，互为契相知。

巴浪心口。何巴浪瞓¹得死，无论如何拍不醒。细孖最后搵他一捶，扭身去抢细英手上木头人仔。细英讲：'阿娘，为乜抢我床头婆婆啊？'

"细孖一面帮细英绑葫芦一面讲：'一碌木，有乜玩头？阿娘带你去开眼界。大英哩？'细英答：'家姐去游水了。'两母女嘬里咱啦走出去，一眨眼已经到得蚝王船边，哎呀，满天满地赤脚板，赤脚板过大节呀！细英吉吉声大笑。脚山脚海，细英望得糊里糊涂，唯有笑，笑着笑着，听到前边有人讲：'阴功，真是阿金啊。'此一句，吹埋来似大阴风，吹得满天人头脚板嗡嗡作动。"

一截香灰跌落。

说："真是阿金。后脑穿个大窟窿，丢向蚝王船头，连张苴都无。蚝王被众人围向一角，将事情由头至尾讲了八千遍，而今中流沙人人唱响口——

蚝王撬蚝，撬出阿金，

蚝壳卜卜脆，阿金头壳穿。"

契家姐抹泪。说："阿金头斋，如何打？家当已被个阿水败尽。不到山穷水尽时候，谁人要赚咸水钱！而今死得不明不白，真是惨。"歪肩耷头，长久发呆。

---

1 ［粤方言］睡。

慢慢地说:"亦是解脱。你知她周身病。"眼泪大滴大滴落。

摇一阵扇,讲定:"打是梗要打。大有大打,细有细打。梁水若不打个好好睇睇,我必定拧断他个死人头。"

最初时候,世界并不截然分作日与夜。世界似张对折字纸,一半亮些,一半冥些。

我既能夜视,又要有日夜之观念,如何做到?契家姐说:望灯。太阳下行,月亮上行,世间男女纷纷举灯。行路人提灯。行船人挂盏风灯上船头。望入船舱:灯盏爬上矮脚台。有灯时候,人声下行,自然之声上行:鱼虫,风云,水浪。无灯的晚归人撞在一处。夜合花开了,似白线的香味蛇行。

我问:这是什么?

契家姐说:灯。灯火。烛光。灯盏。长明灯。

我问:灯有何用?

契家姐说:点亮黑。

我问:什么是黑?

契家姐吹熄灯:这就是黑。

我问:黑在哪里?

契家姐气急,扑过来将我两眼死死摁住。我大叫:啊!黑!

挂大桅那年，契家姐十三岁。打风飓。潮汐送返死尸。每天一双，连续七日。头三日，醒婆盘腿坐在祠堂船大桅下打罄念咒。第四日，醒婆烧去七七四十九炷香。第五日，醒婆劏公鸡，用鸡血泼淋大桅。第六日，醒婆发羊吊、呕白泡。第七日，醒婆沉默不语，契家姐跪地求情，但挡不住保长带五条壮汉将我扎作肉粽，升鲤似的，升上大桅顶。第八日，无死尸，天朗气清。水上男女焚香烧纸、大叫天蟾显灵；贡品堆积如山，淹没祠堂船船板，淹去半截大桅。

第九日起，契家姐挽一桶江水爬桅攀高，细细润湿我，日出前一次，日落后一次，以防我脱水而死。到第十二日凌晨，风不再是风，是火，是刀，是炽热的一千发针，我的两层眼皮粘在一处、无法阖上，只能眼睁睁盯着岩石般珠江和连绵船篷，寻找任何可能的死神。谁将做我的死神？可以是月亮（它阴凉的银光足以蒸干我仅有的水分），也可以是太阳（即将跃出地平线的速效毒药）或南极老人星[1]（蛊惑我游向星空坟场），我昏死过去，再睁眼时世界是泥水，是鱼盆，我以为已至极乐净土，"你醒喇！"波光袅袅的契家姐甜声蜜语、满脸

---

1　南极老人星即船底座 α，是仅次于天狼星的全天第二亮星。《广东新语》："秋分之曙，南极老人见其位。星书云，老人星常于秋分见丙丁之位。……近于南极，故曰南极老人。"

笑意，"龙母有灵，定叫那班短命种疍家死绝！"

两年之后，那班短命种非但没有死绝，而且又要挂我。屋船外横风横雨。契家姐翻出一张大顺刀，横刀把守舱门。保长摊手："芫女，你令我十分难做。"水上女儿披头散发，吊梢眼血红，猛力扯我至脚边："你会怨我吗？"我僵死无反应，契家姐逼问："讲啊！"我胡乱一摆，契家姐说："好蛙仔！"抬脚踩实我背脊，手起刀落，一截断尾即时飞射出去，保长当场烂瘫，醒婆吱哇鬼叫，中流沙三千零九水上男女目瞪口呆。断尾射入人群，向三千零九水上男女之间劈出裂口，若非被烂瘫荣烂身烂肉拦截，必定直插江心。契家姐又腰举刀，遥指断尾，大喝："而今你班疍家铲得了灵蟾尾，要发功就去发功，要发达就去发达，有咁远躝咁远！"

水上男女顺刀尖望去，只见烂瘫荣包容断尾，正要流过人墙逃去哩！醒婆一个箭步扑向烂肉，捞出断尾揽入怀，断尾在她臭烘烘软绵绵怀里跳哩！似发恼小人孩那样跳！契家姐凶目圆睁："这截灵蟾尾，丢失，整残，与我无尤，谁人再来得寸进尺搅风搅雨，我就请他吃灵蟾屎！"大顺刀嗙一声劈入门肉里去。

自此以后，一到五月五，祠堂船大桅顶准时升起断尾。后来，水上男女不仅求风调雨顺，还顺道求一求年年有余、连生贵子、富贵荣华、寿比南山。再后来，断尾终年不落，作成祠堂船大桅顶一件开光法器，在它下底，神烛香火连绵不断。有一天断尾突然失踪。传闻是烂瘫荣漏夜爬桅，偷去断尾当仙丹服用——烂瘫荣拒不承认，也无任何病愈迹象。他仍在等待命中注定福音船。断尾失踪在一八三二年。那时我已远在澳门了。

醒婆领头唱：

天地人牌分拆散呀，梅花全白落黄泉呀。[1]

众巫女喊三喊：唉啊啊——唉啊啊——唉——！

醒婆唱：

鹅五大梅归地府呀，至尊开口叹凄凉呀。

巫女喊：唉！唉！唉！

一条四柱大厅船，四方黑布围起，船头船尾各挑一双白纸灯笼，孤丁丁停向水中。哭声四起。黑水莽莽无边。水是苦的，是无涯的。黑黑白白人众，撑了舢舨仔，漂浮一圈送灵。

水哥不愿多花费，钱要储起，再讨老婆哩。计划置张新笪，一卷、一抛、算数。契家姐恼得捶地大哭。哭完一抹脸，收拾钱银首饰、胭脂水粉，扭拧巨臀杀入水哥屋船，将他上至祖公下至江坪表侄一门三十二丸慈姑

---

1 珠江水上人家民歌，其后醒婆唱词皆为此类。《疍民的研究》有相关研究、收集。

榡咒个蓉蓉烂烂。

水哥扑地叩头："龙母娘娘，观音大使，妈娘大神，我求你拜你，求你收声喇！"契家姐凸眼："你无论如何必须同阿金打一膛寿板！"水哥说："龙母娘娘，观音大使，妈娘大神，阿金是我船上大桅，而今大桅无情，撒手就走，你莫讲寿板，我连饭都难开！"契家姐怒目道："废柴！我愿出寿板钱，你莫要再多废话！"

水哥丧口丧面："阿金生是我梁家人，死是我梁家鬼，你出寿板钱，传出去，人家要笑——"

契家姐扬起小包袱，照水哥头脸发狠地打，水哥哎呀一声，复又扑低。水上男女哄堂大笑。契家姐上前一指："废柴梁水，阿金嫁你是她前世孽报，同你做人世，惨过做水鸡！"水上男女哗然。水哥面口有如生嚼青梅。契家姐又从头咒起，此轮只咒到阿爷，水哥已口吐白泡就地打滚："芜阿奶，芜阿大，而今她罗润金是你亲生乖女，我梁水是你亲生乖孙，一百样顺你脾气遂你心意，唯求你收声。"契家姐不屑再讲，拾起包袱，蹄过水哥，向船内停尸位置挪移去。

醒婆唱：我妻妹啊，你唔念子情，情太淡！你唔好留命在阳台啊！阿金着全新大襟衫、大裆裤，尸首发胀，臭味沉似大石，过舱风也散不动。契家姐见阿金头上额前空空寡寡，火又上来，将水哥连皮带骨咒个血肉糊涂。她水上女儿的手，散开阿金水上女儿长发，仔细梳了孖云髻，又自包袱中取出绣花头带、细骨簪、翡翠耳环、包银手脚铞，外加胭脂水粉，逐一敷装。

旁人触目惊心，探头问："会不会艳得滞？"契家姐竖起眉来："阎王殿前，必要艳压群鬼！"梳化得，头面似白粉团，两颊猩红，唇开浓血花，是阴司路上旅客模样了，我乍醒朦胧世不估啊，个阵你阴路好行阳路别啊！个阵你阴司条路且长行，你阴路好行啊！屋船内空寥寥，什么花衣绣鞋、大屋奴婢、楼船高马，一样都无。契家姐打完薄板寿材，再去吴师傅处落定紫洞艇一条、好仔好女一双、青砖大屋一堂。吴师傅所扎紫洞艇，花色匀匀，雍容富贵，比任何真正花船更抢眼。吴师傅扎纸时候，脚边备支笔，扎完同时，即刻要点阿金名字上去。

醒婆唱：做乜你一便心肠你别儿啊！做乜你两目闭埋唔挂女啊！契家姐坐在舢舨里不耐烦："谁人不知阿金无儿无女，还唱什么别儿挂女！"旁边生果琼冷冷说："无父无母，无儿无女，哪个醒婆晓得送？"契家姐一时哑火，局出一眼壳泪。夜幕垂垂。舢舨慢慢聚起，聚成一条打盘长蛇、古老大龙蛇，那大龙蛇逢到婚丧年节必要出水的，大龙蛇头做神功、喊喜喊丧，大龙蛇尾做媒、喂奶、讲闲话。是潮涨时候。一抹大火光向黑水心升起，映落水面由一生二。溪钱曳着火尾漫天飞，坠落水面好似阴间起火。一条烧火船，装载堆作小山的纸人、纸衫裤、纸船马，无情地向那水火之心去。众人注目。火在茫茫黑眼珠里烧。


## 04  解剖大象

风从虎门一口气跑过来。

风斜插过狮子洋，滚了一身湿，闻着像大塘鲡。风要过江。江面光撑撑、静英英，船都在轻晃着打瞌睡。风踢出叠叠波纹，波纹荡碎日光。现在一把一把碎日光吸住上过桐油的船篷，风贴着连绵篷顶跑过去，久久地跑，因为船篷连成的大地太宽广。如果近黄昏，日光换了色水，你会以为夏天的江面生出秋天的稻田。密密的船篷大地偶有裂缝，裂缝是天色、霞色、江水色。风行差踏错，窄窄色带即时起皱、荡三荡。

风跑。夏季正午的日头晒热了风，晒臭了风的汗。风闻着像江底泥。风蹬开江，侧侧膊跨上海皮。海皮广场尽头，十几幢怪屋并肩企定，要吓住风。好宽、好宽一大排怪屋！它们的怪模怪样是混血的、精心编排的，它们板起蚝灰色的脸，用怪模怪样传递一种弦外之音，好像在说，它们只是一层镜像，一群代理，只为把远在天边外的什么东西反射到广场上。

风要给自己壮胆，首先猛摇怪屋前旗杆。有多少旗杆，风就伸出多少手爪，把旗杆摇得嗡嗡发颤。风又咬旗，咬紧了甩，甩出猎猎声响。风啐掉旗，再次向怪屋扑去。风不得不开裂，因为每一幢怪屋身上都开满窄长的窗。总共有一百六十扇窗，统统朝南、面江、迎风。于是屋壁变梳篦，把风梳成一百六十根银丝。

现在它们是一伙微风了。微风在怪屋肚肠里久久地跑。怪屋太深、太长啦！微风跑啊。在深长的、南北贯通的柱廊里跑。跑过打旋的楼梯。跑过天井。微风喘气了。微风钻进阴凉的蓝色走廊，日光刚在廊口切出三角就睡过去。微风跑，跑过鎏金叶雕画框，里头关着马年的乔治四世，微风拍着他粉嘟嘟的娃娃脸滑过去了。一些微风钻进壁炉。壁炉冷静，从未用过。一些微风过早地扎进长绒地毯深根处，再起不来。一些微风闯入怪屋胃袋，那里安置着中庭花园，微风啊地叫了一声，因为这些室内花园与河南岛一切花园都不同。微风东摸西闻、到处乱转，自鸣钟、洋枝灯、柚木大台、番妇胸像、呲着黑白牙的大琴和后院那头静静反刍的黑白牛都让微风惊奇。微风钻出怪屋魄门跑掉了。它们穿过平放似戒尺的十三行街，穿过有兵勇把守的太平门，向有两座高塔矗立的坡地跑去。

正午时候，一条普普通通平底船随便装载几件货，从海皮渡头驶出，去往花地方向。六豊行一个老买办，叫做细春的，着灰布长衫，戴平顶竹笠，立在船尾摇橹。

世界被烈日轧扁，成一张薄画片丢在那里。画片反光，滚烫，视线难以逗留。这个季节这个钟点，税馆差人，哨所差人，不朽是匿向凉阴里打瞌睡的。江面一滴风也无。一条茶船向远水处慢慢过，船身大大吃水，成一丝线。

平底船拐入花地河，沿一支小河涌滑进西边芦竹林。你听细春的橹一路搅起水声。芦竹支支高似大桅，叶又似斜斜帆。芦竹骨叶刮擦船篷。船篷是竹皮编的。鹭鸶惊飞！水鸭惊飞！金龟、蛤蟆、秧鸡，飞飞跳跳，鸡飞狗跳。芦竹林里有民熙物阜千年鸟兽帝国哩。

到一个深处，天地间唯有芦竹了，细春停船，笃笃敲船篷："孖士打，到地方喇，好出来喇。"

细春很谨慎的。所以即使在只有芦竹的天地深处，他的敲船篷和打报告，都是轻微微的。

船篷里怪笑阵阵。然后窸窸窣窣。两条人形爬出来，有一个后半身还在麻袋里。

是两个番鬼。打头一个着蓝布长衫。后一个连踢带蹬逃出麻袋：也是蓝布长衫。打头番鬼甲说："细春，好到极！"——奇了，那番鬼讲省城话。两个番鬼快手打落满头草屑，先是自己打，然后互相打。他们笑来笑去的。头发打干净了，就戴上平顶竹笠。两个老番一下子变成两个老广。只是没有长辫，而且极之高。肩宽背平。

两个假老广争相挤去船尾，俯身，捞一张网。网眼湿漉漉亮闪闪，勾挂水草、烂泥和一些莫名其妙的东西：头发，屎团，细小的死尸。假老广把网上一切东西刮入一种玻璃容器。办完这件事，他们捉起竹篙捅岸基，互相使着番话。他们左捅右捅、远捅近捅，有什么值得他们那样笑的？细春踎在船头，已经抽起烟斗。后来，番鬼甲说："我们走了。注意时间。三点半。有事大叫。"番鬼乙从后面推他。他一个大步跳进密密麻麻芦竹世界去，立刻不见。番鬼乙跟着。二鬼造出一条噼噼啪啪的去路。芦竹摇啊、摇啊。

甲乙番鬼挖泥挖草，一时扬网兜，一时扬小铲。长衫在泥里乱拖乱搅也毫不关心。真是癫！他们顺着蟹洞掘下去，掘出一只招潮蟹。他们还有缩骨千里镜。番鬼甲扯开缩骨千里镜，打望芦竹大世界。他望啊望，望见一只蛙。

蛙也望着他。他吓得啪一声拍拢镜筒。番鬼乙问："你干嘛？"

他说："这玩意坏了。"他又扯开镜筒，对正同一方位，又望。

他说："嘘。跟我来。"

番鬼乙问："你发现什么了？"

他说："嘘。"

二鬼贴地移动。二鬼想尽量安静，但芦竹摇来摇去吵得要死。没办法的。只能梗着脖子贴地移动。番鬼甲，两个老番之中更老水[1]的那个，以为他俩即将经历惊心动魄的一程，包含期待、煎熬、狂喜和失望。他做好准备一无所获。他太熟悉一无所获了。有时，他允许自己一连七天一无所获，因为他总会替自己挣到第八天的。为了挣到第八天，他甘愿一掷千金、铤而走险。然而，事情简单得瘆人——他俩轻轻松松就和蛙撞到正。"耶稣基督！"番鬼乙压着嗓门叫出来，但是，有什么必要压着嗓门？因为蛙一动不动坐着，就像，他们三个早就约好的，而他俩迟到了。

"那是个什么东西？！"番鬼乙压着嗓门喊，"它太大了！"

甲下意识挡在同伴前头。蛙之大，能一口吞下他或他的脑袋（尽管平顶竹笠已经把他俩的脑袋变大许多）。

---

1 ［粤方言］老练、沉着。

"你包里有什么？"他眼定定盯着蛙，"绳子？生肉？鱼叉？"

"半张渔网，一把鹤嘴钳，一袋稻种。"

"听好了詹士，钳稳那个提琴手，递给我。"

"什么？那只蟹很可能是个新种——"

"照做，詹士，"甲说，蛙看着他的嘴，"上帝，什么东西会那样坐着？像个不害臊的老胖子。"

他得到了他要的。"原地待着。"他说。他把钳子伸向前方，伸得远远的（被祭献的招潮蟹愤怒地挥舞畸形蟹钳表示抗议），一边靠近蛙，一边呷舌头。

蛙坐着，眼仁转向蟹。

"你看没看见？"他似笑非笑，"那胖蛤蟆正在抚摸自己的大腿。"

"是的。是啊。太他娘的诡异了。"

现在，他离同伴越来越远。芦竹纷纷攘攘弯倒来、拢埋来，要把他从人间偷走。他正在离同伴而去，常识、规则、世界已知的框架正在离他而去，乘着芦竹风浪。一切变慢：那些多节的禾本的骨骼，那些摇荡，那些密布软刺的絮语。他又一次找到并踏上了，深入一种时刻的小径。那小径并不总是软滑的、泥泞的。在另一些地方，那小径荫蔽、纤维质地，蚊蚋风暴来回翻滚。突然他不再向前。他合上脚，垂下钳子和蟹。他把泥糊的衫裾捞到身后、坐进泥里。他的坐姿完全是摹仿蛙——两腿大张。长筒马靴整个露出来。

蛙看着他。蛙一动不动。

你好吗。他说。我是 H，现在海皮办公。西大西洋联合公司，六豊行 1 至 5 号。我从苏格兰来。你知道苏格兰吗？

蛙好像笑了。

苏格兰离广州好远，唉，太远。除开苏格兰与广州，我还去过世界许多地方。你知道世界吗，蛙？你应该知道知道。世界状似巨卵，广州是不小心落上去的微尘。你能明白吗？ H 说。相较于世界，你我过活的地方都似尘埃一样微细。在另一粒尘上，我见过你这样的野兽：从无底坑上来，大似一个人。我叫它蛙人。那地方生满树。空气不停出汁出水。那地方实在是热。树互相绑死，风钻不入，空气湿滞似在湖底，蛙人立着，同我一样高——即是六尺三吋——两只脚行路，不围遮丑布——你知道吗，H 说，就算在大溪地，就算对文明最无知觉的土人亦要围一件遮丑布的——那野兽会是你的远房亲戚吗？会是你在另一半球的同宗吗？

蛙看着他。

你们蛙到这个年纪，正要面临考验。我注意到你条尾，它遭遇过何事？为何是掘的？我见它愈合得不

错。是旧日创伤吗？旧日创伤，至难痊愈。我见你年纪
轻轻，你的家人呢？你们在何处过活？就在这芦竹林中
吗？你知道吗，蛙，你的掘尾，你的疤痕，即将蜕去、
与你永别。你将要失去它，似失去故土那样失去它。

　　——但是，蛙突然动换起来。H原地弹起，一把抓
起泥中钳。蛙感觉迷惑。"嘘——放松——"H说，钳
却愈发前伸，愈发对准了蛙。招潮蟹早已溜走，留下两
串爪印。刚刚摸近来的詹士屏住呼吸，打开手里半张网。

　　蛙撇撇嘴。蛙的巨型凸眼转来转去。

　　蛙消失了。

　　"怎么回事？"H看着一窝塌芦竹，和更多疯狂摇
摆芦竹，"是跳，还是飞？"他转过身，双手下垂，望
向詹士。

　　"跳，"詹士张着嘴，"好像是跳。"


　　以上就是我和H的初相逢。他坚称是他发现了我，
实情是我发现了他：我发现他，跟踪他，诱导了他对我
的发现——我付出了太多暗示、太多耐心！很难用三言
两语讲清我俩的关系。我俩的命运一度缠作一股，射穿
兵荒马乱的年月只击中虚空，最终被死神扯开。H是离
奇之人。H已经死了。他长长的番文全名刻在澳门公司
坟场西角一座石棺上，刻入石面一分。这里躺着H。石

棺素净，他们说那是自溺之人专用样式。H死了，死于自溺。我还在这里飘飘荡荡。母亲说H必死。必死的还有长辫、帆船、*V. E. I. C.*、煤与硝、兵荒马乱的年月。我活过的世界都死尽了。我在空壳里飘飘荡荡，那空壳和母亲书桌上亚马逊商店瓦通纸箱差不多大。以下即是H——持牌药剂师，博物学家，鸬鹚眼高阶会员，岭南十大功劳（*Mahonia cantonense*）和七星眼斑龟（*Sacalia heptaocellata*）[1]发表人，鸦片贩子——前半生故事，我未曾参与的部分。

H的苏格兰童年平平无奇。十二岁最后一夜，他搭一辆汀哐乱响的邮政马车赶赴切尔西，成为一名药剂师学徒。切尔西是一张濡湿的嘴，将深埋他体内的锦绣前程一点一点吮吸出来。那锦绣埋得太深，就连最亲近的丽萨姨妈都不曾发觉，更别说他热情好客的父亲和郁郁寡欢的母亲。多年之后，福斯湾的父老乡亲还在哼唱这支小调：

> 切尔西是小庄尼的福地，
>
> 他的坟地在澳门。
>
> 千金难买长生，
>
> 顺风未必逍遥，

---

1　两物种均为作者杜撰。

镰刀手的棋路你猜不到，

哎—噢——猜不到。

提前考取执照的 H 婉拒了草药园的橄榄枝，还乡度过"磨砥刻厉的四年"（摘自《爱丁堡植物学报》）。白天，沿福斯河溯流而上，沿福斯湾南岸广袤的山丘漫游，入夜则笔耕不辍；写了几部彪悍小书（《福斯河的藻类》,《福斯湾植物志》, 等等）；在《博物学人》发表雄文一篇（研究安东尼长城的地衣群落）；被誉为"北方小怀特"；和 G．T．斯当东、J．里夫斯保持通信；和班克斯保持通信；置办第一套上档次的自然收藏——二十年后，公司职员大卫·惠勒受托将这套特具纪念意义的藏品带往好景花园，途中不幸遭遇海难：藏品和惠勒转而被印度洋永恒收藏。

让 H 真正名扬海内的是大象迪迪。

那年夏天异常寒冷，雨水多得要命。一个旅行马戏团碾着冻泥南下，跨过大河和邓莫尔堡垒的阴森残垣抵达莫拉斯蒙特。极端天气（可能还有别的什么）击倒了一头母象。亚洲象迪迪。时年五岁。在马戏团为奴已逾四年。镇民向愁眉苦脸的班主推荐了 H，后者"用尽一切办法"还是没能挽救那头庞然大物。

葬礼气氛随寒气沉降。潮湿的冻风把葬礼气氛推向内陆。人人冻得愁眉苦脸。人们费了好大工夫才把象尸运上山冈。又绕着象尸敲栅栏、搭帐篷。二十一岁的药剂师为这劳师动众的大工程掏了两百三十畿尼。

现在象尸铺放在坡地，从狩猎小屋门前直铺到雪达犬不久前挖的地洞那儿。一个小姑娘（苏西·莫斯，家住牧场街 5 号）在臭烘烘的象皮上放了一把野萝卜花。

"费铎上哪儿去啦？"小姑娘问。

"费铎待在镇上。我得自个儿在这儿住一阵。"

"为什么？为了迪迪吗？"

"是的苏西。费铎会弄得一团糟。"

"你把我送的皮球留给费铎了吗？"

"当然苏西，费铎一直带着你的皮球。"

苏西·莫斯看了一会儿。"你要己个儿在这儿住多久？"

"——自个儿。"

"自个儿。"

"不好说。可能要到秋天。"

"那完全就是太、太、太久了！"苏西·莫斯恼火地摇头，"什么东西耗你那么久？"

"一件麻烦事儿。"

"什么麻烦事儿？"

"我要让迪迪永垂不朽，苏西。"

小姑娘沉默地盯着，不知是受恶臭还是那个单词的困扰，眉眼挤成一团。她眉毛浅得就像没有眉毛。

"永垂不朽疼吗？"

"它已经感觉不到了，苏西。疼。不疼。病。饿。渴。统统感觉不到。它走远了。"

"话虽如此，"苏西·莫斯说，"但你可以对她轻点儿吗？尽量？"

"我会尽量，苏西。"

坡地变成临时屠宰场。风把臭云、血雾吹往低地，莫拉斯蒙特弥漫着窃窃私语。苏西·莫斯远远站着，按着帽子，显然被铺天盖地的内脏吓住了。她喊："庄尼——你是不是病啦？"

H成了血人，矮下去一截，血浆和肉泥从头顶心糊到鞋后跟。他站在内脏中央，像条破筏子漂在波浪上。血水混着雨水渗进泥土。泥血横流。"我没病，我很好，"血人说，"但眼下，我不建议你上这儿来。"

"为什么？"苏西·莫斯喊。

"野兽都来了，苏西，它们闻见味儿了。"

"那你怎么办？"

"我有火和枪，苏西，我是个男人。"

雨水在篷顶压出一个湖。雨停之后，人们运走象皮象肉：象肉运去更荒僻的芬德尔丘陵填埋，象皮运去市镇广场。人们一共运了二百二十二车、三十七趟。从福尔柯克赶来的皮革商人和他们的马车在广场排起长龙。

"现在迪迪散落天涯了。"

"咱们留下了它的每一块骨头，苏西。"

"唉！骨头能有什么用呢！"

"骨头是必朽者所能拥有的不朽，苏西。皮，肉，心脏，血管，头发，衣裳，你送它的花儿，都上赶着腐烂，但骨头长存，苏西。"

"骨头不烂吗？"

"骨头持久，苏西。骨头诉说。等我死了，你死了，你的孩子、孙子、孙子的孩子、孩子的孙子全都死了，哪怕苏格兰毁灭了，迪迪的骨头还在。"

"苏格兰会毁灭吗？"

"整条牧场街会原样上天堂，你，费铎。还有苏格兰。"

"迪迪的骨头说什么了？"

"它们说，它活着的时候胃溃疡、脚趾骨折、下肢水肿、腹腔积水、多处骨裂、许多骨刺。"

苏西·莫斯不说话。

H 说："你怎么不进来？"

"从哪儿？"

"从狩猎小屋后面绕过来。"

过了一会儿，提小篮子的苏西·莫斯走进栏圈。

"篮子里是什么？"H问。

"一些花花。"

那是八月初的下午。H清洗象骨，逐件逐件。一共有三百三十七件骨头。最大的颅骨，有蜷成团的苏西·莫斯那么大。最小的尾椎骨，只有苏西·莫斯的食指那么小。大大小小的骨头铺满山坡，其中的一些扭曲、受伤、病变。

"这是什么？"苏西·莫斯明知故问。

"迪迪的骨头。"H说。

"你是怎么把迪迪变成骨头的？"

"我有个秘方，苏西。一个小机密。"

苏西·莫斯不满地叉腰："那么，这儿拢共有多少骨头，请问？"

"三百三十七件，一件不落。"

"你怎么知道大象应该有几件骨头？"

"我不知道。在此之前，我不知道大象该有几件骨头。"

没什么可清洗的了。每一件骨头，从颅骨、趾骨到尾椎骨都洁净、森白。三百三十七件合情、合理、无冗余的零件。H两臂静垂站在盆骨和股骨之间，罕见地显得茫然。

"你怎么知道你没有弄丢一件？你可能已经弄丢了

两件，四件，五件。更别提野兽已经咬走八件！"

"过来，小宝。"

苏西·莫斯不动。她的睫毛湿湿的。后来她握住 H 的食指。"我只有十二朵花，但迪迪有三十百十三七件骨头。"苏西·莫斯说。

"三百三十七。"H 轻声说。

"三百三十七。"苏西·莫斯说。

后来，苏西·莫斯问："咱们接下来怎么办？"

"咱们给它重新拼起来。"

"拼什么？"

"拼迪迪，骨头迪迪。"

九月快结束的时候，每个莫拉斯蒙特镇民都已参观过 H 后院的骨象。人们叫它"迪迪骷髅"。班主想收购骨象，出价是死象的三倍。"它不属于马戏团。"H 说。外地人步行、小跑或乘马车赶到，把莫拉斯蒙特挤得水泄不通。

"实话实说，你打算拿这东西做什么？"一个陌生人问，用羊毛帽扇风，一边冒汗一边呼出白气。听口音是南方的。

H 在后院放了两把椅子，每天坐在那儿，既看骨象，也看看骨象的人。H 是花最多时间看骨象的人。第二名是苏西·莫斯。苏西·莫斯就坐他旁边，另一把椅子里。由于苏西·莫斯个头太小，小胖腿碰不着地，悬着，晃。雪达犬费铎趴在一边。

苏西·莫斯抢答："——'这东西'的名字是迪迪。迪迪什么也不做。她马上要去博物馆了反正。如果我是你，就会少说话，抓紧时间多看她几眼。"

十月第三个礼拜一，H大宅门前停了一队马车。戴白手套的人钻出车厢，忙活了十天，把骨象拆散、装箱。街对面，苏西·莫斯抱着手臂站着看。

"我不喜欢迪迪散开的样子。"苏西·莫斯神色凝重。

"他们答应在主厅给它留个好位置，"H说，"它头顶会有几扇天窗，前腿边会有一块牌子。"

"牌子上写迪迪吗？"

"不。他们写 *Elephas maximus*。"

"那是什么意思？"

"那是迪迪的教名。"

"唉。"苏西·莫斯说。"再见，庄尼。"苏西·莫斯说。

H提起皮箱。苏西·莫斯捏紧手臂，腮帮子鼓起来。"常来陪陪费铎，好吗？"H说，"等你长大，找一天，找辆车，去伦敦，看迪迪。"

H说："再见，苏西·莫斯。"

苏西·莫斯咬紧每一个字，不让它们从后槽牙挣脱。苏西·莫斯和雪达犬紧紧挨着，气鼓鼓地，望着 H 钻进打头的马车厢。

第二年秋天，H 登陆马六甲，以公司雇员名义投在同乡威廉·拉特雷少校门下。那座临时庇护所依托城墙与山冈，被槟榔树环绕，终日痛饮马六甲河的气息。他同时漫游语言和物种的丛林，把少校的博物学目录越搞越厚。他嗖地搭上福尔图娜飞转的巨轮，嗖地滑进斯坦福·莱佛士亲信名单，嗖地移居茂物。他在茂物植物园筹建工作中展现的忠诚与才干令人印象深刻，因此一年之后，冲花里胡哨的热带植物喷云吐雾的长官、爵爷得知新加坡方面向他发放任命书时，不过简单地置评"啊 H，啊当然"。

之后，H 的行迹扑朔迷离。他择日请辞，跳上一艘斯库纳帆船，驶入延亘五年的迷雾。有人说他在某位南亚卡吕普索的仙岛上躺平任由五年倏忽而逝；有人说他火速赴任，以新加坡总督密使身份巡回爪哇海，执行针对荷兰人的秘密任务；有人说他跑到梭罗河上游碰运气，三次参与猎杀爪哇虎王拉吉热的行动并成功谋得虎皮；他漫步马来群岛一如漫步自家饭厅，依次品尝佛教、印度教和五花八门的泛灵信仰好似品尝三层架上花色小蛋糕；他在卡普阿斯河岸被一个伊班族女人下蛊，又借京那巴鲁山瀑冲刷蛊毒；他说得地地道道"老盐"黑话，和每一个淹留亚洲之海的耶稣会士对饮，翻阅海盗们的刺青像翻阅枕边童话。他所到之处，传闻总已先一步抵达，而他是那样顶天立地、金刚不败（在另一则传闻里，他误入砂拉越雨林破获草本秘方，日服一剂连服七日后拥有了雄性长鼻猴的超凡精力），亡命地活着、走着、干着，人家不免怀疑，使他旅途无比拥挤的各族女子（"总得有三千个"，人家说）不过是代班泥偶，唯有死神才是他一生挚爱。他的爱火本就非凡炽烈，又有雨林秘方助力，竟让死神也吓破胆、闻风而逃。他呢？一路追击，传闻也随之累积，其味日益浓郁，比公老虎尿还要刺鼻百倍。

一如既往：传闻率先乘风而至。海皮十三商行夷馆四十五家商号三百零七口番鬼个个放下公务、耸鼻嗅闻。番鬼沿珠江散步，在康乐室玩惠斯特牌，在藏书室压烟丝，礼拜日慢行到公司行礼拜堂做礼拜——

"H 即将到埠。"

"哪个 H？"

"哎呀，从来只有一个 H——那个 H。"

某个风和日丽下午，半数番鬼出离楼面、涌上广场。珠江面上船挤船，艇挤艇，连成平原街市。一条剃头艇钻近问："波士，剃头吗？"番鬼笑笑口用英文反问："你的小女儿呢？"等到 H 本人，滋悠淡定，搭女猎手号入黄埔，换驳艇，溯江而上在海皮渡头泊岸，广场上已站满四方番夷并一支业余管弦乐队。

H 踏上海皮时候，不再是公司雇员，而是神圣辛布里大公国领事。岸上番鬼同到埠番鬼热情握手，惺惺然庆贺"海途平安"。后排某花旗公司报关员小声问："神圣辛布里大公国在哪里？"旁边某瑞典公司老会计小声答："总归南不过地中海、北不过波罗的海。"事实上，神圣辛布里大公国只存在于呈交清国皇帝报关文书字里行间——"元首巴登大公，地分五道，民皆守信，产毛皮、丝绵、染料之属"云云。H 抖开东家旗帜，行商公所一个事仔跑出来，接过旗去。番鬼们和那事仔熟极了，发他个绰号"积仔"。还发过一个"老积"：新豆栏新發记酒店老板是也。五日后，花大价钱租用的六豊行旗杆上，神圣辛布里大公国旗徐徐升起；它左侧右侧，早有普鲁士双头黑鹰和瑞典国圣埃里克金十字猎猎飘摇。至此，H 终于将时人所言"通往广州的两条捷径：甲板和账房"行遍，因而取得捷上加捷的绩效就不足为怪。

四十二岁番禺人细春，在空地上出示过买办牌照，用流利皮钦英文做过自我介绍，带路去六豊行 5 号二楼寓所。六豊行住满巴斯人、摩尔人、犹太人，还有年年往返广州孟买的港脚英商。新领事寓所墙壁丁香紫，三组木百叶窗蕉叶绿，壁炉仔、乔治亚风格大柜单人床、黑酸枝写字台包绒脚凳四枝吊灯并黄铜灯笼钟，山水屏风红木盥洗架并彩瓷盥洗套组等等寰球词与物，尽在此间搁浅。H 在屋内踱了大半圈，最后停在窗边，望下去，"楼下是何街何道？"

"十三行街，"细春答，"沿街西行，几步即到行商公所，总商大官办公议事处；向东行，过回澜桥，直通木匠广场和谷埠[1]。"

"谷埠"二字故意加重了念。细春又一一确认新领事生活习惯，包括叫早钟点、开关窗钟点、点烛熄烛钟点、看餐牌钟点，并洗面剃须饮酒等诸多细项。事仔挑来第一担行李。

H 问："讲得官话吗？"

细春答："讲得，冇士打。"

问："讲得如何？"

答："流利，冇士打。"

说："今日开始，逢单日同我讲省城话，逢双日同

---

1 《广州城坊志》："谷埠，在省城西南，旧为聚谷所。河下紫洞艇，悉女闾也。……纨绔子弟，选色征歌，不啻身到广寒，无复知有人间事。"

我讲官话。唯独礼拜日，你要讲英文。"

答："知了，孖士打。"

说："过去，打开鳄鱼皮箱，揾出苦楝油。"

细春答应，摸索一阵说："苦楝油，有。"

就吩咐以苦楝油浸透布条，为屋内一切家私打绑脚，以驱蚁、驱蚊、驱蛇。又吩咐向北、东墙各敲一枚钉，因为要向墙上"挂两件令新屋更加亲切的玩艺"。细春再忍不住，说："孖士打，你省城话讲得真是好。"告退时候，将礼服、铜扣皮鞋一并取走打理。下一幕，H 立在公司行宴会厅门前，脸刮得精光，航海便装被上过油的丝绸礼服代替，发粉强化了金色鬈发光泽。他异邦的蓝眼望向大厅彼端，一望到底，穿过法式大窗门和露台望入亚热带黄昏天空。母亲的巨眼浸在岩浆般落霞深处，船披霞帔，江面金光万丈，世界熊熊燃烧。

借助 H 的蓝眼和母亲的金红巨眼，我看见截然不同珠江风景——不是北岸；北岸被画过太多，总是浅缥的大气，佛青的水体，十三夷馆连广场闪烁珠贝光泽，船阵被编排得干净、典雅，云堡高耸，或来了一阵鼠灰色风，向天膛吹一抹薄的明亮——那就是画中江北，宁静，虚假。不是那些。而是此刻。是向珠江之南望着。我望见葱蓉河南岛、燃烧的珠江水和变乱交错船迹，榕官的雄奇大宅半隐于绿林，琉璃瓦顶、九层宝塔冲林而出——人家讲，琉璃瓦顶下，屋室像玻璃大盒那样层层堆叠，堆作两幢，一幢收藏寰球书帖卷册，另一幢收藏本地妙龄女子——在这一切之间奔流的，浸润南北、通融东西的，是熔化万物又晶化万物的时间。


# 05　盲公


盲公不过右眼盲，道理上不能够叫盲公。盲公撑条舢板，由中流沙撑到对江沙，由东潋撑到回龙，一年十零次沿丫字形花地河穿梭，叫卖山林野味、奇趣玩艺。撑到中流沙人家叫他盲公，撑到芳村、太村、蟠龙村人家如何叫他不知道，大抵不会是无道理的"盲公"。花地河上船家通通叫他客家佬。小暑一过，就沿佛山水道撑上西边，最热时节兼职山宄，钻入深山老林，挖人家山坟。

女人醒，花地河醒。女人醒得至早。晨尿、打水、滚粥、出船，各样水声交织，脚板打船板，呼呼嚷嚷，全在雾中。花地河苏醒时候是女人样，行向河上的雾亦是女人样。清晨是女人世界。女人啪一声睁眼，翻过身，翻落地，劳作起来。清晨，女人同女人交谈又快又轻，生怕吵醒世界仍在沉睡的部分。清晨的女人是一片窸窸窣窣雨水，落入男人的梦。

盲公无女人，一枝公顺花地河漂。盲公在花地河上变半老、变半盲。盲公的货担，根本上是座山水楼阁：四层楼面，两瓣清凉棚，楼顶通花凉台，下底四面骑楼，上下内外隔出大大小小八八六十四格玲珑竹枝房，白鹇坐中做皇帝，夹杂鹌鹑、禾雀、蜡嘴叽叽喳喳；外围打一圈风廊，田鼠松鼠福鼠在廊里乱扑乱转；又有来路可疑陶公仔、杯碗坛罐、古老首饰，堆放角落；南角翘起望台，山瑞在台上踩水车，叫是叫水车，实情有车无水，但挡不住水上仔女幻想一条活水出来。他们既能幻想一条活水，就能幻想更多：他们将盲公货担幻想作地上天宫、大雄宝殿，他们追逐盲公货担似鱼群逐饵。

不朽是，盲公撑舢版，沿着船阵的罅隙钻，一边撑，一边摇只铃，"银鸡，鲮鲤，白鼻心，"盲公唱，"食饭未吖？石鸡爱吗？好生猛，银鸡，鲮鲤，白鼻心——"刚刚唱开口，水上仔女就由船缝水罅涌出来！大声叫，开心叫，涌出来，来看一座游移的山、浮水的绿林宝藏，来闻特殊陆地气味：热烘烘皮毛羽毛野的味，千年万年山泥味。

你若买了盲公的货，无论价格几何，盲公都会点烟，为你讲段古："我的货在陆上大山大林捉得。西樵山好似一团绿鼻涕，鼠进去的日光亦变得青碧碧。你一起脚，山林就跟着你流。此三样最要命：蜈蚣、银脚带、过山冤[1]。你要听。你耳仔嫩时，拼命听，只听得见两耳泡。你要日日上山，直到耳根硬净，耳朵就变眼睛。声音自然来：藤条拍大树。蟛蜞打嘶嗌[2]。风背拱叶背，翻个身，又去压一轮叶面。蛛网水珠撞水珠铃铃啷啷。角鸡暗中浮头。花金龟振翅，离开一瓣花。白毒伞撑伞。你跌入绿脓水，两手划出两串气泡，你拆肺，换鳃，绿的声音灌满你，你什么都看见了，飘起身，变做一只大山猫。"

——一嘴雉鸡毛，又有粉红肉掌。你撇开那只半烂雉鸡：不想吃了。想试试肉掌、高过头顶的胛骨、软似蛇的脊梁。光斑软化你皮毛的斑斓。你穿山过林，飞越一条溪，尾尖沾湿，因为你和此身山猫皮肉还不够相熟。你三两脚爬上布满老人斑的高山榕，它千亿条须根荡着，老须插入泥，发做大柱，连做山墙，一棵老榕发成大围屋，发成须叶祠堂，千亿的须撩拨你的排骨，弹奏你皮毛的斑斓，千亿的须是垂帘，为你遮起然后揭开——她就在那里了，那只老虎蝲。

——老虎蝲纤细、面窄。老虎公大，大得多，下巴

---

1 ［粤方言］依次为蚂蟥、银环蛇、眼镜王蛇。
2 ［粤方言］俗称打嗝为"打嘶嗌"。

又松又阔，两手一揸两沓皮。老虎鳢在碧绿色水里发红光。红光劈中你，令你原地萎缩落去：你自觉不配做四脚兽了。你亦不配有长尾，不配有斑斓。你浑身的圆斑变成贱格的泥星滑落了。唉。你静英英望实你的宝石亲戚——她大胆啊！够胆做一团夺目野火，在碧绿深林里慢慢烧；够胆夺目；够胆夺人耳目；她终要遭殃的！你又惊又恼地想。你发震，背脊毛竖起。她懒闲闲趴着，造出一种曲线，她舔自己，似火舌舔蜂浆。

盲公噏烟、饮茶，继续讲："罗浮山有老虎。南昆山有两头蛇。你去听。天堂顶，一条瀑布由头挂到落脚，旱季微微响，雨季响穿山。飞鼠、黄麖、怪鸥都向南昆山捉。黄麖生一对尖獠牙，仍然吃草、吃树叶。黄麖肉，味道独家好：有獠牙不做猛兽，被吃抵死。打金线狖去大庾岭。打金线狖要手快，一锤撂穿它头壳：跌落地面抽筋发震，嘻！十分似人。大庾岭非同凡响，擒上去一听就知。所以有猪熊、鲮鲤、山精。山精我包你未见过，遁向树影里跑，似只鬼。山精一叫，山头猛震，山心惶惶。山精一叫，鬼鸟就跟着叫。鬼鸟无脚，周身烂茸茸似麻风乞儿，所以被赶去夜里过日辰。鬼鸟的眼是大黑窿，万万不可望，一望就跌入去。鬼鸟一叫，山就不稳，摇来摇去。天唯有黑下来。你再不匿起，山就要张开牙吞你落肚！"

# 06  水彩街

水手在虚空中摸，渐渐地，摸出了风。

水手是盲公，风是盲的象。在大海怀里，一切都盲。大海哄着目盲的一切，给它们唱歌。海无需摹仿摇篮。是摇篮摹仿海。风既然盲，就只敢小心翼翼、年年重蹈覆辙。

快跑吧！

风跑起来，穿过千代万代红嘴鸥的孩子。红嘴鸥摸风，学会滑翔。风一口气跑到赤道，那里是风的坟墓，是柚木、雪松、铁力木、沥青、石和铁的坟墓，是鼠、猫、人和坏血病的坟墓。万物深深淤积，发酵，释出热量和雷电。

风又跑。风跑成扁平、宽阔的一大张，卷起来，变成黑色使水手害怕。水手收帆，雨浇他的脸，闪电照亮他的脊梁。风摘下桅杆，捏在爪尖把玩，然后随随便便丢去了。

甲板上，水手排列尸体。风犯困，蜷成团，倚着信号旗向下看着。尸体仰面朝天躺进海里，因它们曾是基督徒。风慢慢甩尾，挨个儿嗅它们的脸；踩它们，使它们下沉。

帆又升起来。风躺进帆里睡觉，帆就受孕。帆大大地隆起了。帆分娩，船滑进港口。水将将吃住船的重量。黑白牛记得风，从码头仓库踱出来认它。风拍一拍牛颈铜铃。骑木头的湿漉漉人仔涌过来。到处都是骑木头的人仔，覆盖水面，包围船。海在这里和盐挥别。

当盐快要完全消逝的时候，海就变成江河。


很久很久以前，我生吞过一只黄斑蝉。我要告诫你：生吞活蝉等于自杀。蝉顺着你的食道下去，好像一小丸火药落进管风琴箱。蝉的哀鸣将同时炸碎你的肚皮和鼓膜，你会变成开花脑浆、稀烂肚肠，糊得到处都是。假如你竟然完好如初，那绝对是行了大运。我此生只吞过一次蝉。那时我少不更事。我行了大运。

有一天，我发现自己认识世界的方式是生吞。我生吞蝉，认识了运气。我生吞塘鲺、旱由、水老鼠、迷途海鸥，认识了珠江、贫贱、百家姓和海的风信。我生吞飞鸟、游鱼、踩浅泥逃去童子鸡，然后认识汉字。我也想生吞日月，可惜我的大脷从来射不中它们，所以我从来黑白不分、阴阳莫辨。我越吞越饿，而不是饿了才吞。我隐秘的渴望是生吞一个女人、一个男人、一个死人。也许不止一个。但我从没想过生吞契家姐。要是我能生吞自己，像一个翻转的荷包那样，我就能立刻认清自己、预知命运的每个暗扣和关节。

现在，我最想生吞的是眼前这个番鬼，这个 H。我从芦竹林间咬回这个名字。番鬼名字总是很长。番鬼一旦着落广州，就会被安上广州名字。广州名字总是很短的，像一种短硬的草从番鬼头顶生起来。

门开了。进来一个瘦蜢蜢男人。望清楚，听清楚——原来是细春。细春说："孖士打，"很快地扫我一眼，"尾数已经结完。"H 问："会有手尾吗？"细春说："那独眼龙是个无根无底人，即管放心。"

H 讲句"好"，继续望实我。细春问："大蛤蟆如何处置？"H 说："做你自己的事。"挥挥手，将细春，轻悠悠，轻悠悠，扬木棉飞絮一样，扬出门去。门轻轻阖起。屋里就剩我俩。

这是间蓝屋。四壁色水蓝蔼蔼，又稳又静，飘一阵极浓酒味，真是怪。屋顶极之高。有阖紧的百叶窗，垂落道道光痕。有大柜。有大台。大柜高，大台高。样样事物都高、稳、静。有四枝吊灯。有布面屏风不知隔开什么。树影映在屏风面上摇。

H 快活透大气，从高脚凳面滑落，向我弯身望，直至坐下。他十分欢欣地望了一阵，索性贴地趴，学我，趴成蛙样，两手托腮。他更加快活了，蛙啊蛙，看看你呀——他用一把怪钳从碟里钳起一尾死虾，递入笼子来。那碟虾，是他亲自端入屋、摆向笼边的。我硬是不动。他叹气，但快活。他说：你要习惯，你会习惯的。连虾带钳放回去，继续热情、快活地望，两粒蓝眼珠在眼眶里发震。我从未这样近切地望过蓝眼珠——近得，望得见眼珠中央一颗黑星和它四溅的黑汁——而且，一想到中流沙三千零九水上男女都绝无可能这样近切地望过，就更加激动、更加要望。我和番鬼望过来望过去，蛙眼瞪蓝眼，看看你啊，他两手托腮，摇头摆脑，你是从哪里钻出来的？同你相比，我前半生所遇不值一提，你还会笑，只有人类才笑，你到底是什么？他那快活的傻样像极了侲仔宝。

那是我和H第二次见面，也是我闯入新世界的第一天、第一个时辰。我还没反应过来。我肚里装着盲公诱我上当的饵：六只田鼠，头五只很小，第六只有成年公猫那么大——否则，我岂会愿意钻进这晦气笼子？

这个笼子呢，首先是臭。一阵臭烘烘山味。山的胳肋底[1]味。山的屎眼味。笼枝上到处黏着什么东西的绒毛、血污、屎痕尿痕。陆地与水终究不同！盲公锁起门，用一大张污糟邋遢草笪密密实实包起笼。那张笪，更臭！是新鲜公猫尿味、水牛屎浆味。那时候我们仍在他的舢舨里。他一路棹艇一路唱："好蛙仔，乖乖地，

---

1 ［粤方言］胳肢窝。

发达上岸就靠你。"

后来大笼摇来摇去。有人搬搬抬抬，有人讨价还价。听起来，一路上有许多人因我而快活。那也不错。有人唰一声揭开草苫——蓝屋令我惊奇！我也快活起来。我固然明白什么是牢笼，但如果笼中物个个快活、其乐融融，我就不免怀疑：牢笼，有没有好的？难道世间就绝无一种好的牢笼吗？——我愿意探索这个谜题，于是静英英趴着不动，和眼前 H 四目相对，成全彼此的快活、新意与思疑。

当其时，我对前路、退路、生路毫不担忧。你大可指责我鼠目寸光。到下午，日光在蓝屋里倾斜了，翘起来。门又打开，又进来个番鬼——我认得他呀，是芦竹林里另一个：詹士。詹士见到我，立刻像马一样大叫（后来我在澳门认识了马），丢下手中提箱，绕着大笼转足十圈，和 H 抱成一团打滚。他们大声笑、大呼小叫，用拳头捶打彼此的排骨，大讲番话。他们越讲越轻，越讲越慢，也不笑了，也不打滚了，变成两个托腮趴着、一模一样的孖生兄弟，静英英望我。

詹士的眼珠是琥珀色水（没过几天，我就在这蓝屋的大台面上认识了琥珀和它含起的小甲虫）。他们静英英望，静英英笑，轻声细气讲，一次只讲三个音、五个音。他们望我。我在他们之间望来望去。我们要互相望得清清楚楚才好。那个时段像是发梦。是我梦见两个番鬼。是我梦见两个番鬼梦见我。是对芦竹林的嫁接。是芦竹林向更远地方伸出它肥美的淤泥舌头，任凭舌苔上芦竹抽枝，扬出唰—啊—、唰—啊—的声音。时间那样静，蓝蔼蔼的。他们望我，像你望向一种远的、辽阔的事物，譬如大海洋，譬如星空和连绵赤裸的山。在中流沙，没有一个人用这种方式望过。人们只在黄埔这样望，朝狮子洋方向望去——那个方向开着大口，空空荡荡，好像可以突然跌出去。

如果你像望向一种远的、辽阔的事物那样，望着一个人，你就会快活起来。哪怕你周身是很挤逼的，或你竟置身牢笼。你试一试那样望。你一下子望穿过去。你会飞至一个静的、快活的地方。你试一试。

詹士爬起来，走向地上的提箱，掀开上盖，扯出层层抽斗。H仍趴着，同他讲讲笑笑。他们像两个鲜鲜出水的人，游了很久，有一种快活的疲倦。而且他们并不赶着去做任何事。他们好像天生不用做事，吃白食，享清福。

詹士咀嘟嘟地摆弄箱里什物，它们是些细长的木杆笔、白瓷碟、蚌壳、密封玻璃樽、七彩小棒……还有几件我无法形容。他们两个讲讲笑笑。一阵甜丝丝香味散发出来。我转向那阵香味，看见詹士正把一种清亮液体滴进玻璃水杯。H笑了。我知道他在笑我的馋。詹士也笑。现在好了。我大大方方地，整个地向詹士转过去：我饿了。H再次递来一只死虾。我一下子就接受了那只虾，差点把怪钳也吞落去。H快活极了。他们都快活，比刚才更快活。詹士鼓捣棉纸和木板的时候，H慢慢喂我，对我讲着打气的话。我把虾完全吞光。他们很快活。詹士舒舒服服坐进一把椅子，那椅子在一眨眼之前还是几块软皮和两副合起的框架。詹士架起右脚，摆纸和板在脚骨面。一支湿笔扫来扫去，不知怎的就在白瓷碟里吐出色水。

笔又向棉纸走。水吃棉纸。水自由地吃过去、吃开去。一滴水吃得很远，吃出老榕须格局。詹士运笔，蘸水，蘸色水，抬眼垂眼，频频看我。H立在他后面看我们。两个人使番话。后来，H走到大台边上摸摸碰碰。H沿着大台慢慢走，拿起什么玩艺看一看，又丢掉，走走停停。真是奇！那大台似无底，台面什物任他如何取也不重样、取不尽。他发现我偷看，就冲我挤眉弄眼。

后来，詹士取下一页纸，掷过去。H拾起，看。詹士绕去我背后，我就转个圈，仍看着他。他们又笑。有讲有笑。H说："停，他要画你背脊。"我就趴定不动。他们惊呼起来。

詹士坐稳，又画。詹士画完一张又一张，画我正面、背脊、左侧、右侧、眼耳口鼻、手脚头尾，沾染色彩的棉纸在蓝屋里飘啊！卷啊！H快活，跑跑跳跳，一张一张捉，一捧一捧接。我也昂头看那些纸上蛙，那些我、我的片断、从四面八方捉住的我。我平生第一次这样看我。过往的我只在水面：一头悲伤、扭曲、不断变形的污水色怪物。现在我感觉惊奇。色水与棉纸捉住另一个我，陌生的，七彩、新净、烟气朦胧。这另一个我平日匿向何处？从何处捉来的？哪一个我作数？——映向水面的，还是落向纸面的？

我想象自己跳在契家姐面前大大地炫耀：我亦入在画中了！似天后、龙母，入在画中了！我想象契家姐又惊又喜，不相信自己的耳朵。

但烦恼找上门来。烦恼要把两个番鬼掳进它暗寡寡的斗篷。天色越晚，他们离下午的快活越远。画笔发癫，变失控鸬鹚。我又饿又干，索性用胹射翻笼外水碗，在遍地流淌水迹上打滚。我发干啊！我闷！我打滚，扯火，乱跳，撼得大笼磬硍响。他们跟烦恼缠斗，看不见我。一个哥仔举个烛盏进来，点亮了四枝吊灯。

夜晚钻进蓝屋，经由道道百叶窗缝。夜晚发现蓝屋是静止的，也惊奇起来。四个哥仔推进一个大水盆。五人合力把我和大笼整个抬起，一下子浸落盆去。

水又凉，又甜，有石味、青苔味。我浸水，认识了井，认识了井神和浮游的记忆。我趴着，静静吸收那些状似虫卵的旧事。哥仔中的一个十分惶惑，问说："大蛤蟆浸死了？"H 说："如何就浸得死？我借你的书，你有无好好地读？"又问他们："晚餐如何安排？"

哥仔七口八舌报：

"白鸽面龟[1]！"

"咖喱牛！"

"猪脚冻！"

"周打汤！"

"梅挞！"

"油煎鸡忘记[2]！"

H 说："再开支靓酒。"叫他们不要再看。于是哥仔推推搡搡地出去，带上门。可是不过一阵，更多人涌进来了。门开开、关关的。那些人都穿鞋袜，袜筒里插着干燥折扇；长辫梳得紧紧的，身上气味淡淡的。他们有一种眉精眼企的光鲜：那就是被称作"省城人"的陆上人，一望即知。他们一边笑，一边挤过来看我，很快又被 H 轰出去。还有人乘机捧入一条死鱼，请 H 判一判"是什么怪鱼"、"有无收藏的价值"——叫我说，不

---

1　旧时粤人称馅饼为"面龟"。
2　民间说法：吃了鸡脾脏会健忘，故称鸡脾脏为"鸡忘记"。

过是条普普通通狮头鱼。经由那扇门，那个小小开口，人像水一样流着。后来，H 和那些涌进来、逃出去的人一起笑了。而詹士已经把抽斗、白瓷碟、玻璃樽罐、蚌壳、七彩小棒恢复成提箱。詹士提着箱，耷着嘴角，站在那里。


靖遠街被燕了巢和花旗行夹紧，海皮四街之中最为旖旎豪华。靖遠街 23 号，铺面临街，前店后坊，双语大招牌写：

冯喜写像

大漆描金抱柱匾写：

浮生一梦百千般
丹青难写天然态[1]

望上去，方斗满洲窗，彩玻璃窗叶支起，可见内廊绿釉盆鸡冠、金桔、水横枝，金丝雀笼、四季平安灯，再向内，景致阴深不可辨。三楼窗页阖紧。左邻同珍记扇铺，右邻裕和料器铺，对面瑞兴卖瓷器、酸枝家私。斜对角戚记药材，铺匾下底一大排马骝[2]干极之抢眼。

---

1 张抡《踏莎行·朝锁烟霏》，原词："朝锁烟霏，暮凝空翠。千峰迥立层霄外。阴晴变化百千般，丹青难写天然态。人住山中，年华频改。山花落尽山长在。浮生一梦几多时，有谁得似青山耐。"
2 〔粤方言〕猴子。

茹老大灯笼铺门口长期晒竹白。寰球人种向街面流通。昌福旺茶楼伙计使得五国番话。靖远街任何一角都似一沓千层宝塔蓪纸花，完整靖远街就是蓪纸花团无穷无尽翻折，翻出五光十色梦幻、一支珠翠镶满喠唧嗵跌落地旗人女皇指甲套。

画肆管店，随后知道叫竹枝的，平平静问张亚寿午安，平平静引路、爬花鸟彩绘楼梯。爬至三楼——好似入了花蕊啊！各样色水在暗光里涌，涌来涌去，涌出花色影子。又有异香暗中飘。木棉花春烂批墙。墙上满挂图画，木版画、棉纸画、蓪纸画……诸多画中混入一面镜，镜中人同自己打突然照面，总要闷吃一惊，那些外江佬、乡下佬，则吓得跌坐在地。四盏料丝灯吊落来，当中夹一球番头番脑番鬼鱼缸灯，灯下花头踊踊番鬼地毡。西墙泊香案，案面陈列金身自鸣钟、黄熟佛手、夕阳无限玻璃画。南墙泊西洋纸牌台，台面摆山水台屏、七色梅瓶、米纸灯一座、朦朦胧蓪纸卷成沓、颜料罐缸无数。墙角立四方玻璃大箱，箱内布置浅水、怪石、横木、花团，十数种大蝴蝶半开半合叹息、造梦，不似人间。还有羊桃、凤梨、蜜柑诸多生果堆成山，盆花、花枝、花瓣纷攘攘遍地散。满洲窗锦绣玻璃，向这花间世界再投彩虹影。窗下坐五个白净哥仔，各个占张方台，右手举支细毫，左手捻起袖口，向斜斜支起板上棉纸静英英涂。竹枝细声细气不知对哪个讲："喜官，西大西洋公司张亚寿请见。"

四个哥仔目不斜视，打头那个开口说："等一等。"仍是吊起手腕、捻实袖口一笔笔画。你看他皮光肉滑似个小娘子，扎辫用羊毛细线。室内静英英，街外极吵。你又看墙上挂画，什么珠江四景、三百六十行、大船小艇、花鸟鱼虫、人物肖像，万千皆有，秀丽逼真，你心里大赞叹一声，那个小娘子样的冯喜哥仔同时歇笔，转头望过来。

后来，冯喜带蛙去黄埔望大船。冯喜靖远街翩翩佳公子，不介意同中流沙怪胎做朋友。一人一蛙，立在洲头上任江风吹，看白艚、米艇、老闸、公司商船。咸水海是生机的循环，江河是游子的长路，这些道理他们此生无法明白。他们只热切地注目参天桅林，虚构大船的命运。冯喜说："远方世界，有垯地方叫做亚墨利加，子民拜太阳、戴黄金，聚向一齐歇息天就黑了，醒来散开天就光了。"又说："亚墨利加北方世界，有冰的农田，专门种冰。"蛙说："什么是冰？"冯喜说："冰是长存的水，亦可令万物长存。冰是热地的奢侈。亚墨利加北方世界，人向山中之湖种冰。人切割冰，放在肉上，丢入酒里，快活就长存。寰球大船驶向山中之湖买冰。水手将冰锁入船舱，将这种北方法术带走。不过，冰是潜逃大师。水手打开舱门，冰不知所终。那时刻，船已经远在火红色热地南方了。"

蛙说："你如何知道这样多？"

冯喜说："总有人从远方来。又或者，人声滴落纸上，被纸长存，从远方来——不是搭船，就是搭纸。偶尔搭风。你见过远方来客吗？他们有无令你木笃的心翻生机？海那边是什么——此乃一个原始问题。为何人不再问了？"蛙答不出。冯喜说："有人问过，但无人作答。于是渐渐不问了。人就是这样的。慢慢地，人认为这个问题不够紧急。原始，但不够紧急。紧急问题涌入鼻窿，原始问题悬向天边。太远了，似星星远。你如何看待星星？两个生坲人初相逢——不是在路口，就是在港口——他们立定，交换世界。世界在路口港口相逢，似乞儿王缝起百衲衣。我见过花旗、黄旗、摩啰、白头，我见过廿六种款式水手帽、猩红绑腰底钻出镀金玫瑰枪柄、无法形容的动物从舷窗伸头、一班佛山兄弟排队上船去向圣海伦纳岛。"

"你见多识广！"

冯喜面红，笑说："要做大河啊！做一条船！做只蛙，似你！莫为守一口粮，栋在原地。栋在原地，亦会变成一口粮，被人家割去、吃去。"

冯喜见蛙背有几条红痕，就问："红痕如何得来？"蛙说："契家姐打的。"冯喜说："为何打你？"蛙不出声。冯喜说："我处有些西药，不知你使得吗？等我请教皮尔逊大夫再讲。"某日，蛙头上脚上成片破损，眼顶烂，背脊伤。冯喜问起，蛙仍然拿芫女做挡箭牌——实情是，三个事仔暗地里讲闲话，笑冯喜是"骗鸡"、"番鬼契弟"，蛙发狼，扑上去就搅咬起来。江风均真地吹。一人一蛙向石矶跳上跳落，寻找望大船至好角度。冯喜带本纸册，用番鬼炭笔涂写江景——蛙未见过炭笔，一捏两爪黑，就去抹冯喜的脸。又跳去深井岛，看阴森森番鬼坟场。墓碑上番文冯喜略识一些，低声念出来：这个活了几岁，那个活了几岁，念到后来一人一蛙都不再出声。冯喜又指南边："白头、摩啰葬在对面长洲岛。这些海客，生前由四面八方来，死后亦要返归四面八方，楚河汉界，不可捞乱。"北面有高岗，立向岗头望，江口阔大，江水通天，一切渺茫茫白颜色，好似一生可以无限远。

　　碇泊黄埔港的大小帆船乌乌泱泱，终究要被大风卷握、向往昔掷去的。它们命定的终点，目光消褪如傍晚天光，而世界全速前进，掩弃往昔一如掩弃瘟疫。冯喜说："你拣条船，我来画它。"蛙绷直脚挑来拣去，拣定一条花旗国三支桅大船。他们两个当然不知那船正是印第安纳号，若干年后，榕官将它从花旗鬼手上买了来，点上大眼，改装做清国战船，未开一炮就被大浪打沉，再淤上若干年江泥河沙、人间垃圾，终成水心一座岛。

万物有影子。浮槎是行星影子。群岛是恒星影子。字里有影子。听：月转梧桐有影，天高河汉无声。[1]影子却被挡在画外。影子有声气，因此无影世界静英英：鸟振翅无声。鸟谈情无声。雪落梅蕊无声。雪发狂，在无影世界里卷，还是一声都无。一串鸟爪向那白雪世界印过去。货郎摇鼓，童子打滚，童子又去转木铃、风车、盘中一颗大枣，风吹钓翁蓑衣，鱼饵在涟心跳，公牛撞角，蟋蟀夜歌，绿头鸭挨着芦花咬羽毛，木头车过河，激流甩水花，这些通通无影无声。

冯喜一出娘胎即落入无影世界，既然如此，就从未梦想过影子，直至在黄埔码头撞见番鬼写生。眼见那个番鬼，跷脚，歪身，凭一支番鬼毛笔请来浓云飓风、惊涛骇浪，灌得那页番纸迷蒙蒙发湿、雷霆万钧轰轰响。等到湿笔尖四两拨千斤，从色水里洗擦出船艇、人声、连绵无尽波影，冯喜脸上就开花，忍不住开口问："借问声，这是哪路神技？"番鬼不识省城话，旁边剃头佬插嘴："乞儿仔，你行运哩，这是番鬼

---

1 引自曹方父。

水彩。"冯喜快活，说："有声有色，有纹有路，大开眼界。"剃头佬推剃头柜过去："借你坐。"冯喜道谢，拍打自身破衣烂衫，劈开腿坐落，歪头望一阵，又讲："这笔云影染得有意思。"番鬼只笑笑，由得冯喜望。番鬼一头棕毛，一捧橙色雀斑撒过鼻梁，有满不在乎公子哥儿气，左手托一只瓷碟、一件海绵，脚边一只半满水玻璃杯。剃头佬说："喏，毋眨眼，此一种笔法，就叫做接色。"冯喜连连点头。剃头佬说："现在他要用干笔法了。"番鬼果然使一秃噜干笔，向湿的色水快速捅去。泥鳅仔实在不耐烦，催说："走喇，去迟了，无粥食。"冯喜说："再望一阵。"又望一阵，剃头佬说："你两个新到埠的？面口生。"泥鳅仔不说话，冯喜闷应一声。剃头佬说："不似亲兄弟。一个面口长，一个面口圆。"两个人都不接他。番鬼开始描水光，冯喜心中惊奇，一对星眼向纸面贴。剃头佬亦贴过去："此一招是开光。听口音，顺德人氏？"冯喜支吾以对。剃头佬不再多嘴。剃头佬不讲，冯喜倒又讲开，似是对番鬼讲，也似自言自语；讲多了，番鬼也回两句番话，一个驴唇，一个马嘴，但求有来有往而已。一幅写完，番鬼收档，两个人面对面行个礼：冯喜拱手，番鬼举帽。剃头佬说："走喇乞儿仔？采个耳吗？"泥鳅仔说："嘻，开天辟地以来，何曾有过乞儿采耳的奇闻？"剃头佬笑口噬噬，抻直抹布，三下两下掸剃头柜面。冯喜说："多谢你只柜。"剃头佬边掸边说："个老番，搭公班衙大船来，惯在码头此段做水彩。"冯喜又道谢，和泥鳅仔一齐向货栈方向去了。万物有影子。泪痕是旧事影子。梦痕是新禧影子。冯喜尾随张亚寿进门，向蓝屋投入淡淡影子，淡香的白花的影子。望见我，他首先惊奇，继而快活。他的惊奇是秀丽的。我见他则感到高兴。我们是初相逢。我牢记我与每个人类的初相逢，不是特别容易，但一定特别值得。因为每当世界蜕骨做空心的大疑问（那常常发生），一个一个初相逢就会轻颤着浮现，使空洞被填补一点，使疑问被降解一点。除此之外别无良方。张亚寿放下冯喜的画箱。H同冯喜握手。

冯喜坐进那把事先为他撑开的画师椅，椅后是抱臂而立的詹士。冯喜再次望向我。这一次是望定。他眼里有无瑕的欣喜、同情和爱。


卡老司笑眯眯住在银币正面，背面是皇冠、纹章、狮子城头、海格力士孖柱。我将银币吞了又吐，问："这个肥婆是谁？"冯喜说："不是肥婆，是大西洋国皇帝卡老司第四。"

卡老司第四戴顶桂叶冠，喜气洋洋，鼻头肉似老虔婆乳房垂垂然，脸上乱糟糟刺着汉字。我问："他为何花着脸？堂堂皇帝竟似个钦犯。"冯喜说："都是银师戳印，用锤仔揉入银肉里。"冯喜移开碗筷，教我认戳字"又"、"大"、"文"、"和"，还有卡老司心口亚拉伯数字1806、后脑顶上罗马数字IIII。亚拉伯和罗马，我长期糊里糊涂分不清楚。冯喜说："亚拉伯帆是三角，罗马帆是四方。"我似乎就在糊里糊涂迷雾中捉到一抹实质印象。

"卡老司天生肥头大耳有福气，广州人就叫他佛头。卡老司在海皮被摸到发光发润，弯的眉弓、深的大眼、富贵下巴肉褶通通融化不见，从而隐藏了命水的线索。有个看相佬突然行运，收到一员完整佛头，尤其新净。看相佬看完又看，批一句：'鼻头垂肉，贪淫不足；准圆肉坚，行运行到四十八。'

"银色卡老司浪迹天涯，落向广州，在黄埔、西关及河南岛深宅大院的阴凉库房集中现身。如果卡老司穿头、黥面，就是经银师过手的，改名'戳银'。卡老司身上飘落的银屑，积向银铺地砖罅隙，天长日久，积出一张方方正正白银大网。卡老司行至何处，银屑即落至何处，因为市面上人，人人向往得而分之。卡老司之待遇同烧乳猪无异！一切二、二切四，又或一切六、一切八。有个乞儿突然行运，拾到卡老司一角碎鼻头。另有人拾到碎额头、碎下巴肉。这些都是行运，都是问天借米，就如无缘无故分到人家祖祠神台上一件胙肉。你要记住：无功不受禄，有借必有还。

"卡老司曾戴一顶双角帽，带一条长耳花斑狗，扮个打猎样子叫画师画。我从中发掘启示，向客人身后发明一种虚构的风景。云天，山海，洲岛，林泉，画中人如在方外，如在蓬莱，实情是呆坐画室，被死气沉沉四壁软禁。什么英吉利查理、法兰西路易、孖鹰国弗朗慈，在风景问题上，都做过我的老师。客人自行挑选一种风景。有人爱子孙满堂，有人爱富贵荣华。有人爱静。有人爱黑色威权。亦有人拒绝发梦，但求一个'真'。

"你估卡老司求什么？你看卡老司到处对人笑吉吉，实情已经亡了国、做了软骨仔，就连戴帽，亦要学他老板拿破仑，戴同样一款。"

我就越发去舔卡老司第四银色的笑，舔了又舔，吞吞吐吐。冯喜问："食饱未？再添些餸吗？"我示意饱到极，冯喜就结账，在伙计掌心排了一串铜板。两个好朋友，前后脚，跳过昌福旺茶楼门槛，沿靖远街向南一路快步行。我们在龍凤饼铺停脚，冯喜将它有名的白云糕、花生酥、鹅油肉松饼各买一打。冯喜说：卡老司祖先中间，有一位最离奇，即卡老司第二。卡老司第二一出世，万民惊恐。何故呢？就要由一座肉山讲起。从前有座肉山，独独地，静静地，停在大西洋国天地间。肉山圆绷绷，滑挦挦，圆似坟头，滑似花胶、山皮、山心都是肉。还未行到画肆，竹枝就迎过来："喜官返来啦？"冯喜问他："四喜到了吗？"答："到了。向画室候着。"冯喜说："你搬个盆上去，让蛙浸水。再将这些送去阿蒙处。"阿蒙是那个不久前搭河狸号[1]从花旗国返来的佛山人，现时由洋行大班打本，在同文街上做土布生意。对阿蒙，连同那条载他漂洋越海的三桅大船，冯喜总有无限兴趣、好奇与疑问。我心里嫉妒阿蒙，嫉妒河狸；白云糕，花生酥，鹅油肉松饼，我也想吃呀！

冯喜又从所有糕饼之中分出一份，"此一份，等四喜领酬劳时候，一齐给他。"竹枝答应，接去糕饼，藐嘴藐舌瞟我一眼，快步走开。

冯喜爬上三楼，入画室，柔声问："四喜，几好吗？"模特儿四喜坐在一把官帽椅内，大吃一惊望实我，眼珠快要跌出来，却不声不响不动。冯喜开档，用画箱变戏法，支支整整，变出木架、木板、颜色砵、校色板、笔、尺、怪味油等等。同一时间，竹枝抬了水盆入屋。

四喜望实我，我也望实他——望他脸上那颗巨瘤！

---

1　*Beaver*，美国商船，1806 年至 1850 年代之间曾多次往返纽约、广州。

他一呼一吸，脸上巨瘤就微微摇摆。我望实巨瘤，它是栖在四喜脸皮下野兽，它呼吸、摇摆，又软又熟，是模特儿头上头。我吓得阖眼。过一阵，眼又睁开。巨瘤仍摆，摆啊，头上之头、无脸之脸。我的心狂跳，眼皮睁睁阖阖，天旋地转。四喜仍然不声不响不动，他大大凸出、望实我的眼里流露同样惊恐。我俩惊恐对望，恍如照镜！冯喜摇动炭笔，造出绵绵落雨声。模特儿四喜额角渗汗、面口发青，而我就要吓晕哩！

冯喜边画边讲：然后人潮来了，那是大西洋国万民，将那独一无二肉山围起。先有襁褓、乳房、财宝、牛马，一圈圈将肉山围起。再有野兽、泉水、群山、星辰，两圈圈将肉山围起。襁褓、乳房、财宝、牛马，全属大西洋国皇帝私有，从河谷堆去山巅。野兽、泉水、群山、星辰是神爷火华的，谁人都夺不去。皇帝的财产和神爷火华的财产好似锦绣的大海扑来，发射光泽，浪声滔天，涌向肉山脚，肉山就变海心孤岛。只见肉山根处裂开一个又黑又窄洞口。受到大浪拍打，山就震动，洞口越裂越大，直到卡老司第二可以从中爬出。

卡老司第二爬入世界。他见世界觉得惊奇。世界见他亦惊奇。何止惊奇？世界惊恐！锦绣的大海突然褪散，褪出一圈静英英空白，空白阔绰啊！和海皮广场一样阔绰。卡老司第二爬向何处，静英英空白就跟向何处。四喜突然发问："何解哩？"冯喜执起小刀，一刀一刀削炭笔，削出一个新净尖嘴。因为新鲜出洞的卡老司第二又白，又跛，左眼生在鼻梁上，嘴巴打竖，右耳上还有右耳，似一丛全是右耳的银耳。卡老司第二爬啊爬，一路爬，一路笑，四喜叹道："哎呀，惨！这个卡老司第二同我一样运滞，是个怪胎！我是后天染疾，他是邪气攻入娘胎。"

冯喜停笔，高声讲："四喜，你如何是怪胎？大夫不是即将为你切瘤了么？"四喜说："宁愿不切。"冯喜说："好了。哪个卡老司都不再讲了。怨我。"

静英英画了一阵。突然四喜又讲："怪胎亦分贵贱。好命怪胎做皇帝，贱命怪胎做乞儿——"望我一眼，"——唏！怪胎蛤蟆，惨绝人寰！"

时辰一到，模特儿起立、包头巾。巨瘤隐匿，软化做一团可以直视的隆起。冯喜讲句"劳烦喇"，嘱咐他去竹枝处领钱。模特儿在头巾之上再扣顶笠帽，最后贪望我一眼，行出画室。

冯喜收档。说："这个四喜，乃海皮第一职业模特儿。一旦摆定姿势，必定雷打不动，凭一颗巨瘤、一身定力养活一家九口。不甘病死，亦不甘切瘤，左右摇摆之际，唯有无尽奔走，将模特儿多多地做、亡命地做。"

此外，冯喜还常去新豆栏阳春馆画烟鬼。画烟鬼一切从简：一本纸簿，一支炭笔，一柄小刀。

藤条拂落来。我想到出神，忘记叫。又拂，又拂。我逃向船板，契家姐大脚踢我。蚝王拎一抽网路过，望一阵，说："哎呀，你这样打，要打死的。"契家姐说："打死就打死！个狼心狗肺，命都是我的，而今日日同鬼混在一处，打死罢就！"又踢，又踢。靖远街似花灯，似油彩，是四海万国幻彩激流。冯喜真有意思！阴声细气，识字，识番话，夜里点盏灯，在画肆三楼静静切莲纸。画肆三楼不朽荫凉，有花香；蝴蝶在大玻璃缸内慢慢扑翼。蝴蝶死了，冯喜就开箱，执出来，差竹枝去买新的补入。蝴蝶在靖远街葆春记买。葆春记还卖五彩蝶蛹、缝叶蚁大巢、万物标本。冯喜教画肆哥仔认博物画中生灵。他背对满洲窗，头顶镶一弯薄光。谁若瞌眼瞓，他就以竹尺触其手背："自身不发奋，指望神仙打救？"有时詹士哼哼唱唱拍着墙壁上来——唯独詹士上楼毋需竹枝引路——冯喜就同詹士齐齐再上一层楼去。詹士亦是苏格兰鬼，较 H 更肥大。冯喜说："莫叫人家'鬼'。"似是发恼，实情没有。有时冯喜画我，在画肆，在蓝屋，在六丰行中庭花园。H 和詹士立在后面看。大笼早就弃用，拎去六丰行后厨水围基养鸡。我学会顺遂他们意思，摆出万千姿态。他们看我、画我，哇啦哇啦使番话。我听不明白，因而趴在局外。横掂我也不是人！我摆万千种姿态做个模特儿，趴在局外，看冯喜坐在两个番鬼中间，似纸薄。


## 07　神爷火华向东旅行

一味向东旅行，将依次路过夏威夷、墨西哥高原、印加帝国、马尾藻海、西撒哈拉、法老的午梦、奥斯曼帝国、阿拉伯海、恒河，然后回到广州。这时神爷火华失了一些时间。同时失去时间的还有蚝。蚝搭乘蚝房旅行，从北海到阿拉斯加湾，灰汪汪肉里怀着怀表。蚝不断看表，以便配合潮汐节律开关房门。一味地向东旅行使怀表失效了。蚝在错误的时间打开蚝房，神爷火华在错误的时间举起蚝锤。

神爷火华一味向东旅行，依次经过阿拉伯海和孟加拉湾。风暴和群岛向东旅行，消散在失去的时间之中。神爷火华侧身拉长马六甲王国残留水面的倒影，日积月累的园艺活削平了他的腹臀。

珠江向东旅行。神爷火华掠过柔佛时候，珠江正从马雄山出发，摇着白色背鳍滑出山洞，落进潭去。洞口距离潭面不过一米。人在洞口挂个招牌，刻下"头"、

"源"、"江"、"珠"。珠江很是愤懑。但它年纪尚幼，它的愤懑就未受到重视。珠江游，一味向东。在逼近大海的时候珠江已是极大，它的分量压低地层、荡平山丘，稍一翻动就使横跨天穹的经线颤动不已。人给珠江磕头、烧香，向珠江手里塞猪、牛、羊，也塞人。珠江把这些皮货都吹胀吹圆，上上下下颠着玩。

现在，珠江老了。离自己的尽头很近了。这就是珠江重拾童心的缘故。珠江旅行到力所能及至东之东，染了一身病：慢性中毒、痴呆、栓塞、衰竭。它卸下所有西边的记忆和时间，在八个地方死去：崖门、虎跳门、鸡啼门、磨刀门、横门、洪奇门、蕉门、虎门。

# 08　葆春

江面声浪渐大时，剃头佬就挑担行入广场，到正对六丰行的大榕底停住。大榕枝叶根须茂茂然，做成广场唯一公共凉亭。剃头佬卸担，将剃头柜、面盆座严正摆好，从剃头柜内取剃刀、手镜、布巾、番枧、篦梳一干拉杂，排列齐整。剃头佬倚着剃头柜等，对迎面而来无论谁人都招呼："阿官，采耳吗？"

人家不睬他，荡走了。他又倚返去。日头在天上划个弧，他跟着大榕影移去西，移去东。鱼佬、岑婆粥那些人，专挑日正时分窜上广场摆档，摆得一阵是一阵，差人有时理有时不理。最狼一次，岑婆粥被打断脚骨，无影无踪。剃头佬以为她死了，不料两个月后又挑个粥档上来，人变矮、变跛而已。一条髀¹、一条臂，丢了就丢了，人活着似檐蛇²。甲万³师傅、补镬佬匿在暗角，等到事仔找上门，就拎起架罉跟入夷馆做工夫。干手净脚，潇洒。

　　"采耳吗？"剃头佬发问。剃头佬心很定的，因他交足平安钱。细春照直走来。买办牌照，一件木方仔，自腰间垂落，被他大腿来回地撞。不要觉得烦。正正是要这样。是要这样，时时刻刻记忆、公告着买办牌照的存在，记忆、公告着为它付过的血、泪、汗。剃头佬抻直布巾掸柜面："春爷坐。"细春坐稳，剃头佬递手镜过去。细春装脸入镜。"老啰，"他想。剃头佬烧滚水、热布巾、醒剃刀。

　　随口地讲："春爷，近日有乜趣闻？"

--------

1　［粤方言］大腿。
2　［粤方言］壁虎。
3　"cabinet"的粤方言音译，时人称保险柜、保险箱为"甲万"，亦写作"夹万"。

细春阖上眼，听颈骨节节放松。说："诸事八卦。"

剃头佬落力做，喘声说："嘻，多个消息多条命呀。"

细春由得他松肩打背。听自己胸腹共鸣，想："这件白骨人皮鼓。"顺应鼓声，回味一些流沙时光：缓缓收窄的水道，缓缓扩充的沙田。船户绵密密漂一层。乜都有。猪栏，羊栏，鸡笼，鸭一群群游去，屠夫斩猪头，一抛，腌肉师傅水光上晒肉，一格格水上通菜田，豆腐西施磨豆腐，五金杂货，杉木顺水漂，粪船竟日打转。那些水体、骨骼、组织，那些无亲无故劳碌人，天南水北，聚结暂时，个个面上无情，做足冲杀准备。细春闭目遥望，一身轻松。

剃头佬将清眼目、放髓、活血等等十六样工夫逐一做齐，再滚一水布巾压眼。说："春爷，妥当了。"细春照手镜、起身。剃头佬为细春扫身、扫背。细春付廿个铜板，将油光水亮长辫抛去身后，向来时路大步走。剃头佬高叫"盛惠，得闲过来坐"，用布巾嘬嘬声拂心口、大髀，拂剃头柜面，拂柜脚、地面。


六丰行 1 号底楼库房里，一个番鬼在制标本。拖泥带水的野生山草统一送至后院井边洗净，和大菜蕾一齐停干水。尽管都被称作植物，命途却殊异：大菜蕾要进大瓦缸，先被盐戕害，再被胃液戕害；野生山草则去库房，排好队，按部就班，为跻身不朽做准备。库房极干燥。人颇费了些心力智力忤逆天然、维持那种罕见的干燥。

谁发明了货架？货架可以无限精缩下去，也可以无限扩张开来。货架繁殖，成为库房。船则是流动货架。你站去海皮边缘望一望：多少货架正在顺风漂流、泊岸繁殖。货架上摆着货，一种被人判定为有价又有市的东西。可能是任何东西，只要有人买、有人卖。万物被标价。你我被标价。有一些货贴了封条，封条上印着那些年随处可见的公司桃心唛头：心顶插把匕首（番鬼财神墨丘利的发财法宝）；心田劈分四格，依次摆进番文 V、E、I、C。天涯海角，桃心唛头浩荡流通：一柄柄匕首，一颗颗血肉之心。

我对六丰行很熟了。整幢大楼方方直直，静静碇泊，哪里也不去。我熟悉它每个角落、每时刻光线。我学会从楼梯口木壳落地钟的镀金脸上读时间，读一种圆薄的、被无限均分的新型时间。于是时间的消逝不再尾随以星火或香气。我吞下一只怀表，认识了数学。六个半钟头后，怀表在我的屎糊里探出半张滴答作响的脸，而野性的、浑浑然扭动不息的万物一夜之间披上了金黄刻度。

我曾闯入厨房一通豪吞，那是心眼、喉咙眼和屁眼都大开的时机：上吞下泄。他们在我胀破肚皮或葬身屎海之前赶到，又花费两天两夜清理灾难现场。细春向 H 抱怨说，我足足糟蹋了一艘五十人船半个月的食用，H 报以快活的大笑。

闲暇时候，冯喜总带我入中庭散步。起初，那座被木头、砖块囚禁的小小丛林令我吃惊。我想，笼子是无处不在的。有人就有笼。笼子可以是笼子、屋子、船、广场、一座城、一句话。人执著地把东西关进笼子，像是一种癖好，一种强迫症。如果笼子足够大，人还要关太阳、关月亮，然后指导它们抱对哩。依我之见，万事万物都应尽快精进笼中生活的本领。因此，我一见中庭花园并其中适应良好的花木，就立刻动起拜师学艺的念头。

高高的屋顶缥蓝色。长龙样的楼梯绕着中庭层层盘旋上去，盘出个回字。有时我一个飞跳，黏紧楼梯外壁俯瞰中庭丛林。从那个角度（用冯喜的话说，就是神爷火华巡视世界的角度）望下去，植物呈现新奇面貌：对称的圆、椭圆、三角、星星、六边形或八边形，让我想起二楼欧罗巴大巴扎货架上的蜂房、海星、宝石和海胆硬壳。

冯喜说："大地既是植物的生基，也是植物的监牢，有人是植物性的，终生受困于大地，"我俩行过开不出花的印度柠檬、佛手和橙树，一个事仔从大木桶舀水浇花，"还有人似鱼，似水流柴，"冯喜说，"脱离大地，顺水而行，发往各处，和受困的植物相逢。"浇水事仔的长辫沾了水珠垂在泥里。冯喜说："你不应退化做植物，不应浪费水流柴的天分。你曾住船上，但你的船被河岸锁紧。戴镣铐的船还算船吗？不过是另一种花样的木地板。你不应浪费天分。你在怕什么？"

后院井边，我看事仔收拾蛇瓜、球兰、鸡屎藤。有人捧一盘苹婆果过来叫他们洗。一个事仔说："这不就是苹婆么，有什么可稀奇的。"来人只重复："洗净，入册。"他们把红蕉花大卸八件，整整齐齐排在托盘底，送去给冯喜画，所费工夫堪比细细拆散九层宝塔。试茶房里，茶叶秤盘轻响，茶师口中什么娥眉珠兰、头春二春、五斤箱十斤箱吟吟哦哦。茶叶味怪，越闻越香。

制标本似做殓工。病叶剪去，坏茎剪去，根系修剪爽利，使那植物死尸干干爽爽、靓靓净净。有人是植物性的。搬来标本台纸，两张一组，夹起植物死尸。个阵你阴司条路且长行，你阴路好行啊！植物静静平躺。它们此生所经薄露、阵雨和洪水仍未干透，仍在体内环游，是旧怨和遗梦，是朦胧的不甘。它们阴魂不散。因此要超度，要压顶，要给这套纸片棺材再上一层夹板，绕绳三圈，扯紧，扎实，使它们永世不得伸张，使旧怨、遗梦、不甘无声蒸发。

"你在怕什么？"

——我怕大棒，头粗尾细两截红，握在差人手，即兴挥起，即兴落下，骨碎在肉中，血溅在街头。我怕绞架，还记得猴年马月海皮广场公演绞刑，船艇密密麻麻挤在江面看。我怕讲官话的人，他讲什么我听不懂，他像要煎我皮、拆我骨、吃我血肉，又像要把我高高架起、叩我拜我。我怕风飔向水上行，年年杀人，杀好人，杀我亲爱的人。我怕契家姐，又怕又爱，我怕她病怕她死，怕她流离浪荡无人送终，我怕她不死，年年月月苦海无边，做牛做马挣扎。我怕茫茫珠江，又爱又怕，我怕它太长缥缈不知所往，我怕它不够长，所去天地不够远、不够新。我怕这人间。我怕此处彼处、近处远处其实一样。

一套套植物棺材在货架上排开、叠起。台纸、夹板由葆春记长期供应。H说台纸夹板乃瑞国人林奈氏之天才发明。他接着讲起林奈氏、"结满白冰的世界尽头"、瑞国东印度公司，以及老鲍的故事：

有过一个标本大师，名震海皮，人称老鲍。这个老鲍，鬼使神推，一头撞入葆春记，监制了一批台纸夹板，自此，葆春记开始行运发达。有店家跟风，也做台纸夹板生意，却没有做得过葆春记的。老鲍的亡魂常在熄灯后闯进我的套间，吃了一惊似的悬在那里。午夜单人床像头死犀牛，亡魂呼吹防腐剂之风：硫磺、烈酒、砷。每当那风息变得无法承受，我就会伸手向床头柜盲摸，柜面上永远泊着一杯（远渡重洋的）威士忌。

——老鲍啊老鲍，你把一生赌在谁也讲不清楚的东方，为帝国搞到近千件标本，还有上百件不走运的活体（包括那十六只从美国人手上买得、星星般震颤的蜂鸟）死在海上，而你死在苏门答腊。尸体好歹弄回去了：用橡木桶装着，用朗姆酒浸着。

你仍在六丰行徘徊，时常迷路，因为这小楼在你死后经历大火和改造：中庭花园和前门廊柱是加盖的，墙也重新隔过；埃德蒙赚得盆满钵满，把他的乡巴佬旅馆扩大了一倍，现在3至5号三楼楼面都归他；楼梯发出新枝节；夜更长，梦更多。老鲍，老友，那些标本没能替你挣得一官半爵，因为它们只是腐尸而你只是矿工的儿子。你不关心近在咫尺的矿脉却向往未知远方的宝藏，你的致命失误不在放纵野心，而在看轻海洋。

你也爱在靖遠街徘徊。你拒绝正视那些古老的东方符文，终生拒绝，因此街口牌坊上的"街"、"遠"、"靖"在你看来不过是三团填充空间的花纹。倘若靖遠街是炼金术士的花园，那么葆春记就是你一手培植的混血月季。如今葆春记当家是细老昌。你记得吗，那日我们同时迈出右腿、踏上葆春记的阴凉砖地，有个小鬼头立刻蹿出来，一声不吭盯着你看，盯得你差点儿发疯？那就是细老昌。大老昌死啦。肺叶出了毛病。无论如何不肯用皮尔逊的药方。

葆春记闻起来就像你的鬼魂。时光之于葆春记犹如烈酒之于桶中尸体。临街展架仍然陈列标本，更多标本，干制的，浸制的，剥制的，风尘仆仆的年轻人带来新技术……还有一只品相极好的瓶中鼠负鼠——有位东边来的先生手头实在紧，不得不暂时典当那瓶心头肉，计划从帝汶返航后立刻赎回。终究没能返航。瓶中鼠因主人厄运成了触霉头的东西，在葆春记扎下根——比起你在时，这些新闻轶事只多不少。

如今葆春记已是不死之物的密林，埃及人见了也要惊叹。每日都有新尸体抵达，换乘硫磺之舟渡向彼岸。你示范制作的第一件剥制标本，那只短耳鸮，是密林的古神、创世神，潜伏在一只绿孔雀草草了事的尾羽底下，周围拥着做坏了的田鹨、苦恶鸟并积满灰的鲎壳蚶壳，从不对粗笨眼睛和愚钝心灵现身。也许因为常年与硫磺相伴，细老昌的面目与大多数本地人不同了。他鼓着一双眼镜猴的大眼忽隐忽现，总会被误认作某件大型标本。

与大老昌的温良敦厚截然不同，这个继承人卤莽乖张、不学无术，企图缝合大杜鹃、象龟和本地水蛇幸亏失败了，但还是造了不少孽：给赤狐拼接八条貂尾、给朱鹮缝猴爪、给金鱼黏一身猬鼠刺。那些令人作呕的喀迈拉污染了他父辈的基业，深得本地官员喜爱，遭水手（不得不说：长久的、不间断的航海生涯使他们中的大部分远离了文明和教养）哄抢，寰球流播或葬身洋底。今时今日，纵贯俄刻阿诺斯的航道已经咬合，你且看万事万物、好的坏的将如何畅通无阻。

昨天，读罢伦敦来信突然感伤病发作，只得遵医嘱，去广场晒太阳。我沿江独行，恍恍惚惚，在靖远大牌坊斜影下又见到你，老鲍，我亲爱的老友，我登时提神，夹紧手杖向你追去。白天的靖远街日影幽深，乞丐、蠹贼、鬼魂、细菌无忧地栖息。你引着路，像一头发光水母，终是又到了葆春记门前。细老昌着人上茶。葆春记的硫磺茶，我向来一口也喝不下去。我见你被"新货"（几捆切割整齐的大型蕨叶，十几只已经断气的鸟，某种难得一见的左旋海螺）牢牢吸引，便向细老昌打听剥皮刀的事。

眼镜猴先生一分钟也没耽搁，掀帘钻去后坊。我望向堆满柜面的覆羽的两足兽：斑鱼狗、"雨鸟"、粉腿缝叶莺……像一堆精工小伞，已被死神合拢。你的鹰钩鼻俯向那些伞，凑得近极了，要吸走上头残留的灵魂水分。细老昌走出来，捧一个卷帘皮袋，同样也是收拢的。

接过皮袋，回到寓所，坐下，掰开上头的面包扣。扣面刻着你姓氏的首字母。我推那皮帘子。剥皮刀、扁嘴钳、侧铣刀、扁锉、刮刀、钢针，等等吧，那些我叫不出名字的，依次插在横档里。有人给上过油。皮衬上烫了金字：鲍勃·伯德，爱丁堡，1802。

——然后，我闻见了老鲍，继而看见了老鲍。老鲍就坐我对面，一贯地阴沉，也在低头凝视一帘油乎乎的利器、凶器。被那些凶器开膛破肚、剥皮剔骨的动物也都来了，从金山，从锡金的森林，从珠江上游和浸满雨水的低纬地带，静默地，漂净仇恨地，到来，先抖出气味，再现出身形，和我，和我们，在这永远无法抵达的不存在的远方，重逢。


另有一次，我在蓝屋廊上听见一阵怪叫，瞥见凤凰般壮丽的一闪——我所以认得凤凰，是因契家姐屋船内不朽贴有凤凰红纸画，那红纸仿佛贴落于开天辟地时刻，纸上凤凰也具备远古神采——四五个事仔推来攘去、发癫地跑，连连大喊"金鸡[1]！一只金鸡！"。

———————————

1 ［粤方言］红腹锦鸡。

三个月后，我在蓝屋又碰见那金鸡——死了，却仍鼓着；眼被挖去，替入两丸玻璃；拖着尺几长豪华尾羽，立在一截同是死的树杈上，歪歪斜斜，周身不对路，散发刺鼻的死味。它火焰色腹下，台面好似迷你珠江，千百样物件铺出迷你船的浮城，有蝴蝶在玻璃寿材内，有粗大玻璃樽浸起发梦白皮蛇，有半圆的、榄形的、尖的头骨不知曾属于谁，有珊瑚、摄石、气泵，有一千张纸，有花草干尸，有令世界变形的圆口玻璃，有唱歌金盒。其余更多物件我叫不出名字。

我跳上大台面嬉游，浏览千百件不重样的惊奇：金属、钙质、色素、纤维，一管火山的愠怒，一粒从尿中取出、已经干透的碎石，几枚天空般蔚蓝鸟蛋，薄薄蚯蚓横切片携带年轮，以及——我僵住——一只成年田鸡，钉在板上。

有人逼她仰躺，成一个大字。钉死她的手手脚脚，然后用凶器剪，从她喉咙开始剪，一直剪到两腿根处，令她噗一声打开。她的五脏六腑突然见光、受风，吓得阵阵收缩。

有人撕裂她肚皮，半边向左撕，半边向右撕，再取大头针，仔仔细、一段段固定。有人在她旁边钉块字牌，以科学的名义，使一切合法正当。她变成一间屋，门是双开，永恒大敞，摆出迎客姿态：

欢迎参观我的尸体、我的脏器，和这一套加诸我身的酷刑。

密密麻麻的卵从撕开的腹腔涌出，说明她是一个母亲。真是奇，我们总能超越物种，瞬息间认出所有形式的母亲：卵生母亲，胎生母亲，风的水的母亲，所有母亲的母亲。

暗色的、无法尽数的卵，就那样摊着，已经变硬了。

我作呕，又想泻肚。我头晕心悸，背脊起火，急急脚从她上方逃离。一种前所未有感觉推我，推我去投个隐蔽、阴湿地方。我连扑带跳扑扑跳跳，我一扑一碌，伤心愤怒又夹杂一丝欢喜。我一头撞入中庭花园。那时刻夜深人静，月光隔在瓦顶外，园中却有虫鸣。那感觉既催鼓我要快脆，又警告我要谨慎。那感觉顶开我，好似番鬼崩一声顶开酒塞——

崩！我在一棵龙眼树下发射！崩！龙眼树大吃一惊，半树龙眼震三震。我崩崩噗噗咕嘟嘟，连续发射廿一响愤怒礼炮，一切感觉随炮弹炮汁离我而去，唯剩羞耻。

我转身望去。一摊浓稠、半透明黏液糊涂树枝，正在慢慢下淌。一时间，我甚至搞不清它是单或是群，是公还是乸。我眼定定看它以极慢速度下淌。

它离我这样近，逼我感受它，像正午毒日一样不容逃避。它可能是活的，也可能是死的。后来我终于看清那是一堆怪球，半透明，彼此黏连，每个都大过男人拳头。我开始数球，我的算术还不熟练，来来回回数了不知几趟仍数不清楚——怪球真是狡猾！怪球无耻地缠绵，被无耻的黏液包匀。

等到怪球的无耻和无数都变得无法忍受，我就爬近去，开始生吞它们。怪球软弹、发腥，每一个都诉说悲伤道理。我哪里尝过这样古怪的苦头？我一边吞球，一边数数，我肚中已是苦海滔天。另一方面，怪球的正在消失、正在有数却又令我心定。我悲伤、心定地吞，数，龙眼树逐渐轻松，我就更加觉得吞净怪球是在行善。虽然悲伤，却是行善。我数到廿二时候，树上只剩四个球，那时它们极似一种甜美果实，一种数倍胀大的剥皮龙眼。人家讲白露食龙眼，一粒顶只鸡。我饱啊！我烧心顶胃！我悲伤、口苦、饱。我悲伤地吞下第廿三个，背后突然响起番鬼皮鞋声、扒拉枝叶声。

后来，我仰躺在蓝屋，身下是一层粗棉单，散发番枧味。我仰躺姿势和那只板上田鸡一模一样。离我左眼不远地方有个大浅盘，盛一个微微变干怪球：一颗蛙卵（H 告诉我）——一颗我的卵，其余廿三颗已被我的腹水溶化作屎屎屁，另有一颗被锯齿刀一开二，再有一颗用湿水蕉叶包起、严密看管。

屏风后面发一阵汀喤脆响，H 走出来。

"你拿着什么？"我问。

"工具。锤仔。镊子。产钳。止血钳。骨锯。三种尺寸钢刀。压舌器。注射器。一樽酒精。全部用珐琅盘装起。"

"嗬！你要在此处劏我？就像你劏那只田鸡？"

"哪只田鸡？"

"大台面那只。"

"哦，它。"H 说，"你和它不能比。"

"如何不能比？——它比我小，我比它大。"

一些酒精跑进空气里。我的右眼紧盯他的手，紧盯他晃来晃去身体。他快活、悠闲。他举起一个东西，"工具"中的一件，用一团湿棉花擦拭它。

"那是什么？"

"产钳，"他说，"戴维斯牌产钳。"

"老老实实，"我说，看着他双手握起那把银光闪闪戴维斯，张开又阖拢，"有一天，你是不是也会将我开膛破肚、剥皮拆骨？"

"你们不一样，不能比，"他说。

"有什么不一样。"

"它们遍地都是，多，太多，像老鼠蟑螂，像猪像狗。你不同。你罕见。你是独一无二。"他笑眯眯地，

"准备好了吗？"

"准备什么？"

"做理学检查。"他抓着产钳，向我走来。

那些器械一直留存在我体内，以感觉的形式。它们在所过之处埋入冰——我这样回忆的时候，已经见过冰、摸过冰、吞过冰；我恍然大悟，原来第一块冰早在当时即已降临。我的内侧藉由结冰向我显现："泄殖腔""子宫""输卵管""卵巢"……一路向北，显现，像覆雪河床、封冻湖、茫茫冰盖。"果然，你是雌的，"H 说。他的判词是一片薄薄钢刃，"你大概率不是蟾蜍——约翰·格雷会赞同我——你的卵不是飘带状。你没有把卵排进水里，而是产在叶上。我要给荷兰人写信，他们比谁都了解热带林子里的无尾目——我早该料到，你从来就是攀爬好手！"产钳的两扇金属翅膀压迫肌肉：一种极寒恐怖。管子乱伸乱钻。一些气体，闯入并发现了从不存在的空间。

从此我被宣判为雌性，宣判为"雌"。我被宣判为属树的，而非属水或属泥的。从此 H 定期为我做理学检查，乐此不疲地从我手心、脚踭、大脶、屎眼摄取"物质"送去喂他的台式波吕斐摩斯。他努力追寻一个答案——我是什么，应将我送去哪一科、哪一属，应为我起怎样一个"学名"。

我和人漫步笼中丛林。我和人穿过鱼尾葵、棕榈、天南星的丛林。水横枝好香啊。契家姐对此一无所知，因为，我对此岸有多投入，对彼岸就有多疏离——我难得再回中流沙。我只在月至中天时爬上公司行钟楼，远望西边江面，寻找那片使梦境湿滞的桤林。风信鸡吱吱乱转。珠江似银鳞大蛟。桤林远得根本寻不见，蓝屋却近在眼前——

蓝屋。下午。冯喜画我。暑热像庞然大物在廊外爬过，H端一只珐琅彩梅花碟走进来，边走边从碟里取葡萄吃，漫不经心地，宣布即将迁我去澳门好景花园的决定。

梦的气息加重。就像你在梦中游泳时踢出真实的一脚：你踢中空气，你的梦摇晃如满树龙眼。我的世界摇晃如满树龙眼。冯喜当即停笔，问："过澳门？当真？"

"当然，"H东看西看，嚼烂葡萄，吐了些籽，"早有计划，而今各方面都已融通。你也一道回去转转吧。住两个礼拜。会会老友。打几场球。我记得你打得不差。我们九月中起行。海关文书你毋需担心。"

冯喜不再画了，茫然看向我。

"冯，没什么可操心的，"H走向百叶窗，试着从窗叶上拭尘，但窗叶一尘不染，"澳门对这野兽更有益——澳门与广州不同。在澳门，我们有更大空间。"

谁人不识好景花园？这个名字永恒流转，在六丰行，在海皮，在澳门航道和番鬼观光手册流转，和蝉鸣一起拍打燥热正午。"花园里头有七百种雀，"有人说，门牙压开瓜子，"最大连尾十尺长，最小小过指甲盖。"人说花园里有三千种花，依河南岛做派以盆栽起，再顺着逐层升高大石基摆，摆作花的舍利塔，廿二个花王全年无休日夜服侍。人说花园里养老虎、犀牛，老虎趴伏大餐台打盹，犀牛成日顶门取乐——那门是犀牛专用，顶穿就换。冯喜则说好景花园是现世诺厄方舟。

——有个叫诺厄的男子拥有一条大船和一项大计。他要将世间一切动物，每种捉一对，一公一乸，带向他的大船之上。

我说：为乜？

——因为世界将要发大水。世界要变一缸水。未能上船的万物都要浸死。

我说：鱼如何浸得死？雀呢？雀可以飞哩！这个诺厄如何在船板上养水蛇？长颈鹿呢？照 H 所讲，长颈鹿的长颈足够扯蟛做大桅哩！

冯喜说：你讲得有道理。我思疑，尽管诺厄非常发奋，仍然遗漏了几种动物。他极可能遗漏了你的祖家。

好彩，你的祖家发奋，匿向某垯秘密地方，终得存活。那完全仰赖你们天生的构造与机能。

我说：极有可能。

——总之，诺厄掌他的大船，运一大船动物。大水茫茫，再望不见陆地。亦无山尖，亦无岛屿。诺厄向四面八方转舻，有乜所谓？大水面一丝波纹都无。艇静静垂。当其时，世界是水，却无风。风死了，水息了。

如何是好？唉！谁人来帮帮手呀！

——无人能帮。在那艰难时世，世人都被神爷火华剪灭了，唯独是剩诺厄和他的发妻。那就是天谴。神爷火华独独保佑诺厄的大船，将所有爱倾向那世间唯一大桅。爱太大，原地掀风。白鸽应风而至，嘴里衔枝橄榄。

我得意道：果不其然——诺厄遗漏了白鸽。

——诺厄立向望楼大喊："你由何处咬到橄榄枝？"白鸽拧头就飞，飞向风的前头，诺厄就追赶。神爷火华的爱注向所有风上、艇上，风就变顺风，艇就见风使尽。

我听得跳起：白鸽飞去何处？

——飞去澳门。大船亦追去澳门。在澳门，诺厄见大水渐渐退落，深色礁石浮头。虾蟆神停在妈阁庙对出水面，早已变大石，石身上钉了许多蚝。虾蟆神是发了善心宏愿，甘愿变石，于大水之中，救下许多蚝的性命。后来，澳门人就叫它虾蟆石。

——诺厄见白鸽着落、湿地露出，就令大船埋岸，将船上公乸动物引去地面。动物太多！流流长动物大队由船舱至地面，行足七日七夜。

我问：何其大的大船，能够装载如此多的公乸动物？

——一条大得无敌五十桅大船。

船上动物尽数入伙好景花园吗？诺厄船长哩？

冯喜说：傻蛙，我不过是用诺厄故事打个比喻。世间故事，皆为比喻。好景花园就似方舟大船，有功有过，有拾有遗；它命运不能自保，要靠时势、风水、神功。你我何尝不是小小方舟？这比喻由地底打上天，打遍东西南北寰宇，都打得通。

我只想和契家姐道个别。我向西游去，途经澳门航道大岔口。珠江在此裂作两股，形成大口袋将河南岛包抄，终在黄埔汇合，轰然向南，直坠咸水海。人在海皮渡头敲锣，一挂一挂烧炮仗，满载番鬼的驳艇就离岸出发，沿航道发向澳门。

我找不到拒绝澳门的理由。奇的是，我心里胃里卵巢里，有团怪东西一直作梗，要将远游涂污成背叛。难道种子远播、鸟儿离巢不是自然大道？何况世界这样大，未知这样辽阔！我自问自答、瘟瘟沌沌，同许多船底擦背而过。等到船底之间又增加许多蹭踢的细脚、翻腾的鲍鱼仔并慈姑椗，就知道中流沙近了。

我找到契家姐屋船，我曾经的家。此刻它缩得这样小，又柴，又寒酸，似感染重病。擒着船舷爬上去。契家姐正弯身向船尾打水。我俩四目相接。

她也没有打我。我俩对坐落，台面在中间，似往日。时间是大蛙。无人逃得过它的大腩。在它腹水里浸泡越久，骨肉越松，终将消化，万物等同。我俩在大蛙腹中对坐。契家姐变松了。我又何尝不是。

我说："契家姐，你知吗，实情我是镟。"

契家姐说："是呀？"

我说："一开先，他们判我无鸣囊。照他们讲法，鸣囊应是蛙公专有。不过，单凭鸣囊，他们仍然不能判定我是镟。契家姐，你说有趣吗？"

契家姐默默食水烟。我想到龙眼树上巨卵，心田突然发苦，陡然不知从何讲起。唯有不讲。行到这一步，时间空间都太紧逼。我说："当我终于认清自己，再同你倾谈，又有别样感受，仿佛比旧时更明白你处境，你说奇不奇？"

契家姐笑笑："发噏疯¹。"

又说："是了，你日日同鬼搅在一处，必定染鬼瘟。"

我听得火滚，就收口。契家姐仍然请我吃塘鲴。提着塘鲴突然高声大叫："哎呀！不知这些疍家贱粮，而今你吃得惯吗！"我说："契家姐——"后半句再讲不出来，抢过塘鲴一口吞落。

我俩静静对坐，听古老船浪声。仿佛有满屋嬉游仔女上下飘呀。我们曾是水中飞鸟，了解光阴的游徙、重力的解放，陆上人对此种自由一无所知。我俩都熟成了。契家姐说："你看我对新耳环，老章送的，靓不靓？"我说："靓顶了。"契家姐说："老章上个月死了老婆。"塘鲴拱开食道，向深处，向深处，摇头摆尾，弓弓缩缩，以为有望逃出生天。契家姐说："他个老婆，五十三了，应该死哩。"契家姐食水烟。契家姐说："老章问我要不要同他去紫坭，我问，去紫坭做乜？他说船上争个事头婆。"

我小心问："是海盗老章？"

契家姐大叫："海盗又如何？一个月赚百两白银！你？何时赚返过一个零头？我捱生捱死，不过帮鬼养仔！"

等一口气顺下来，头脸也不发红发胀了，又说：

---

1 〔粤方言〕胡言乱语，扯犊子，嚼蛆。

“我今日不同老章去，日后必然烂向水底、益了鱼虾。我自出娘胎就望见一条死路，我顺路滑出阿娘肚皮，方知它通向苦海无边！做人无得拣。做人的艰难你不能明白。你是简简单单。”

说：“出去，寻一处静水面，寻一个肥泥凼，快活过日辰吧。”

契家姐最后送我一条塘鲺、一孖桔、一张红纸。她突然复返天真地，将那红纸贴向我两眼之间。那一刻，似有一束光将她照亮。她新耳环是翡翠的。我俩终是没有开口道别。对水上人来说，道别就似发噏疯。

为免打湿红纸，我昂高头游水。我明白红纸终究要打湿的。打湿，浸溶，化去。但那时刻能迟些来，就迟些来。我顶着红纸游，闻它熟悉味道——长久让敬神香焗着，又吸饱鱼腥、泥气——游得舢舻渐疏心寡寡，收神一望，竟已游至大竹升尽头。四围落雾，白森森不似人间。

大竹升终端，水哥正踎着，嘬一柄大烟枪。猛然望去，竟似雾中巨蛙。

“哎哟，”水哥哑声道，“是谁人，大驾光临中流沙呀——”他竟这样瘦了！瘦似戚记药材铺前风干马骝。

我说：“水哥。”

"——原来是，番鬼波士手下一只走狗。"

我便调头游开去。无声无息游出二十爬，听得他喊："喂！大头胎！返来！"

见我仍游，他再喊："——个芫女，认真命苦！唉！大祸临头无人救！"

我拧头就游返去。问："何谓大祸临头？"

水哥果然得意。望天，嘬烟枪。

我说："我再游去，就绝不回头。"

水哥就不再作怪，整理气息开讲坛。讲契家姐如何滥赌、如何卖身卖船抵债。又讲："你亦无谓再去求证。她若是愿意讲的，早已对你倾诉，必然是有难言之隐——"

我问她欠多少？水哥用两只手比了个数，比得嘴都歪了。我又问是铜是银？水哥大喊："梗是银哩！"他快活地看我面目扭曲，快活嘬烟枪。他等我开口，我等他开口。此轮较量，又是他输：

"好啰，你亦不必愁！船到桥头自然直。"

我移船就埠："水哥有何教导？"

他说："此条百年一现发财路，不是同乜谁都讲的。"

我说："当然。"

他说："看在你我相识一场——"

我说："是哩。"

他咬牙切齿说："看在芫女帮过阿金——"

我说："是呀。"

他说："现时就要考验你是知恩图报，抑或忘恩负义——"

我说："请讲。"

他说："行船走马三分险——"

我应："逆水行舟好过湾。"

他大力拍膝头："哎呀！果然见过世界！"


五日后一个静英英半夜，我照约定到达花地河口，半潜向芦竹根里等。很快，一条罟仔自西边驶近来，无灯无光，似条鬼船。我注目船尾，果然寻见一面八卦镜、一条垂尾蓝布带。就蹬开泥坦，摸上去，尾随那罟仔游。

罟仔一路向珠江口去。我且游且歇，穿江过水，穿过白天黑夜。水面越开越大，惊奇也越开越大。惊奇同天高、与天齐，沉降下去变海床，变深深涌动蓝色。老万山一千座岛屿似香炒芝麻抛向惊奇之中。惊奇的蓝色胸腔微微弯曲。天顶清净。天边有薄云打卷。蓝色大世界！点点小白花。

后来我问冯喜：为何云白、浪白、海鸥白？为何天蓝、水蓝、远的山蓝？其他色水去了何处？冯喜说：蓝与白，是天然。这世界天然是讲求美丽和谐。你眼要望天然世界，心要从浑浊中出离。我问：如何出离？冯喜说：天然是洗得的，你要学做一支笔。

蓝色世界太大。天水茫茫。世界太大，一生太短。

罟仔向蓝水上行过两次日出、两次日落。第二次日落，西天烧大火。火过天顶，一路扑向东。天壳舀了烈火向蓝水面倒扣。火的云、带火的金风扣向蓝水上，令我一阵阵伤心、忧郁。火海！空无一人火海，远离人间的烈火世界，群鸥飞叫，大海梦寐。我瞪大眼看惊心动魄天火烧尽。一点点熄下去。烧过之处化作炭灰、乌黑一片。整个天空烧黑、烧尽，于那涂炭的中心突然涌入繁星大潮。滚滚海潮升天！涨大的海潮飞甩它的星沫，天空大海连成一体，连成繁星熠熠水晶球。我浸在星潮涌涌的球心激动发急、呱呱大叫。

罟仔被我惊动，有人从船篷钻出 ——"是何声响？"那人手捉一张大顺刀。水哥也钻出来："是海泥鳅吧，听闻海泥鳅叫声似猫仔。"二人向繁星水面打望一阵，缩回去了。

我又再浮头，仍望银河。那些捉刀行船人、行夜船人无心望银河，何尝不是遗憾。银河印在心间，每一条都不同。我望银河时候感激我之存在，尽管我之存在是虚构。

黎明时分，天边升起尖牙状的岛。岛由蓝变绿，再现出棕、黄、赭、黑诸多色水。我知道蓝白世界告一段落了。


一只独角马戳出海面。那是不屈号破浪神[1]，曾划破印度洋蓝色皮肤，眼下歪浸在礁石怀里晒太阳。搭沉船的破浪神不朽贱价抛售。买家不是穷凶极恶就是穷途末路。独角所指方向，半座奇大无比船楼斜插着。

风把大船甩在这里。风轻轻一甩，船碎尸万段。大船遗迹是静的，漂漂然的。到处点缀死尸：水面上，岩礁上。都是番鬼。有些尸体胀卜卜。有些尸体后脑开朵大血花。大海洋的回声在船骸间悚然奔跑，惘然奔跑。

大岩礁背后突然跳出个光头仔，用力挥手。罟仔就向他驶去。光头仔停止动作，再眈望一阵，转身跳落大岩礁消失不见。

我在礁石洞中找到一小凼雨水，泡进去，等。我等，我听，听一个全然陌生世界。我被陌生吓得一动不动。我听，我等。远方，独角马斜插天海之间，做成一座日晷，标计着荒蛮海域无人在意的时间。雨水稀

---

1 ［粤方言］船首像。

释我的盐。独角影转动，盐晶消逝，我又等又听，感觉惊怖。陌生声音在新世界插满，插出无从落脚刀山。我等。这里太阳一边落下，一边在天膛刮出一道奇怪噪音。这里月亮嗡嗡发震。这里天河壮阔，但天河涛声怪诞。海水退落。海水涨起。我听见一条舢舨划开海面。月光嗡嗡摇。我离开小水凼，爬游近去。舢舨里头是水哥。

我们在海面会合。水哥，我轻轻说，我好饿啊！水哥轻轻翻出一个西樵大饼递给我。我轻轻说：水哥，仍然饿！水哥轻轻说：你去沉船底，将货咬上来，我请你吃到饱！

我轻轻说：你再讲一次，哪间舱房？

水哥轻轻说：门缝底塞了一条蓝布带的！

海底更暗。我向着大船尸骸去。它不再是大船尸骸，而是变乱的签文，永失解签人；是所有被母亲剔除的定语的漩涡，是折断的腐烂的段落的渊薮。我命运的线索发着噗噜声一串串升起，我不复存在的注脚浮游，废稿碎成粉末，错谬的标点摆荡似鱼群，词条被海沙深埋。我向命运的谜底摸索，侧身穿过倾斜的修辞寻找蓝布带。我浮上水面换过一次气。我再次下沉，向母亲幽暗的髓海，向打死结的经纬线、弯成穹隆的甲板和死神的旌旗，向蓝蔼蔼幽灵宫殿。

蓝蔼蔼幽灵宫殿真是静！无尽的长廊，无数的舱房，蓝蔼蔼幽灵贴近我耳语：拆舱房喇！拆礼物喇！我就发射大脚，一道道舱门拆过去。蓝蔼蔼幽灵使大脚变慢。有些舱房装桶。有些舱房装黑白牛，飘着。有些舱房装水手，对折的，断的，胀卜卜的，飘来飘去。只有一间舱房装船长。船长舱房有大床、大琴，全都像船长日志一样轻、蓉蓉烂烂。有一只四脚朝天雪达犬在蓝蔼蔼长廊巡逻，长耳朵飘起来。

我在蓝蔼蔼长廊尽头找到最后一盒礼物：门缝塞着蓝布带的。我拆开它。里头天地颠倒，静似坟场。五斤箱、十斤箱，大箱、斗箱，箱箱翻泄，彼此倾轧。一个番鬼在箱堆里炸开，变番鬼肉酱。他头毛棕色、打卷，我移开几口箱，几团黏血带肉的卷毛就慢悠悠飘升逃走。我用他的番鬼衬衫将他从烂木箱、碎木板上抹下来。他的马裤管里全是肉酱。我又抹又轧，终于将他搓成结实的一丸，闷闷一声吞落肚——命运离奇！谁能料到，我竟会在此种场以此种方式实践幼时渴望：我同时吞下一个男人、一个番鬼、一个死人。味道不提也罢。他的碎渣始终伴我在舱房里飘摇。

那时刻，我尚不认识鲨鱼，或海蛇，或任何一种命运的利齿；我只是笃定地，卖力地，疏导蓝布带舱房里扎堆的货物，梦想它们如何在太阳底下脱水、变干，变成银子，再变成契家姐幸福的保障。银子！我游出游

入，推推顶顶，我用大腮击碎一切障碍，对蓝色阻力有
了更深认识。我游上游落，闭气换气，将完整木箱推出
舱门。它们下沉，以一种前所未见慢速度，着陆软白海
床。它们是水哥点名要的"货"。木箱里头是何物？谁
人卖、谁人买？与我无关。我只需知道：每咬上一个完
整木箱，水哥就要付我一两银子。

　　水哥在舢舨里发呆。他被我吓一大跳，轻轻骂：短
命种！

　　又轻轻问：货哩？

　　我轻轻说：莫心急，等我一箱一箱咬上来。

　　水哥轻轻说：快脆，就快天光！

　　我上上落落咬。水哥一箱一箱接。相比起来，此环
节快活、轻松。我想着西樵大饼、比西樵大饼更好更多
的食物，我想着将要送给契家姐的宝藏，我要将银子逐
个舔净，用口含起，突然吐向她面前，做足正牌灵蟾大
仙、三脚金蟾派头。银河照镜，我在繁星间穿行，一箱
箱，一转转，水哥轻轻问：还有无？

　　我轻轻说：无了！一共廿二箱，你点一点。

　　他轻轻说：你上来！

　　我轻轻说：做乜？

　　他轻轻说：上船歇一歇，食大餐啊！

水哥扯我上船。我趴向船头，长舒一口气。东天变色。我幻想契家姐，换上绮罗衫，摇把团扇，立在明瓦窗下英石山前吹过堂风。那风是药草花的馨香味道。从英石山后传来一阵金属摩擦声，紧接着我的后脑就被一件又硬又冷的东西打穿了。

二　蚝镜

## 09　入十字门 [1]

　　一旦湿气上行，就会发一种蚝灰梦。在蚝灰梦里，世界是连绵无尽蚝灰丘陵。天空阴白，蚝灰笔直落下，四围无声音。总会向南望。一旦向南望，蚝灰的山丘就分让开，露出灰茫茫好景花园。

　　那也是很静的。颜色黯淡了。鸟舍埋在浅灰里。成百上千只禽鸟披着灰，默不作声像标本。我的老友，那只雄冠鸢，望定南方，对我视若无睹。绿漆活页窗一扇扇支起，仿佛烈日当空时候。蚝灰填平湖床，还不止，还要堆出山头。树林披灰，变绒毛兽群。

---

1 《澳门纪略》："澳门南有四山离立，海水纵横贯其中成十字，曰十字门。"

没有人了。一个人都无。植物园三千盆栽静英英淋灰。我不同寻常地干燥，爬行灰上无声音，痕迹也无。宅门大敞，蚝灰纷至沓来，摹仿四海宾客，无始无终无声无息宴游。

母亲找见我时，一股暖流正驮我去琼州海峡。金光万丈的死神已将我烤至半熟，后脑致命伤口大绽。一群大眼鲷连日随行，啄那血肉花荫，又啄我眼球、脑髓和大腴，啄得我头壳净剩白骨。这么说吧：我已经死了个透，在母亲终于找到我的时候。

母亲长长叹气。风暴云翻滚，母亲自云中伸手。大海哀嚎，雷霆纷落。母亲一手舀起我像舀起一颗籼米。母亲的手是老匠人的手，刻满缄默的涡旋。在母亲的巨手之心，绿骑士如何复活我便如何复活。假如你索要更多细节，以下是我仅能透露的：仿佛蒙受了某种奇耻大辱，母亲震怒，一脚踹我进复生者队列。队列里已经站着白雪公主、哪吒、阿多尼斯、睡美人、忠实的约翰尼斯，还有些个实在认不出。我的造型没有引起任何注意，因为队列里个个都寒碜得要死——已经死了实际上——浑身血污的，四肢尽断的，敞着四个钉眼子外加一道致命血口的，带猪蹄印的，稀碎的，中毒的……个个垂头丧气臊眉耷眼。我向前张望，只见队首钻进一个

· 114 ·

Ω形门洞——嘉年华风格，一圈五颜六色灯泡滋滋作响，艳粉色氖气灯管拼出两排大字：

## 复活区

✳✳✳ 100%纯魔法，绝无副作用 :)✳✳✳

　　蛙被冲上沙滩。所伏位置，距离西边妈阁庙一里，距离东边海崖圣母堂亦是一里，因此救蛙一命的是天后还是圣母，就难讲。两个打渔佬将蛙铲进渔网，抬去圣母堂。圣母堂建在西望洋山顶，山路委曲，登堂不易。之所以抬去圣母堂，皆因妈阁庙无有收养难民的传统——从来弃婴、乞儿、怪胎、废柴，都向圣母膝下躺。由圣母堂到风顺堂、板樟堂、三巴堂、发疯寺、花王堂一路向北，世间边缘人蹒跚呼号、大排长龙。

　　两个打渔佬将蛙向阶梯口一抛，收卷渔网，抹汗，落山返归。那日是礼拜四。那时圣母堂钟楼顶风向标，是铸铜海洋之星、天球仪和鱼尾风信旗组合，风信旗尾吱吱嘎嘎指西南。

　　静思花圃里，海星圣母一边望洋，一边望蛙。海星圣母脚踩大柱、浪花和拱背海兽，怀抱三桅大帆船。她照拂蛙发梦呀。于是蛙发梦。梦中落雨，雨水滴湿鱼尾葵。静思花圃里尽是蒲葵、木棉、鱼尾葵，还有一座粗石十字、一口粗石浅池。入内做功课的助祭仔撞见蛙，吓得两脚发软，当即跑去报告神甫。

"花圃有怪物！"助祭仔说，"看着像巴力！"

"一派胡言，"神甫放下单柄眼镜，握柄是一段象牙，底端镶颗红宝石，"我等如何可知巴力看着像什么。"

助祭仔提了灯，领神甫去看怪物。雨绵绵落。神甫探身看去，"上主啊，"神甫皱眉说，"一头从硫磺盐卤地溜出来的大蟾蜍。"

助祭仔问："死了？"

神甫说："一息尚存。"

助祭仔问："这是上主的伟绩，抑或撒旦的诡计？"

神甫即刻陷入奇异沉思。助祭仔静立等待，又忍不住偷看不速怪客。正偷看，听见神甫吩咐："不管你近日领什么功课，全部宕停。我要你独独地、全力地照顾这头大蟾蜍。静思花圃即时封锁，由你保管钥匙。"

助祭仔只管点头。

"我还要你原地起誓，对这事彻底保密、绝口不提。"

助祭仔便对海星圣母像立了重誓。蛙被搬进石池，浸以浅浅雨水。神甫钻进俯瞰山丘大海的办公室写起信来。他赶在晨祷钟敲响之前，以庄严字迹、寡淡措辞写完五封短笺——都是鞣酸铁墨、亚麻纸、榄形火漆缄封。五封短笺乘革鲁宾飞行，一眨眼就躺在最令上主满意的所在。蛙的梦里仍是绵绵慢慢落雨。神甫只需静待神恩临头。

静思花圃果然封锁。助祭仔日夜照料着蛙，寸步不离。夜深时候，那混血孩子总忍不住跪在十字架下、粗石池沿，赞颂主的大能并流下泪来。他认为满天繁星和蛙背疣子同样壮阔优美，而蛙的第二层眼皮深奥精微如同《圣经》本身。他初次亲吻蛙爪，品尝到青橄榄滋味；第二次亲吻蛙爪，青橄榄味竟意外变墨香。他差点就要从蛙爪纤细的裂缝底下发见造物的真相，幸好陆续造访的贵客叫停了他的天路历程。（感谢上主！）

花旗人来得最早，也最年轻——简直太年轻了，薯头薯脑，不识规矩。花旗人对昏睡之蛙连续发射大呼小叫，反复纠缠"出借研究"的可行性，对奉献、贡献或捐献绝口不提。法兰西人显然对"如何烹制这样肥的蛙腿"更感兴趣。荷兰人当然也感兴趣，却被海运手续卡住，只得含恨放弃。葡萄牙人的姗姗来迟和不以为然带来短暂阴霾，但无妨，毕竟上主已开过神甫的心眼，使之明亮有如巴郎的，因此就在苏格兰代表登门的一瞬，神甫立刻听见天堂方面敲下定音一锤。

要说这位苏格兰代表，人称 H 的，素以深沉闻名，一见那蛙，竟扑通跪倒、两眼血红。神甫试探："爵爷何故咨嗟哀叹？"H猛画十字，掩面痛哭。神甫福至心灵，柔声安慰："失落的，祂要寻找；迷路的，祂要领回；受伤的，祂要包扎；病弱的，祂要疗养；肥胖和强壮的，祂要看守；祂要按正义牧放他们。"[1]旁边助祭仔被此情此景大大感动，连连颂念"万福玛利亚"。

再没有人拿得出比 H 更高的诚意。这富得流油大亨不但承诺对圣母堂做"合理扩建"，还要奉献"合法所得的十分之一"以感谢神甫为人间博物学事业所付心血。神甫不忘谦卑，当即赞颂大能者的慷慨，"眷顾贫穷人的人，真是有福，"他眼含热泪，"患难时日，他必蒙上主救助。"[2]

当晚，圣母堂前来了一顶轿。两个轿夫用金银丝刺绣祭坛布包起昏睡的蛙，扛进轿内固定，再抬轿落山。

看轿子颠跳渐远，助祭仔问："大蟾蜍要往何处去？"

神甫老怀甚慰，笑答："他无论往何处去，作什么，必都顺利，因上主与他同在。"[3]

一老一少再望一阵，回身进殿。

---

1 《厄则克耳》三十四章 16 节。
2 《圣咏集》四十一篇 2 节。
3 《列王纪下》十八章 7 节。

在我发梦时候，青苔疯长，覆盖血河血岸。我仍然发梦，青苔长成万里牧场，恙螨似火红野马奔驰。我梦入无比深的地层，和误食睡鲨肉的因纽特人相遇。我可能永远梦下去，直到骨肉变为土壤、梦变为大气，但我醒了，见一大若天神的蛙姆跪坐，正从地底挖掘小蛙。大蛙姆头顶天，膝抵地，所挖每只小蛙都似水珠一滴。大蛙姆挤捏小蛙，迫使它们呕吐水滴，一滴一滴润湿我。我问现下是何年何月何日何处？大蛙姆答以雷雨之声。等到地底小生灵被挖尽，或只是她不愿再挖，我就第二次醒来。这一次，除一面蓝白花砖墙、一抹悬浮其上窗光之外，再无他物。

我花费许多时间理解砖上画面，那些色块、空白和介乎两者之间的线条。当线条拱起背、挤作一片，它们是海；要是万千线条中的一根一味延伸，竟终可等同于半岛。线条也可以是道路，或母猪乳头般的群山——我试图理解线条，我也试图理解，为什么上是北、下是南而不是反过来，为什么三角代表游离的岛、平行的短促的斜线代表犁过的田。我跟踪和楼房一样高的小人，穿斗篷的，抬轿的，戴官帽的，裹僧侣袍的，成群成队，在白底半岛散步、呼号、决斗或举起一顶华盖。帆船住在波浪线上。风是四面八方乱吹的。天使抱着锦旗、纸卷、指南针，像一群事仔。

若无那面蓝白花砖墙，没有它用千回百转的细巷牵绊我的思绪，用尖顶楼房、谷仓和钟楼收留我的灵魂，那坐牢般的三个月必然致我发疯。看看我：身下一个湿草窝，后脑生疼，浑身酸软，暂失行动能力。每日三次，有人进来为我上药、喂食、浇水——不是什么大蛙神，而是两个白皙的马拉人和一个黑亮的 moço 交替出现。H 只露过一次面，在我醒转当天，安慰我放心养伤就匆匆离去（"咱们夏天见"）。

　　我试着和黑白伙计交谈但失败了，只好又钻进蓝蓝白白街道，试着撞入白色楼房上的实心蓝窗，窥探楼房里头可能存在的……什么呢？不得而知，因为我从未成功撞入过。我曾怀疑这潮湿的花砖屋就是契家姐口中的阴间冯喜口中的天堂而死亡就是在一个陌生地方被黑白无常监控永恒坐牢。蓝白花砖画既是安慰也是惩罚，是记忆的返照装点每个死囚的单人房。

　　冬天结束的时候我可以短距离爬行。每日三次，我以草窝为起点向南窗进发。南窗是一排百叶窗，已经惠赠过鸟鸣、雨声、钟声、炮仗声和洗衣工的嬉笑。我向它们讨要更多，比如意料之外的风景，比如睽违已久的自由。我一步一喘，稳扎稳打，慢得像龟，倔得像牛，而马拉人或 moço 总会及时赶到，嘀嘀咕咕地，将我推返起点。那可不容易。因为我被喂得又肥又壮，体量和一头种猪不相上下。眼下是何年何月何日何处？我向顶住我肥腰的肩头发问，回答永远是一阵咬牙切齿的呻吟。

我拓展边界，开始研究蓝白砖画上树影：贝叶棕、芭蕉、轴桐，假如当日风大，我反应失调的大脑会嗖地射向它们——影子是无味的，蓝白砖表面的菌群是苦中带酸的。我期盼鸟影闯入，好打断那些花纹的永恒统治。我爬。他们撵。像复仇女神追捕偏离轨道的行星。

雷声渐盛。我喜欢吸紧天花板，当南、劳或迭亚高（分别是两个马拉人和那个moço的名字）推门而入时突然扑下将其砸倒。我学了一点葡萄牙话（"你好""水""屎""明日""下地狱啦！"），吞了五十七只鸟、六条无毒蛇、一些翅膀辛辣的蝴蝶和不计其数的老鼠甲由檐蛇，六次逃跑未遂。我先射脱南窗百叶，再扒着铁窗枝射击窗外过路人——过路人是事仔、厨子、花王、马夫、门房、洗衣工、带枪护卫，有马拉人、日本人、印度人、莫桑比克人、印第安人，皮肤多彩，披锦挂秀，像一大件彩色玻璃画碎开、飘去。每当彩色人被暗处射出的大肉脷吓破胆、手脚并用夺路而逃，我总乐得倒地打滚；要是他们跳脚大喊"你给我等着！"却并未如约而至，我则陷入忧伤。

蝉开始叫。白兰花香像女贼夜夜翻窗潜入。我满屋喷屎。我给蓝白花砖地图喷了一副巴洛克屎框。我匠心独运地在门前、门楣喷射屎阵，观赏南、劳和迭亚高如何被一身一脸的屎激怒。后来他们很难上当，我索性以屎糊门。雄蛙的连绵惨叫掺着雨声漫进来——质量比中流沙或海皮的差太多，老实讲，但对那些噪音挑挑剔剔、评头论足仍不失为一种娱乐。家具摆件一件接一件被大脷击碎、被禾秆扫帚扫出门去。

谷雨当天，受一种无名情绪鼓动，我终于对天花板中央十字吊灯动粗——肉脷大大勃起，黏死那铁玩艺一下子扯落（带下一阵石灰雨），乒乒乓乓砸至变形。吞第三支蜡烛的时候门开了，一面圆撑的油伞探头探脑，我立刻喷击以第四支蜡烛。突袭被训练有素的伞舞化解，蜡烛弹出画面，暴怒的伞武士亮相，用一串澳门土语反击。我翻躺在地，劈开两腿，正准备冲他射尿，一条纤细身影闪进门框——

“蛙！”冯喜轻快地喊我，那丝绸嗓音尽头坠着一分钟死寂，然后是又一声“蛙！”，这次是悲伤的，激愤的，鼻音浓重的。两个好朋友在蓝蓝白白砖画前紧紧相拥。房间空空荡荡，只有一个苔痕斑斓草窝、一堆变形废铁、一个骂骂咧咧迭亚高。砖画面上，窗光淅沥，悬浮如初。

冯喜是母亲给我的大礼。新风扑在我脸上，全新的林苑包围着我们升起——芬芳的，微晃的。每一个迎面而来的人都新鲜、青翠，都向冯喜行礼。我们沿毛细血管般的小径慢行慢爬。新世界就这样升起，雄伟而古怪。我曾在纸上遇见的寰球植物复生、发大、涌入现实，向我们吹气、吹水汽。蒲葵开裂的手掌悠悠垂丝。高耸的、撑作扇面的旅人蕉恍如庙宇的某个片段。

我们先听见、再跨过一条流水（这里的人就管它叫"河"）。我们穿过树林。我们穿过更多树林。冯喜连吐新词：吊椅、罗马凉亭、希腊柱、风灯、前地、风廊、花街砖。我们向东行，直到一堵围墙使我们不得不停下。围墙很长，十六根方柱等距分切墙面。"这是驰名围墙十六柱，"冯喜说，"墙外即是卑第巷、风顺堂。你望见那一双钟塔了吗？"

我说望见了。

"那就是风顺堂大钟塔。钟塔之间凹落去位置，立着主保圣人老楞佐。"我连连摇头："新词太多，我一个也不明，头晕心胀。"冯喜说："毋心急，慢慢来。"

围墙下有小桥洞，河从桥洞跑走，跑向世界。我见过许多种尽头：河尽头，江尽头，命水尽头。但海的尽头什么样，我从未见过，也想象不出。我们过桥，沿河另一岸往回走。"圣人老楞佐，"冯喜说，"因他未将堂区财宝上交皇帝，反为分与穷苦人，皇帝就发人捉他，配了棕榈叶，置在长方大铁架上烤，与炭烧乳猪无异。"

冯喜既然这样讲，我就听见表皮焦脆、油脂融化、筋肉收缩的滋滋轻响，闻见棕榈叶一边焚烧一边散发的焦香。火舌舔金油，呼出一抹烟。"为何说老楞佐是圣人呢？"冯喜平平静讲，好像丝毫不饿、丝毫不馋，"因他的表现非凡。所谓非凡，即是能做常人无法做、无胆做之事。"我想着烤肉，烤一块非凡的肉，饿得发癫，问："他做了何种非凡之事？"冯喜说："罗马圣人老楞佐，在火上烧烤时对皇帝大叫：'我这边烧妥了！快来将我翻边！'"

肉上匀匀巡巡抹了香油，金红，发光。肉匀巡、雅致地鼓起、凹落，鼓鼓凹凹，呼呼吸吸，发光的香油溪川流，滋滋叫，开花，噗—噗—。烤架在金碧辉煌的肉上印自己横行的纹路，色泽更深，焦脆可爱。烟冒起来。烟熏火燎的。除了象征性的棕榈叶，他们还货真价实地放了好多市集香料：迷迭香、百里香、鼠尾草、薄荷、花椒、胡椒、牛蒡、丁香、肉蔻、桂皮、藏红花。那可是罗马呀！全城有鼻孔的都被香味吸引、倾巢而出，人，僧侣，老鼠，甲由，游隼，灵缇，猪。全城有鼻孔的在香雾之中，在压倒一切的至高食欲之中，达成了前所未有的平等。

我们走出金色香雾。冯喜说："现在，你可以对我讲讲究竟发生何事了吗？为何你突然失踪，又突然现身圣母堂、受了这样大的伤？"我打个冷战，始终摇头。他并不勉强我，预告下一驰名景点是亚细亚第一传奇鸟舍。我们走下去，但气氛已变。行至某个荫深转角，两棵吐露满树红舌的印度胶树突然分开，迭亚高钻出，说孖士打有请。我们三个就往大餐房去。

# 10  安乐地

人无法驯服风。哪怕是克里斯托弗·哥伦布，"寰球大洋提督"（乖乖），照样伴风如伴虎。无垠大海上风走它永恒的细径。水手将风径的秘密代代相传。偏离风径的船全都失败了。壮如犀牛的风顶起帆，冲刺在一望无际洋面。风掀起浪，杀人。风推一群人去世界另一头，杀另一群人。

以咸水为边界的人一觉醒来，发现风把一头庞然大物插在浅滩上。多彩的人爬得到处都是。有些死了，在沙底成倒栽葱。那就是故事的开始。船上人则是反过来。船上人一觉醒来，发现风叼回一根地平线：纤细却无价。有时附着蓝色山峦、茸茸林冠；有时就只是纤细、纤细的一根。

故事开始了。两种颜色的人初相逢。总有一方一不留神就落了下风。


　　她坐在 H 左手边。由于她，那席位突然变成餐台中心、世界中心。真是奇。她身上流淌着滚烫的世界。男人看得出吗？主人家，贵客，那些贴墙站男仆——看得出吗？世界之心落在那里，千头吊灯又将那心的光芒千万倍折射、反射、漫射。

　　她是什么？她盯着我，在笑哩。我被她盯着，觉得自己像块烤肉，但那样快活！她是蛮石山、大泥河、烫的沙、深深林薮。她是四种颜色。她眼睛是埃及的，下巴是印度的，她有欧罗巴的、牝牛的肩线。她是四面八方。是一丸珍珠，被厚厚的棕油含住。

　　真是奇！

　　瓷器、金器、料器、鸟、鱼、牛、羊、花和草高高堆起，堆作篝火、城池祭给她，世间所有篝火、城池，博她一笑。她笑了。她巴比伦的嘴要一口把你吞掉。噫，男人一无所知吗？男人故作镇定地摸袖扣、捻胡须、压鬓角，她在世界中心冲我挤眉弄眼——男仆已经报过菜，唉，都不够塞牙缝的，她可是要吃人！她刚喝一口就仰天大笑，世界被她迷得晕头转向，飞转。

　　她发号施令："快呀，让我看看这野兽如何吃！"

世间食物顷刻落向我眼前，男人发狂地盯我，好似盲公重获光明——她要看我，世界便陪她看我，"你吃呀，怪东西，"她说，托着腮，噘着果肉的嘴。"吃啊！"男人冲我挥舞刀叉，威逼我，她皱起眉，旋即又笑开，于是世界和它的末日擦身而过，"怪东西不吃，这饭就没吃头——"叉子胡乱一扔，眼底笑意发涨出来，那笑意我只噘一口竟至失智，迷迷糊两腿一蹬，跳脱座椅，整个擒上台面，在一大片杯盘碗碟上凶吞。

我吞牛、兔子、骟鸡、成串的小小的鸟、羊髀、软烂果实，我撞翻汤盆于是江翻海倒、洪水滔天，她喷发水晶笑声，同台面的矿物、钙质相互碾着、碾碎着，男人个个手忙脚乱，要来拿我——"由得它吃！"——她的人马悉数退下，原来世间男人皆是她的俘虏。我大吞大嚼，我从头到底贯吃长桌，一只眼珠仍盯着她，她仍笑，我就仍吃，我吃鹅头龟、牛奶饼、马介休球、焗薯仔、酿肠、布颠、鹿脯，吃瓶中鲜花并养花水，她哈哈大笑，两脚乱踢，千头吊灯摇成风暴里大帆船，世界摇成风暴里大帆船，我吞下食物喷出杯盘碗碟，我打臭蛋嗝、放响屁、用大腿将烧春鸡射个稀巴烂令填鸡果脯漫天乱飞，只求她笑个不停，因她是风暴母亲，她笑出的风暴令世界癫狂而癫狂是我坚固的庇护所，她果然笑，笑得前仰后合，笑得咳，镶珍珠的辛吉的手猛捶心脯，

127

她心脯是一对战鼓，男人听红眼，立刻要打一场大仗一场硬仗一场胜仗，我已吞到桌尾，又从桌尾掉头冲她猛吃而去，我喷气、眼红、刨爪，我冲着世界之心一路狂吞滥饮，我吞佛山水牛、飞越帝汶海的绿头野鸭、多枝烛台和燃烧的烛火，我胀大，在爆浆前一刻一头扎进她怀去，她面泛红潮，高声尖叫，男人嫉妒我，滋滋咕咕的嫉妒的噪音我都听见了，她叫上云头，拥紧我，她胸怀软热像烧开的周打汤，她要摁我到深处做汤渣啊！男人流着口水，像等待放粥的饿痨鬼，他们盯死她，她用力亲我头顶心，亲在我一对大凸眼之间。

她是什么？她是明娜，她是世界之心，是三大洋孕育的不规则珍珠；她挖掉吞掉黑的褐的蓝的绿的男人眼珠，再用力把自己摁进那些血淋淋、空洞洞的肉眶里。

明娜爱我。她自己说的。"我爱这个丑八怪！"她宣布。"爱得要死！"她说。冯喜、韦布里牧师叫她"阿尔梅达·冈萨加夫人"，榕官叫她"冈氏"，詹士叫她"阿尔梅达玫瑰"，男仆叫她"夫人"，H叫她"美尼斯"。据说她的真正全名长似一部经书。每个中了她邪的人都要给她一个新名，从而单方面将她占有。她又轻又亲昵地对我说："晚上好小东东，我是明娜"——因此，我叫她明娜。

明娜说："你必须留下它！"H说："普天之下可

有活人能拒绝你？"男人举起酒杯。台面已经收拾。秩序业已恢复。我打瞌睡。明娜抱着我像抱着猫，一头较大的猫。巨猫。她拍抚我，听男人讲北太平洋的海獭皮、献给榕官的美洲灌木、关闸马路工程（"遇到些阻滞"）、某批错过季风的西洋参，不时发笑。她擅长三种笑法。一种是轻笑，用鼻腔轻轻喷出，满桌乱射像银针。一种是欢笑，闻者添福增寿。还有令天顶轰鸣的大笑。让明娜彻夜大笑的男人相信自己是皇帝。

她用笑声操纵桌上男人，操纵他们放下这个话头捡起那个话头，操纵他们少吃多喝或不吃不喝、彼此欣赏或彼此憎恨。但在一个纯净时刻，她怀抱我，轻拍我，只是天然地笑着。于是男人逐渐步入天然，变成猴仔——在新新绿起的午后林地，猴仔搔挠、嬉耍，猴母看着、抱着，世界还未开始，万事不算太坏。

冯喜开开心心从餐桌对面望我，那神情仿佛我得到至好归宿，升列仙班那么好的至好归宿。冯喜说：你要做好景花园永久贵宾，在此处永恒住下去哩！你乐意吗？

我可能是乐意的。我应该高兴、快活、乐意。我点几下头表示乐意。男人女人饮饮笑笑，并未看见。


第一座动物园。第一只被囚禁的动物。我说的不是驯化，而是炫耀性圈养。我说的不是提供肉的猪、提供毛的羊、卖力气的牛马或它们作为暗喻之箭射落的东西，而是黄金老虎、斑斓蟒蛇、宏伟大象……旷野的冷血宝石，远方的温血雄奇。饭来张口。交配（时而主动，时而被迫）。趴着。站着。打呵欠。枯坐囚室点数接踵而来、不出意外的每一秒。时间的大富翁。不过是上缴了一点自由，但也远离了疲于奔命和担惊受怕呀。你选哪个：月月刷洗的水泥小屋，还是无瓦遮头的荒郊野地？

女法老哈特谢普苏特的动物园种满没药、椰枣。那些异域之树是皇家桨帆船队从邦特之地劫回的。植物俘虏和动物俘虏在园子里交相辉映，了却一生。查理曼的野兽之家坐落英格尔海姆如诗古城中心，高墙、铁枝、尖塔搭配红蓝帷幔，实质是环形监狱。在那里，欧罗巴人第一次见识活的亚洲象。一千年后大帝的子嗣继承了那座皇家监狱，改名哈布斯堡动物园。伊甸园又是怎么回事？神爷火华并不收藏——他创造。野心家们做梦都想将神爷火华制成标本、卖个好价哩。

"看啊！"——满桌宾客要笑了——"蛙在转它的脑瓜！"

分类学为管理者服务——菜单。族谱。珍品列表。员工花名册。百科全书目录。购物清单。来宾座位表。马车时刻表。

神爷火华手上早有一份万物分类清单。有一伙智人想要凭一己之力，将神爷火华手上清单完完整整推导出来。

另一伙智人则更关心任务清单，不可自拔地把清单越搞越长：春天应做的事、秋天应做的事，上午应做的事、下午应做的事，活着该做的事、做了该死的事。

当 H 决意收编我，他首先考虑的不是该把我关进哪座笼舍，而是该把我挂上谱系树的哪截树杈——一棵看不见摸不着的树和它看不见摸不着的树杈。树朝两个方向生长：更深和更高；树有自发的热望：伸张直至吞下宇宙万物。

H 本可以省点事，依据第十版《自然系统》[1]为"智人"拟定的分类（"一、野人；二、美洲人；三、欧洲人；四、亚洲人；五、非洲人；六、怪物"）把我塞进"怪物"抽屉——那看着不大的屉子足够包罗万象、乌烟瘴气。

但 H 天性爱折腾。H 给每一个够得着的博物学人

---

1 *Systema Naturae*，作者卡尔·冯·林奈（Carl von Linné，1707—1778），共经历十二个版本，首版于 1735 年问世。完整书名为"基于纲目属种的，包含特征、差异、异名、地点的，涵盖自然界三界的自然系统"。

写信，在信中发起辩论，或邀请学人们亲临好景花园辩论。每一个够得着的受邀者都来了。还有更多饱学、好学之士不请自来。他们轮流考察我，而我趴在一口锦鲤缸里——我的临时宿舍，比中流沙木鱼盆更大、更亮、更好闻。我、锦鲤缸和满坑满谷的博物学者、博物学徒、博物学之友齐聚好景花园大草坪，还有男侍、女伴、咯咯发笑番鬼小人孩，还有点心、春茶、许多洋伞和五月下午骄阳。那根本是场大派对，新闻纸记作"定种大辩论"。

我搞不清他们具体是怎么辩的。总之一直辩到后半夜。会场从户外移到室内、移到大餐房、又移去户外（其间穿插了一场小型焰火表演）……直到移进那个被所有人称为红厅（得名自血红镶墙板和血红地板）的地方才算完，而我在高低起伏忽抑忽扬的人声里睡了又睡。长话短说——事情终于有了结果，我终于有了名字，一个学名——双截的，符合寰球繁文缛节的，不知所谓的——*Polypedates giganteus*[1]。它是一道印黥，使我暴露，使我永恒区别于仍然隐匿的万物。我花了二十天才学会它的发音。

---

1　作者杜撰。

明娜彻夜吹风（那气息想必甜似花蜜），我的新监护人终于认同：一片高度还原生境的水域比一块水泥立方体对我身心更有益。商务缠身的港脚大亨决定为新藏品大兴土木，他多才多艺又博爱的女士荣任设计总监、工程主管和美学顾问。

我的新居，听说，将坐落河畔，远离通路，人迹罕至。会有层层叠叠的芦竹迎风摇曳，提请我回忆海皮旧梦。会有烂泥，肥沃得每一秒都有一座微生物帝国在其中发祥和灭亡。会有泥螺、塘鳢、石贴仔，取之不尽，用之不竭，既是迷你玩伴，也是饭后甜点。会有几棵水笔仔[1]，细长的胎苗挂满枝似哑风铃。会有一群来自世界各地、尺寸正常的两栖小伙伴，太正常，以至于我可以一口吞尽，但明娜告诉我——晃着她的袋鼠皮鞭快活地警告我——我"下流的大肉脴"必须离那些异域贵宾远点儿，因为同纲相食的行为既残忍（她嘟起血盆大口）又费钱（她翻白眼望天），但是，唉，我们的博物学缪斯想必搞忘了富尼耶先生（法兰西博物学者，年轻得吓人，和众多等船的同行一样，眼下寄宿在植物园圆形地的帐篷里）从利未亚捎回的观察手记：爪蟾吃蝌蚪和自己蜕下的皮；牛蛙吃一切个头比自己小的东西；许多蛇

---

1　又名秋茄，红树科秋茄树属，红树林内常见树种。

都不介意食用本家亲戚。

　　还是管好自己吧。一年之后我们这些河畔居民将被打包编入"H的两栖纲收藏"，成为一大串列表里的名字。H的两栖纲收藏，正如一切"收藏"，是无情帝国，是吞吃新词的怪物，患有暴食症和异食癖。我们有苏里南负子蟾，背着她的五十个孩子，贴河底流浪。有一种披着金环蛇皮的怪蛙，总抱着水笔仔枝干，不声不响，仿佛心已破碎。有一半火焰色、一半海水色的蛙。有那种"从连续燃烧七年的火焰中诞生"的、被称为沙罗曼达的东西，沿岸快爬，翻拨泥块寻些小蠕虫吃。有令人吃惊的透明的蛙，像是用青草汁和星星汁制成的啫喱。有新来的洞螈在水中热烈地发光那光芒日渐黯淡最后熄灭如冷炭。有蚯蚓，但蚯蚓没有进入列表的资格——蚯蚓是我们的食物。有的蛙长得像猪。有的蛙像一口浓痰。

　　有一张无边大网，"天罗地网"，以防空中海盗（那些"无价值鸟"、鸟中蟑螂）掳走我们任何一员。有一座船厅，倚河而建，为游园贵宾提供一种"岭南风情"。最后，我们有我——造物的奇迹，王冠的明珠，提纲挈领者——我，浸着淤泥的奶淤泥的蜜，背靠芦竹王座，鲸吸寰球之蛙。仍在化外的蛙的矿脉散发幽光，沿打褶的地壳排布，终会被逐块起出，关进笼子，贴上标签，打包装船，向我汇聚。我！*Polypedates giganteus*！（现在我念得很溜了）举世无双的巨型原石，既是看守宝藏的龙也是宝藏之心，烂瘫着，生活无忧，日渐发胖。我和寰球之蛙将组成风景，供智人远眺、自恋；我们将变成颜彩落在纸心，像冰块冻住的完美尸体；我们的骨肉终将腐烂，我们不知所谓的艺名长存。

现在迭亚高是我的专职饲养员。总有什么迹象让雇主相信迭亚高是全好景花园最佳人选。于是端阳节一过，南和劳就调回马房。一个上午，和往常一样，窗外响起不绝如缕吱拗吱拗挑担声，那是泥水佬队伍将泥沙运往河边工地。迭亚高带仆工拧开房门，挑进早餐。我啊呜吞下大木盆装载的虾肉、鲮鱼肉、熟蛋黄和糯米搅拌物；窗外，河床敞开喉咙吞下一担又一担泥沙。仆工挑走空盆。迭亚高蹲下，给我套上锁链。

是的各位，我开始和一条锁链建立起关系。我允许一条锁链对我的生活发号施令。我的锁链也是牳，纯金，镶有名贵宝石。她总能让我肝胆发颤，可能因为她生着细腻的蛇鳞和一个蛇头——这么说吧，她根本就是一条眼镜蛇：祖母绿的眼珠，红宝石的蛇信，颈围愤然胀大。蛇头有时钻在迭亚高手里，有时钻在明娜手里。

我尾随锁链进入被九扇拱门围观的天井。我喜欢这个天井，因为它阴凉，而且一次提供九种选择。我喜欢在天井中央突然趴下，赖着不动，假装自己有权选择、正在选择。反正有锁链在呢。锁链会把握的。每当我被把握得几乎窒息，就知道是锁链在提醒"差不多得了"。那天是礼拜三。我和锁链在礼拜三下午只会选择通往康乐室的那扇门。

典型的夏日礼拜三笑声沿走廊一阵阵涌。在每个典型的夏日礼拜三，明娜一大早就锁上藏书室，把钥匙塞入胸怀（那里头不蕴藏乳汁，只涌动奔腾的岩浆）；暂失领地的 H 在宅子里流浪，面皮松弛，像慈父，也像寻找女主人的毛毛狗；詹士哼着小调从黑蛭巷步行过来；那个瑞国人，仍在写他永远写不完的澳门史，夹着手杖和奇谈登门；还会有那么一两位不速之客，否则这伙人根本一分钟也坐不住——他们也许就换上骑装，咋咋呼呼的，去关闸跑马场跑几个来回。要么就去水坑尾打板球。

康乐室把这伙人统统变成螺钉。螺钉们各个挣得一枚洞眼，洞眼轻易交换不得；他们登台入室，第一要紧事务是找准自己的洞，钻进去，日复一日，只管钻进去。不朽是：明娜和 H 挨得极近，融成一座平顶山，其余人等皆是顺山势流泻的植被、石块、野兽；最好的柔光占有明娜，占有她无遮无拦的面庞、脖颈、胸脯；

H则偏过头，占有最深的阴影，因晦暗而可畏。通常派给花果篮或弦乐器的一角，现在属于冯喜。支起盖的大三角钢琴摹仿远景中的圣山。老陈，H的心腹，以一顶百的人物（阖上眼皮仍看得见是此人绝活），坐在墙角一只鼓凳上，扮演老树，或一卷收拢的帷幔，标志画面边界。还有个生面口番鬼，脸上敷粉，颈上搭七八条皮尺，正手舞足蹈高谈阔论，一见到我，即刻滚倒在地，高呼神爷火华一家三口名号。我草草瞟他一眼，尾随锁链爬到明娜膝下，做尽忠职守的肥天使，或雕花脚凳。交接完毕的迭亚高默默步入背景，成为树影末梢深沉的一抹——全画的最后一笔。

赛勒，那个番鬼裁缝，抽出皮尺中尤其软熟的一条，抻直了，靠近我，一边发抖，一边低吟"乖狗狗，别害怕"给自己壮胆。我嫌他啰嗦，伸胭轻拍他粉脸。他尖叫，仰天跌倒，假发飞脱，又表演四脚爬行、钻桌底、亲吻巨蛙爪背等诸般把戏。众人欢声笑语，康乐室名副其实。明娜以小零食奖励我，嘟嘴亲我眼顶。连迭亚高也笑不迭。老陈倒是正襟危坐，纹丝不笑。个把小时后，汗流浃背、妆容稀烂的赛勒满载而归，新订单包括五件（蛙用）晨衣、一打各种花色（蛙用）纱丽和三顶（人用）女帽。

泡在稀泥里的巨蛙真的需要晨衣和纱丽吗？——明

娜的回答是肯定的。当我包裹纱丽在植物园圆形地练习直立行走，明娜志得意满昂着头，新打的纯金蛙坠子趴在她胸前轻柔起伏。那是些特别明媚可爱的下午，夫人们闲坐藤椅喝茶，扇形椅背让她们看着像群开屏火鸡。我有一个礼仪老师，年轻的奥莉维拉小姐，某位夫人带来的混血姑娘，从不喝茶，甚至从不坐下。

我沿着圆形地花街砖走，时刻提防纱丽给我使绊子，也要远离罗圈腿、外八字等有悖淑女法则的恶习。我既要学习淑女坐姿（挺背静坐），也要学习野兽站姿（公牛蛙防御姿势）。我学习了开伞、收伞和举伞漫步。伞不是问题。刀、叉、勺子也不是问题。吃得像人和吃得像野兽我都得学。我还得学习叼新闻纸、叼球、叼手杖、叼便鞋之类的狗把戏，但只能用于招呼明娜和H。假如我胆敢用这些伎俩招呼别人——哪怕只是替迭亚高叼起一块不慎掉落的布巾——袋鼠皮鞭的铲形小头就会抽向我的嘴角，飞快的两下，足够狠，足够疼。总之，好景女王按部就班地，以精神控制为主，以"小小惩罚"为辅，将我调教成一种对主子忠诚热情、对他人冷漠傲慢的特殊生物——宠物。

有一天，主子认为我应该接受基础的番话教育，于是我裹好纱丽，用两条后腿走着，尾随锁链走进花厅。那是锁链第一次带我逛花厅。花厅通体是玻璃，天顶啦，墙壁啦，花厅的气息是湿润欲滴、充满甜蜜草香。花厅就是永恒悬空的一滴蜜，弯折的光在其间畅游。他们也叫它"日光厅"。

我以为玻璃、日光和花已经够奇，但还有更奇的——日光中央，花丛心里，围坐一群小人孩，黄皮肤，棕皮肤，黑皮肤。他们外观是贫苦人样式，但是簇新、干净：是一个个刚刚拆去包装的贫苦人，尚未被用旧。小人孩一下子炸开，"蛙！蛙！大蛙！"他们喊，"蛤蟆！蛙人！"他们使澳门土语。

"看我给你们带了什么？"明娜使同一种语言发问，她快活的高音令光摇来摇去的，"一个丑八怪！"

小人孩笑啊，笑啊。

明娜教小人孩三种番话。有时，她向他们发律令，比如一整个下午，花厅里所有耳朵只能听见法兰西话，另一些下午则只有葡萄牙话合法。她装裱薄薄的诗册送给他们。诗句是她亲笔抄写，用一种带臭味的特制墨。小人孩用三种番话叫她"明娜妈妈"。当明娜妈妈坐向花池沿、摇头晃脑地朗诵故事时，小人孩就像香花像草甸，高高堆着，没过她的膝头。

我问迭亚高：下课之后，小人孩都上哪去了？迭亚高说：回去了。我问：回去哪里？迭亚高说：从哪来，回哪去。等到花厅里的光再一次涨满，小人孩又冒出来。他们在花斤揉捏、吮吸那三种玻璃质地的番话。等回到来处，阴暗背光的泥底，他们又使起澳门土语。

假如他们的衣裳终于脏旧了，明娜妈妈就会亮出一套新的，高举着，晃。他们则齐声大叫"仙子娘娘"——那是他们从故事里学的词。可是，他们到底从哪来？你老问这个做什么？迭亚高说，脸色不大好看。我的澳门土语是迭亚高教的。迭亚高拉动锁链。走了。迭亚高催我。锁链总让我比小人孩先一步离开。Au revoir! 小人孩齐声说。Adeus! Adeus! 小人孩朗声说。Até amanhã! 天光黯淡了。睡莲收拢了花房。

那些小人孩向我记忆深处投去似花香的光，让记忆深处的仔女又游了起来。记忆深处已是浸大水，水光袅袅，亿万只大水蚁追着光飞。所有小人孩当中最像矿石的那个，茉莉·钟斯，向我伸手，"牵我，"茉莉·钟斯说，那时小人孩的葡萄牙话有多好我的葡萄牙话就有多好。茉莉·钟斯的手硬挤进我害羞的右爪，"我们走。"她说。那是两堂课之间的时段。我和她都知道我俩哪儿也去不了，却还是走了起来——我跟着她，她牵着我的爪子而不是我的锁链。我的锁链一时仿佛暴毙，又或是终于回归本分：贴地，蛇行。我对茉莉·钟斯的小人手释放了些许强力胶。

茉莉·钟斯牵着我，游历花池、睡莲池和背衬蕉科植物的花窗。在一嘟噜孤芳自赏的树兰下面，早熟的小人孩向我倾诉学业上的小小烦恼："那些家伙怎么一会儿公、一会儿母的？为什么大海在葡萄牙话里是公的，跑去法兰西话里突然就变母了？"

我死要面子，绝口不提我也深陷同一个泥潭；硬着头皮敷衍说："变幻莫测是那大海。"茉莉·钟斯显然不买账。我只好简单复述我的亲身经历——每次讲一段，一共讲了十五天。茉莉·钟斯听得目瞪口呆，非常渴望拜访那个能为大海做理学检查的人。

有时我到鸟舍去。鸟舍大得不像话，有单间、套间、通铺、连廊、康乐室（鸟用）、泳池、保安猫（一只玳瑁，一只三花，都老得成精，一东一西据守地盘，轻易不碰面）、丛林、假山、瀑布、"隔离室"、三十扇门和一座红顶八角塔楼；有漫长笔直通路，可供四只翠鸟同时冲刺；有肥沃的淤泥层供贝类繁衍，而贝类是为长咀的鸻、鹬、鹭准备的，它们的细腿也需要淤泥抚慰。一个旅行推销员从东门进去，遍访每一位鸟房客再回到东门，需要二十五个小时。

十五个来自五湖四海的鸟倌如履薄冰地伺候鸟房客——锡兰兄弟日夜为黄胸织布鸟的建筑杰作掸尘；极南之地的土著屈尊给华丽琴鸟唱和声，为缎蓝园丁鸟设计蓝色寻宝游戏和配套的蓝色谜语；绍纳人骑着彼时澳门唯一一头鸵鸟威风凛凛地闲逛。

唯有晨昏时分，鸟倌们什么也不干。那时千鸟之歌响彻天地，离乡别井的孤儿静立，在歌里寻找故乡天空转瞬即逝的颜彩。故乡之鸟是他们此生最后的故乡。他们抚摸鸟羽一如抚摸斑斓故土，守护鸟一如守护仅存的篝火。他们已知长夜无尽。

入伙的新鸟总比抬走的死鸟多。扑在寰球航道上吸血的亡命徒，排着队给 H 送鸟——使生命充满航道纵横的海洋[1]！——唱着，拉扯帆索。他们偷讹拐骗抢，从世界的黎明大合唱里偷走一只鸟，从篝火边偷走一个绍纳人、一个侯琵人、一个猪仔，从三角洲、平原、厚厚的针叶华盖底下偷这偷那。他们从好端端的锦绣图偷扯金线。一根。又一根。鸟晕船吗？鸟不仅晕船，还晕马车、牛车、轿子、担子，活下来最好，死掉了也行，"生意人总能找到标本师"，活鸟送进鸟舍，死鸟送去柴房（绰号"天谴之家"）——就着狭窄的转梯爬上柴房阁楼，标本师傅老郑的驼背率先出现，然后是他的秃鹫颈、鸡爪手。他脸皮又松又皱，呈现意味深长的苍蓝色。后来人家不再叫他老郑，改叫乌脚老郑。一八六二年，乌脚老郑死于砷中毒。

---

1　引自卢克莱修（Titus Lucretius Carus，前 99—前 55）《物性论》。

每个礼拜有那么三四天，一个后生仔不言不语，步行至鸟舍作画，有时进笼，有时不进。我问冯喜这是什么人？冯喜说这是写鸟高手王芬。我说比你还高？冯喜笑笑。写鸟高手王芬像麻鹰盯死被写之鸟，一盯就是一个时辰。写鸟高手王芬从不着急落笔。冯喜说：我孱弱、性软，擅长草木、静物，遇上生猛野物，必然输阵。

　　我问：写鸟高手王芬哩？

　　冯喜说：王芬眼中有冷箭。王芬用九分时间看鸟，再用一分时间写鸟。王芬是望厦村打猎人细仔，自幼独步深林，以目射鸟。王芬以目拆散羽毛、羽绒、皮肉筋骨，向纷纷然虚像之中找寻那只典型的鸟。

　　我站在一旁看王芬，只见王芬久久鹰视一只游隼，要逼出它羽皮之下的典型灵魂。我心中恐惧，掉头就走。第二日我又去看。王芬未曾转睛，而游隼已是加倍地虚脱。我同情那动物，壮胆大喝：王芬！王芬翻转头来，眼中同时射出两发火箭，一发射向我初生之时，一发射向我弥留之际。被火光照亮的景象吓得我后脚一软，幸亏迭亚高一个箭步，将我捞起。事后我连发十夜噩梦，不敢再靠近王芬半步。

## 11　箱中幽灵

　　从一个正正好的角度望去，好景花园变成一汪金液：水银、白银、血的熔浆。花园主人返回澳门，落日拖着长袍返回山谷，南湾之夏扑着湿漉漉大翼尾随而至。南湾之夏是宴乐之夏。无尽的宴会，无餍的宾客。苦力队伍在港口和花园之间流动。风帆、白银和死的锁链流动，将世界扎成裹蒸粽。货滑行如油。法国酒、荷兰牛、象牙筹码、男女奴隶、海图舆图、活鸟死鸟画中鸟、刽单、命名权、异域佳丽、异能人士……货流进花园大门，花园主人稳坐藏书室，签字，签字，签字。老赖、生意人、皇家园丁、蓝水水兵、世界流浪汉、天涯亡命人、强盗、探险家、人贩子、"万能智人"，还有你，押上重金或贱命漂洋过海，聚在夏夜白兰花香深处，等待一台镀金板车吱吱轻叫、徐徐登场。

　　世界熄灭。独一的光束指向红厅，指向板车的终点、常识的尽头。红厅是有机的、万有或万变的一滴：一颗卵；是持续发育的观念的雨林。每个初涉红厅之人必然惊叹于观念之多、之激进、之保守、之平庸、之疯癫无耻不可理喻，惊叹于观念不卑不亢、有来有往的局面。初次远航的愣头青和饱经风雨的老舵手在这儿自由搏击。远去和逼近的世纪精神在这儿交换激素和体液。

旧时代的暮色以最大柔情拥吻海水味的、模模糊糊的明日朝阳。有人坚信天使存在，有人坚信天使是高卢病引发的幻视，还有人坚信天使是长有强壮尺骨羽的胎生动物。有人自命"天使猎人"出发又出发，深入史前密林或西北航道，在夜人[1]山洞里北极花蕾下寻找天使脐带，又于恰当时机，向点缀红厅的富豪推销某种可疑干货（贴有"天使脐带切片"标签）。

时间在你胸口搏动。车板上一口玻璃巨缸，吞尽仅有的声与光，突然以朦胧的柔情袒露内中乾坤。宾客一时窒息，继而忘我地咏叹，女人以丝帕和象牙扇掩口，男人举起长柄眼镜、千里镜、放大镜。你撑圆了眼、目不转睛——巨缸中央鼓成球状、四爪撑地的，就是好景花园最新奇迹——赤身裸体、举世无双的雌性 *Polypedates giganteus*，乍看像头滚泥猪，盯着看下去，从表皮溢出的类人成分就要腐蚀你的智识、撼动你的信仰。这头骇人野兽，失足凡间的海奎特[2]，忘川的聒噪，巴力的使者，是在拉弥亚、鸡蛇怪和方舟化石渐露颓势之后及时顶上的新星。

你们尤为关心的是——既然观测记录显示雌巨蛙排

---

1 *Homo nocturnus*，是林奈在 1758 年提出的学名，用以指称某种灵长目生物（一说黑猩猩）。该名称现已作废。
2 埃及女神，司繁殖，助分娩，蛙形。

卵正常，只缺一个雄伟配偶将沉默的子实点石成金、续写造物奇观，那么好了，雄伟配偶今何在？你们从珠江讲到大庾岭，讲到更深的北方那些禁止异邦人涉足的山川大河，你们讲到勒芒的艾曼纽——尽管姓名和地名都可能是伪造的，此公事迹却是如假包换，勒芒的艾曼纽啊，你们说，是个狠角色，只身深入西北内陆，对对，他的做法自然是"不讨皇帝喜欢"，但"律令诱人逾越律令"嘛，艾曼纽不过追随了亚当的脚步，况且那些禁令本站不住脚！冲破蛮横禁令的勒芒亚当费尽周折，终于置身高山森林原始迷雾（"何等的胆量、智慧和气魄！"一位女士惊呼）。细脚竹楼悬挂林间，怪猴沿枝条嗖嗖狂奔，头顶巨角的山民直勾勾盯着他看。一待就是两年。两年过去，艾曼纽身穿蓝染布衣，骑一头满载标本、种子、手工艺品和熏肉的小毛驴出山，汀汀哐哐，平安抵达澳门，把犯险所得送上考察船，"啧啧，"你们交口称赞，"一部萨迦！"

你们完全可以对巨蛙生境大发狂想。H基于某些……考量，杜撰了一部"巨蛙发现记"，靠谱信息少之又少，却因耸人听闻、荒诞不经大受欢迎。晚宴白热化。明娜·阿尔梅达·冈萨加身着燕尾服、马靴登场，扬起袋鼠皮鞭指挥巨蛙表演直立行走、背诵圣经、巧吞活兔等项目，你们目瞪口呆、啧啧称奇。自然神论者和经验主义者登时干架，前者满面热泪，逼近缸体要一亲巨蛙芳泽，被饲养员劝阻后只好绕缸穷转，力求三百六十度亲证奇迹；后者则举证说，剧团棕熊也能轻松直立行走、握手、敲军鼓、跳火圈、拍皮球，果阿总督府的灰鹦鹉掌握"毋庸置疑的"三百词汇量，每个乡村马戏团都配备一只算术鸡，恒河猴在孟买街头为主人行窃，眼镜蛇随笛声起舞，亚洲象自幼擅画……如此种种与上帝或撒旦毫无干系，不过是训练得当的必然结果。

午夜已过。你们一小帮子顽固的宴会动物已经吞下肉冻、干酪、红酒、咖啡，还有腌酸瓜和牛舌没上呢。你们总要混到最后一刻。明娜·阿尔梅达·冈萨加回归雌性位面，像被夜色变大的捕鸟蛛，心不在焉撩拨一座竖琴。时间离场。你知道故事即将赶到。

H，夜的主人，抬眼望向竖琴对面那幅画——那幅惊世骇俗怪画，你刚踏进红厅就注意到了。身为红厅常客你可以对天发誓，今晚之前那画绝不存在。"嘿，"夜的主人不知对谁说，"看见那只小东西了吗？"

如果他指的是画面中心那团肉瘤——你视线落上去，一阵恶心升起——被粉色襁褓包裹，小脑袋半露：不像是人脑袋，倒像是翻车鲀的。"我从一个巴斯人手里搞的。"

你忍不住对肉瘤多看几眼，就像你总忍不住对自己的臭袜子多嗅几下，而巨蛙趴在缸底盯着你，嘴角上翘就像正在……微笑？见鬼了你对自己说，"我花了好些时间调查，"主人对你说，仆人送来新酒，"我的私人搜查队至今还在珠江下游寻找种群的更多线索，没有任何发现，但我的人会继续，他们是可靠的本地人，身手灵得像猴子。那么，我是如何找到这一只的呢？"主人离开沙发走向餐柜，一杯热腾腾姜茶在那儿候着。

　　——某年乔治三世大寿，某公爵（我可不会透露他的真名实姓）委托公司会计（某位姓柯林斯的，但绝不是你我都认识的那几位柯林斯）采集一名扎脚女人做寿礼。柯林斯先生果然在这儿，澳门，觅得合适样本。事实上，由于求功心切，柯林斯先生自作主张将寿礼数量翻倍。他采集了两个扎脚女人：一对孪生姊妹，年方十五。柯林斯先生结清尾款（前后付过三笔钱。第一笔给中介，第二、三笔给姊妹的亲爹），安排寿礼搭顺风船（一艘由智勇之士统领的三桅大商船，我只能这么说）去朴茨茅斯。我们的智勇之士在航海日志里记过关于孪生姊妹的一笔，也是世间仅存的一笔："低头，伸颈，碎步走，活像一对剪羽灰雁。"

　　没人知道她俩在船上经历了什么。一百六十七天之后她俩滑入岩石般的浓雾中心。她俩一瘸一拐钻进马车厢，厢门关拢，手起鞭落，马车拐上湿得发亮的石砌大街。她俩在遮得严严实实的车厢里对面而坐，就像一个人和一面镜子对面而坐。马车驶入浓雾大宅。四十三个日夜在浓雾中融化。马车又来了。还是同一个车夫同一架车。车夫穿戴斗篷，但她俩认出了他的嗓音。厢门打开，厢门关拢，手起鞭落。马蹄声嗒啦嗒啦滚着，马车奔向码头，雾的裙笼被撕得破破烂烂。

她俩登上又一艘三桅大商船，船被货和男人压得死死的，船首像（一头前蹄腾起的独角兽）的独角刺破了浓雾的膜，西北风吹鼓了帆——她俩就那样被退了回去。无人查收的包裹原路退回。兔年兔月她俩回到澳门，落在劏狗环一户渔民家中。又不知过了多久，她俩的肚皮同时隆起：一个包着胚胎，一个包着棉胎——棉胎要为胚胎分担污名。

龙年马月姊妹中的一个分娩了，另一个为她接生。事情顺利、秘密地完成，没人知道谁是产妇谁是产婆。诞下之物过于骇人，立刻盖过生父母谜团成为劏狗环一带风头无两的谈资。盛传，怪胎（当地人是这么叫的）外包一层透明胶质，略似鱼，有大眼、长尾。同时带出巨量泡沫，将产妇、产婆、产床（一张草席）完全吞没。渔民不敢回家，暂住邻家喝孖蒸、骂祖宗。半个月后胶质破开，怪胎咕嘟一声滑入事先备好的大鱼盆。再过半月那东西长出一截后腿，跃出鱼盆在小茅寮里乱跳，甩得满屋腥湿。

"且慢，"你不知所措地笑了，"这明显不合常理——"

爱德华，你的新同事，坐你旁边，已经喝得迷迷瞪瞪、龇牙咧嘴："见鬼吧常理！此地是澳门！你到底听不听？"

夜的主人眨眨眼。夜的女士拨弦。夜轻柔摇荡，摇得软熟，至深的香气都散出来。风横穿红厅，从法式大窗门和露台跑掉。巨蛙微笑——姊妹俩都声称对怪胎的降生负责，管它叫"我们的小蝌蚪"。她俩的深情未能博得同情，反令污名倍增。双份的污名和蝌蚪的鳃叶在劏狗环多风的堤岸飘摇，蝌蚪后腿日渐强健。

——一个葡萄牙画师请求为这三口之家画像，无偿的。她们被请进天井花园。满墙葡萄牙花砖正在回忆天使与海怪的蔚蓝之战。一画就是一年。成品就在诸位眼前，咦，这对镜像妇人，和她们平等占有的褪褓蝌蚪。画师玩了镜子把戏，老一套啦。我仍要提请各位注意这种，只能在东方找见的清淡风格以及，微妙的渎神气氛。令人印象深刻。画师没有署名，也可能他的大名一直嵌在画中静默如谜。马年羊月，姊妹俩丢下大头蝌蚪和油味尚存的怪画双双失踪。不久人们意识到：画师也再未现身。

渔民悲愤交加。他缺乏生意头脑，笃信自己已遭背叛和抢劫、痛失所有。他抓起柴刀就砍，将画一劈为二。再撕几条破网，且绑且夹，把怪胎固定在两板之间。最后往里塞两件马鲛鱼干，寓意"福寿双全"。这艘散发泥腥气、核桃油香、咸鱼臭味的旱舟，于某日清晨停泊圣母雪地殿大阶前，继而被神甫拖去背阴处拆解。

几近风干的大头怪胎落入水池。三日过去，池水被吸得一滴不剩。神甫添水。三日后池又干涸，再添水……如此七次，怪胎终于回气。破网化作炉灰。咸鱼干喂猫。夹板重新拼合为油画，保养妥善，收入圣器室。

怪胎——很快便发育成巨蛙——在山中过着秘密生活，一朝竟不翼而飞，神甫则在狗年调离澳门。故事理应隐没，要不是我偶然重遇那位故人，那个巴斯人：他在果阿购得怪画，故事也是随画附赠。

货物、钱银、故事，寰球辗转如潮流。信风是它们永动的免费骡子——信风是绝无仅有的恩赐，诸位。到我亲眼得见这头野兽，距离它从东望洋山逃跑已过去不知多久。三年？五年？它是被我的拖网捕获的。我有没有提过，我惯于在船尾置一张网，以采集珠江水生物样本？我们发现它时，它正在一网的水草、泥浆里挣扎，妄图逃跑。它必定非常勇敢、异常好奇，虽然看着不过是头野兽。大自然在它浑身上下刻满记号：皮外伤，炎症，寄生虫。看样子，逃下山后，它选择了北面的水泽沙田而非南面的汪洋大海。城墙对它来说不成问题，溯江而上却极其冒险：万一收网的不是我，而是别的什么人——你们知道本地人什么都敢吃——上帝！我不敢想。

每当富可敌国的夜的讲古佬讲到此处，听众——今晚是你——便再也无法自持，向墙上挂画投去最后、也最深的一瞥，深得可以把涂料剜出坑来。你开始怀疑挂画、巨蛙（它瞪着你一如你瞪着这个荒唐长夜）和整座红厅并非源自现实，而是源自花园主人被鸦片和乡愁过度腐蚀的脑海。你开始怀疑你和他们、它们一样，只是主人即兴虚构、日出即化的角色。你被这个念头吓破胆，扔下早就喝空的杯子不辞而别，从男仆手中抢过礼帽手杖——特意多看他几眼，好弄清他是人还是人物——帽子扣上头顶，手杖夹进腋窝，酒精使血肉膨胀，双脚载你在花园大道翻滚，风擦过池塘和收拢的睡莲吻过来，哪片灌丛深处，一颗熟落的菠萝蜜正滋滋腐烂、释出温热蜜意，而白兰花飘香的时辰早已飘远，你匆匆赶路，大铁门边上站着一个混血守卫，肩扛鸟枪，夜安先生他说，说话声像夜鹰，像猫头鹰，你笑起来，你快活而惶恐，你一惊一乍，风擦过大大敞开的、星闪的南湾吻过来，你感觉自己是在光溜溜的宇宙檐口滚动，此刻宇宙像个混血池塘，亮着一弯弧光，你身子一松即可倒进去，你果真这么做了，你身子一松，倒进去，但你并未倒进宇宙或池塘，而是倒进了你的柚木四柱床，广州制造，公司统配，你的moço立在床边瞪着你，幸会啊你说，你叫错了他的名字，这不过是又一个夜晚，是挥发在世界尽头、毫无结果的另一个夜晚，这些夜晚组成你，这些夜晚燃烧就像你们，就像柴，等到吊锅里的肉汤终于滚沸，死神就过来，徒手取吊锅，坐下，凝望火光，一勺勺喝汤。

另一些日子，夜晚在河边睡过整个白天，一到日落就抖松锦绣的羽毛、迈开脚爪。它每走一步不是水声、沙声、弹簧声或别的什么响动，而是陶瓷和玻璃的叮咚轻响。它就是一步一步、叮咚轻响地穿过多彩的树丛走进红厅去，不是从大宅正门，而是从被巨大圆柱撑起的露台。它璀璨长尾擦过的枝叶、花朵全都无缘无故发起香来。它擦过的人开始软烂、发酵。它走到红厅就伏下，一向如此。它翎羽沸腾似岩浆，淌遍整座厅堂，人像中了魔，竞相扎进去。

我就在那里，在它翻滚的羽绒里，隔着玻璃缸壁观看每一个人。那些人穿过大海、炮火和银币雨来，在我头顶停住，向我袒露咽喉、胸腹和傲慢的好奇心，而我将要害和真情藏在底里。"何其壮观的野兽！"他们看着我说，然后转向远方，谈起一片正在散开的湿雾和湿雾背后的阿萨姆，那里的雨季闪着绿色革质光泽，充满令人亢奋的甘香，本地茶和外来种正在监控下如火如荼地交配。他们谈论一种名为"印度"的颜色，两千年的颜色，他们把孟买一条大街鼓捣成这颜色，他们把这颜色卖给大海、卖给世界。我问冯喜，"印度"是什么色水？冯喜，色水的行家，指向太阳快落尽时的东方天宇、如金钩高挂的新月周围，指向大海之心。他们手握最新一期《广州纪事报》[1]，使一点儿腕力把那墨味纸凌空抖开。他们谈论新近倒行[2]的刘芝，坐在一屋滞销打簧货中间，一大勺一大勺生吞烟土直到断气。打簧货，他们笑着摇头，自鸣钟、八音盒、弹簧表、机械表亭，眼下不是打簧货的好日子了他们说。刘芝歪着脖子，脸黑得像煤屎。一屋人破门而入时踏正整点，堆积如山的打簧货齐声打鸣——黄金雀仔伸伸缩缩，白银淑女沿轨道兜圈，红宝石骑士冲出翡翠大门，珐琅彩凉亭顾影打转……钟声和着音乐，为死者协奏精确无比升天进行曲。

很快马哈塔先生就扛着魔箱来了，要向女士们先生

---

1　*Canton Register*，1827 年 11 月在广州创办，1839 年迁澳门，更名《澳门杂录》；1843 年迁香港，更名《香港纪录报》。约 1863 年停刊。
2　［粤方言］（商行、公司等）倒闭。

们展示巨蛙、冰川剖面图和蒸汽轮船萨瓦纳号[1]穿越大西洋的航行。马哈塔先生，做玻璃影画镜生意发家的巴斯商人，曾在两个月前登门，请求 H 授权制作巨蛙主题恐怖剧。"——烟幕，镜幕，滑轨，多灯投影，四重奏乐队，格罗乃公司'惊惧'系列环境香薰，声、光、气味，史无前例的感官盛宴！计划请雪莱夫人担纲编剧。"见 H 脸色愈发难看，巴斯人立刻转舵："但我倒认为，您的巨兽值得更文静隽永的形式。敝司拳头产品——科教灯片系列期待巨蛙加盟。和巨蛙同行的会是五十六帧博物学巨著《动物学原理》、《英格兰王与后》套组、《天文与星座》套组，以及我们长盛不衰一直再版的《幽默集萃》。巨蛙将和这些人类之光携手，传遍旧大陆，占领新世界。"

马哈塔先生放下他金光灿灿的魔箱——最新型号，长得像风炉也像风炉一样发烫。男仆合上落地窗，花木香、凉风和夜间的动静隔离在外。戴白手套的小子跑到墙边装好架子，让一幅白布平平静静垂下。常驻红厅的高谈阔论被一种新鲜气体挤压，挤压成软绵绵贴地的一层，男男女女一下子有所期待。他们绷紧了，在特制的

---

1　SS *Savannah*，史上第一艘穿越大西洋的蒸汽帆船（混合动力，侧轮式）。1818 年建成下水。1819 年 5 月 24 日至 6 月 20 日穿越大西洋。

黑暗里，他们返老还童，叽叽咕咕憨笑。马哈塔先生打开箱肚，搁一盏灯进去。热气穿过魔箱翘得笔直的、中空的大尾巴逃窜。马哈塔先生俯身掀起护镜片，于是，顺着魔箱嘟得长长的口器，前所未见的奇景泄漏——

一艘长长的怪船行过水面，船身中央，一座巨轮旋转。一个戴小圆礼帽、留短髭、穿大衣的男人，脑门上写着"雨衣"。一些罐头。罐头倒了下来。一个火车头。本杰明·汤普森摸着他的咖啡壶。弧光灯。几行被花边圈养的箴言（"我们扬帆远航 / ……是为了享受那超越语言的 / 纯粹的发现之美。——布莱兹·帕斯卡"），也像墓志铭。煤气。一盏接一盏亮起的街灯。一群羊。澳门的灵魂，它的过客的灵魂。星星。港口。一条乡野小道，无始无终。一朵巨大的、布满斑点的花，一个智人皮笑肉不笑地把脸塞进花心，以示"这花大得可以吃掉我的头"。

在吃脸花和热气球之间是我，智人眼球捕获的我，一片被光穿刺的彩色斑斓，扁平的，抽象的。我听见笑声、掌声，灯气中弥漫着洋洋自得的友善。迭亚高滚烫的手拍抚我后背。"我"在强光中直立。涂红唇。吞下一只猫。用小茶杯喝茶。甚至获赠穿燕尾服的伴侣。光焰升腾，矿物的彩色血浆奔涌，人笑着，惊叹冷却作轻叹。

我被梦着，我也梦着，一如我被看着，我也看着。

有个声音说："看呐，一整部自然史正沿着这母蛙的脊椎环流。"我抬头寻找，只望见一片毛茸茸的猿猴的脸。人看我，我看人，我睁大双眼就像死不瞑目。我要看见、记住，我要活得长久，我要双目圆睁，哪怕沦为囚徒（我已经是了）、标本、摄青鬼，我也要从牢笼、博物馆、旷野永恒地看。为了懂得更多，我坚持拱进花厅和小人孩待在一起。韦布里牧师做了一阵义务老师，不仅教植物学，还讲圣经故事和一点拉丁文。一个住烧灰炉村的汉字先生来教我们读写。我花了很长时间才学会握笔，因为我比智人少一根手指而笔杆子显然不是为我这种生物设计的。在握笔的事情上，茉莉·钟斯给予的帮助堪称"无边无际"。

　　我逛进鸟舍，苦劝那些傻鸟"有空多学"而它们只会平淡、无神地直视我。我偷看写鸟高手王芬写鸟，躲得远远的。我参加了一场鸟葬礼，死者是一头公鹦鹉。鸟舍里尚有三头鹦鹉健在，因此气氛不至于过分沉重。三个安南鸟倌、写鸟高手王芬、老郑、迭亚高和我出席了葬礼。王芬像背弓箭那样背着画具，希望葬礼尽快完事。安南人至为悲恸因为他们当月薪水将被扣罚大半。鹦鹉侧躺在木扁盒中央，身下铺垫黑色小绒[1]，额顶巨瘤

---

1　[粤方言]法兰绒。

连巨嘴看着像某种硬质果肉。若是在海皮，这巨嘴就要被锯下，制成二升鹦鹉杯。"鹦鹉死于高温，"安南人甲宣布，安南人乙在死者短腿上绑一张标签牌，安南人丙为死者画十字，"得啦，快脆，"老郑说，抓过扁盒就往天谴之家走，写鸟高手王芬紧跟其后。我为逝者无知无识的一生深感惋惜。

我参加了一场婚礼。是个礼拜日。一大早他们就替我裹上白纱丽、系上白花缎带，推我进玻璃缸，把我搞到小礼拜堂前草坪上。小礼拜堂紧挨公司坟场。我被安置在树荫底（匆匆打望了坟场里静静竖立的墓碑）。有人在我周圈堆满白花好似堆溪钱。后来来了一支乐队。到处闹哄哄的，每个人都着盛装、喜笑颜开。从小礼拜堂传出时断时续拉弦声。迭亚高给我泼水，给我周圈的白花泼水。混血仆役跑来跑去。围墙外面好多本地人挤着看啊。接近十点半，一个仆役开始给围观人群派发小糖果，人人都快活，说着"恭喜"、"恭喜"。小人孩把糖藏进舌底，从腿间挤出头，等着看新娘子。韦布里牧师兴冲冲地来了。乐队奏响悠长、完整的旋律，至少在我听来是这样。迭亚高给我喂了五个鱼肉饼。"结婚真让人高兴啊，"他说。后来又重复了好几遍。他一整天都是笑眯眯的。正午时分新郎哥新娘子来了。新郎哥是加律治医生。新娘子我不认识，从头到脚一身白好似披麻戴孝。番鬼小人孩到处跑，抛洒花瓣像小鬼散溪钱。到处白得晦气，没有一个人不快活。新人紧挨死人。死神坐在坟场凉气里望过来，像个午休的泥水佬。所以我说番鬼是很怪的。

我参加了一场生日宴。我被打扮成一只兔子，一头巨兔，趴在一堆复活节巨卵当中。番鬼小人孩对我又抓又抱，冲我的耳鼓尖叫，把头塞进我嘴里咬我的腴。明娜和夫人们打扮成春神模样在近处喝茶。番鬼小人孩清淡、明亮、香似粉扑。他们轻飘飘的，不含一点沉重成分。当他们用巨卵（涂了颜料的圆石）砸我、用手指戳我眼珠的时候，竟不会挨半句骂——骄横跋扈的好景女王陡然谦逊、慈善起来，捏着彩绘小杯杯摹仿白皮肤太太的娇嗔："嗳，你们要当心——庄尼，别跑太快——珍妮，别让那丑八怪弄脏你可爱的小裙子——"

我遭遇了一场精神危机。我为"我是什么，从哪来，到哪去"困惑不已。我为我的卵困惑不已——它们又是什么，又是从哪来、到哪去？难道就是为了穿过小孔离开我、再穿过大口返回我？我趴在秘密产房深处（河的某段僻静处、有一大片大沙叶树荫垂盖的地方……我不想说得太细！），盯着又一批卵，突然一阵绝望：我就是再也吞不下去了。我的胸膛被谁咬出一个洞，酸的风穿来穿去——是真正的穿膛风。

平生第一次，我任由我的卵瞙在人间堆积如山，拧头爬开。明娜倒是极为激动："这不是坏事！这说明蛙竟然拥有精神！"她在花厅组织调研，调研蛙的精神从何而来、寄居在哪儿。茉莉·钟斯想要安慰我，抓紧时间给我讲了两个版本的《瘸腿魔鬼》。

"我们讲故事，因为，"茉莉·钟斯捏着我的爪子说，"在这人世间，除了故事，我们一无所有。我们把故事留给亲爱的人，除此之外没别的遗产。"茉莉·钟斯边讲边画，使我清清楚楚看见魔鬼的模样儿：八字须、羊腿、双拐。魔鬼真胖啊！魔鬼让我心头一热，尤其当他拎着窝囊废学生哥低空巡航、将屋顶接连揭开——那无异于揭锅盖，使珍馐百味袒露在千万双饥渴的眼前。精神危机持续了整个秋天，魔鬼拎着学生哥在梦的星空夜夜低飞。

半年后茉莉·钟斯死于痢疾。钟斯太太在花园大门外堵截明娜，索要十个佛头。茉莉·钟斯的墓碑小小的，缅栀子花瓣离开多岔的道路落在上面。

## 12　阿布—阿拔斯

犹太人以撒，数月之前是衣衫褴褛的法兰克王国使节，现在是押象人。他的两位同僚先后死在安纳托利亚的风沙深处——那座烫口的半岛遍布地火。以撒被引进哈里发禁囿，引到阿布—阿拔斯近旁。阿布—阿拔斯，白色神话般的亚洲象，芬芳似石榴，雄伟圣洁似英雄墓碑，以眼角余光打量远道而来的王朝朋友。

阿布—阿拔斯和以撒向西苦行，依次经过大马士革、内盖夫、亚历山卓、伊夫里奇亚。人和象在无路的旷野遭遇高温、强盗、蜃景、疯神和死神。而无论在无路的旷野遭遇了什么，人和象皆不曾起过背弃盟约的念头。在迦太基，他们同查理曼的桨帆船队会合，取海路北上。

阿布—阿拔斯和以撒向北苦行，依次经过撒丁岛、韦内雷、韦尔切利。人和象在波河之滨度过冬天。阿布—阿拔斯以长鼻玩雪。以撒在严寒的摇篮入梦。等到冰雪消融、春回山谷，人和象就向阿尔卑斯山发起长征。他们依次穿过花海、焚风和永恒白冠的凝视。千岁之湖共睹人象同行的非凡时刻，将之长存玻璃体中。终于，阿布—阿拔斯和以撒，这对世界流浪者、相扶相持的破烂乞儿，在一个光明夏日抵达王国之心亚琛。诀别时刻，亚洲象以长鼻包卷犹太人的脖颈、流下热泪。

在后来年月里，阿布—阿拔斯成为帝国奇珍、帝王玩具，装点宫苑、牢笼、挂毯、纹章、战旗。阿布—

阿拔斯死在利珀河口，尸身满插长矛、飞斧、羽箭、骑枪、单双刃剑，俨然露天兵器库。四年后，查理曼死于胸膜炎。犹太人以撒死得最晚：死在南特，尽享天伦。


## 13　北风故事


北风吹来冬天和帆船。凉凉的白银雨一落，番鬼就在海皮破土出芽、抽枝散叶。好景花园埋头休眠，仆工拾起守墓人的活。没有宾客。没有宴会。落叶树在大片热带植物当间星点变黄。

冯喜反潮流地南下，快步疾行，老远就挥起一顶怪模样草帽。一个 moço 提两只皮箱跟着。我从蛤蟆堆一跃而起，一身泥水地拥抱他。他仍住西翼那间可以望见植物园的客房。夜色压得领角鸮鸣咕发响的时候，我爬墙、敲窗，等他笑眯眯开窗、扶我入屋。他会替我润洗身子，让我舒舒服服趴在一张大号湿巾上。长夜凉爽。我要么看他画图，要么听他讲古。冯喜是讲古佬中的讲古佬，生吞寰球故事，腹中有故事海摇晃。

那时灯火熄了。冯喜侧躺在床，水波眼眨啊眨，表面一层光仍未叫风吹破。有一种人——冯喜开讲——终年向大船上过日辰。五年。十年廿年。后来，人家问他

"来自何方"他再答不出。因为一切地方都上了他身。他就是海上水手、讲古大王。——你估一估？水手答人家。人家开始估：里斯本。西西里。伦敦。阿姆斯特丹。错。错。错。加迪斯。锡兰。孟买。槟城。长崎。错。哎全错。人家估遍每一处地方，最后两手一摊坐低，请水手饮杯冧酒[1]。你知道吗，故事是水的一种，故事降落似雨，流转似江河，储起似深深井。故事力大无比似瀑布，霎时又轻身，似雾水花连蜘蛛网都压不断。故事走啊，走啊，一朝脱离大地，就变成大海。

故事有长短、分长幼，向地上行过十万八千年。一切故事终要脱离大地、落入大海去。那时刻，风将故事一丝丝牵起，热故事向上面，冻故事向下面，就算望上去茫茫无边，仍然有其秩序。终年向大海上过日辰的人，你见他寂寞吗？似乎寂寞，不过，若然真的寂寞，你又如何解释一班又一班人，世世代代地，不间断地，仍要向大海去？——实情他是知道，一切故事终要脱离大地、落去变做大海的。所以他不顾一切奔入大海，与故事汇合；他是要活作一个故事，要做万千故事一份子、永恒流传。

就这样，冯喜把故事褶进我的梦里。他所施展的，

---

1 "朗姆酒"的粤方言音译。

是一种名为"睡前故事"的技艺。据说，自古以来，凡有人和灯火之地，就有此种技艺流传。人早早知觉到，故事具有迫害、抚慰、阻吓、激发、谋杀、复活诸种功能。有人是天生讲古佬。有人不得不讲，迫于爱、恨或恐惧。后来我不再偷偷摸摸爬墙，因为明娜像旋风一样刮来，吩咐仆人把玻璃缸搬进冯喜客房，又大发奇想，在缸内布置了塘泥、石块、朽木、水藻和五株小芦竹——简言之，布置出一缸迷你湿地。她高高兴兴地吩咐冯喜画下面貌一新的缸子（和趴在缸底的我），高高兴兴地差人把画稿送去广州，又像旋风一样刮走了。

一月过半，又有冯喜的五箱行李送达。那之后，他神色发生根本改变。一天他突然问我：你想出去兜兜吗？我问：去何处兜兜？冯喜说：去将澳门大街小巷、风景名胜兜它一兜。我说：我不便外出乱走哩。冯喜笑说：哎！我完全考虑过，我俩做一孖夜游神，夜出昼伏，避人耳目。我大叫：哎呀，那正是跛脚魔鬼和学生哥呀！

我俩一生一共四次夜游。迭亚高锁不住我俩。他的黑眼睛一过子时就阖上。塘泥浸没芦竹根，肥沃的梦浸没他的睫毛。鸣虫在草深处合唱，他在梦深处打鼾。我俩背着夜风翻过十六柱围墙，他梦见马来群岛的翠绿山冈。我俩憋着笑撞入夜的街巷，是魔鬼和学生哥投落人间的影子。

冯喜，我的导游，闭上眼也能在白蚁蛀道般的街巷畅行无阻。但他最熟的还要数花王堂区。他可以沿顺、逆、回、十字、栅栏五种路径背诵三巴堂前壁浮雕。他初到澳门时候年纪尚轻。那年一等一寰球大事是法兰西皇帝流放圣海伦纳岛。若干年后他在海皮遇见个醉鬼，石湾口音，自称刚从圣海伦纳岛还乡，为废帝钩过老鼠、做过花王，不知是真是假。

是晚秋季节。乞儿仔兴致勃勃游历了妈阁庙、嘉思栏修院、三巴堂等诸多名胜，终于在茨林围饿昏。"当其时，乞儿仔突然行运，"冯喜说，乞儿仔被一双手扯起，扶靠上霉迹斑斑墙脚，施以薄粥。那双手，在茨林围塘鲴色水大环境之中，显得尤其阴白。

"是谁人的手？"

一个耶稣会士的手。不知何故，那人没有跟随船队返回长崎或转战果阿。后来，耶稣会士成了乞儿仔的洋画启蒙老师。

沉默寡言的老师以狭小陋室收容他飘零的肉身，以无垠色彩启导他光敏的灵魂。乞儿仔突然开展一种惊人生活，一种尚未定型生活，他深知质变已经降临：乞儿仔就此变化学徒仔。

"我能明白。"我说。

小屋之中，悬挂于西南方位的《圣方济升天》尤其令学徒仔入迷：客死异乡的番鬼，血色尽失的手，被攥紧的木十字，枯槁眼球上迟迟不愿熄灭的最后一抹生机；背景是大海水——简简单单的大海水，令天国或天空退却的大海水；五艘收了帆的多桅船随意泊着；一束光不是从上方，而是从远方进入。

学徒仔盯着画面问了又问："这番鬼当真死在上川岛？台山对出的上川岛？"学徒仔大大地惊讶，继而深深地困惑：画中人竟死得这样近。生得那样远，死却这样近。是什么诱人远生近死？是神明？是大海水？有时他恍惚，相信神明即是大海，大海即是神明。

有一天，学徒仔跟随老师深入三巴堂的幽暗脏腑，毫无预兆地，被一幅《圣弥额尔大王杀鬼》锤扁。那圣弥额尔大王足有七尺五高，背生大鹏金翅，右手捉火浆大剑，左手举金光万丈圣体匣，面目若观音，气势如修罗。打听才知，画师已于两百年前升天。从此学徒仔常去画下久坐，于圣弥额尔怒火金焰中求索画师精魂。

我们跑过黑蛭巷。混血小楼紧拥着，用伤疤、病变、雕花边饰诉说。我们钻入城的私处，做贼，别样偷，净偷风色。我们翻阅后院、天井、骑楼、矮挡墙。趟拢拉起。漆成绿色的活页窗折出引人遐想角度。一个妇人坐在月下剪雪茄，突然痛哭起来。通花窗。明瓦窗。彩玻璃窗。窗面上诗句。医师出诊，拎个大皮箱。猫和蟑螂一样多。若有一只猫无缘无故炸毛就是我们刚巧经过。一摊新鲜呕吐物顺着墙壁淌。老榕的根网住城。城在榕根里流动，就像鱼群拖着渔网前行……突然一阵腥风袭面。你看，冯喜抬手一指巷道尽头，南湾呀。

南湾躺在那里，一侧斑驳，一侧银白。斑驳是沿岸商馆，银白是海面月光。

冯喜说：我已画过南湾一千遍。他当空指去：那是大清国三角龙旗。东望洋山高高耸起，山下嘉思栏修院牢牢擒住湾口。我俩跳上石矶，风把近海处醉鬼笑声吹过来。船都阖上翼。我看见一条舢舨从海上来，契家姐、阿金划桨，带个无手蝌蚪仔去鸦洲打翡翠。

"你知道吗，"冯喜说，"詹士之所以浪迹天涯，是为逃离他老婆伊丽莎白。"伊丽莎白老、富可敌国。手挽手游历罗马之后，詹士逃避伊丽莎白就似逃避毒蛇。又因她富可敌国，他一旦离心，就须寰球地逃避。他边逃边画，尽享寰球美食美酒、美景美色。总而言之，他的逃亡之旅十分豪华，因他老婆富可敌国。他所经地方，他老婆也一一经历。他两公婆前脚追后脚，玩一个漫漫长寰球捉儿人[1]游戏。一度那是无尽蜜月：他在前方开路，持续留下足迹、谜面和账单，他的背影引领她打开世界。她总在即将逮住他的一刻再次失去他。世上还有更浪漫的事吗？有一天他逃进海皮——王法规定，番妇不得踏上海皮半步——对他来说，海皮是世间最安定港湾；对她来说，一切结束了。

我俩跳下石矶往回跑，去亚婆井前地看新铺的花街砖。整个街区密挤、飘香，像噗一声破开大石榴。我俩无言爬升，离开街面，深入西望洋山路。夜的乳汁濡湿冯喜衫裤，又喂我以迷离的甜蜜。他在半山处一堵泥墙前停下——墙有泥味、枯稻梗味、蚝灰味，还有稀薄的陈年尿酸。墙上开个门洞，门楣浮雕正在讲述一个没头没尾、狮子吃人故事。南湾换上一种遥远孤清面貌，被门洞摄住、框起，带携那泥墙跳龙门，从平凡废墟升迁做无双奇境。我俩背靠门洞坐下。他说再向上爬，便是海崖圣母堂和炮台堡。又讲了葡萄牙鬼与荷兰鬼的海上大战、圣母如何像天后一样显灵张开斗篷平静风暴等诸事，才终于绕回到学徒仔身上。

——有一阵，学徒仔对医院街着迷，常去医人庙门口看黑衫教士、发病番鬼。等到他发现一里地外还有座

---

1 ［粤方言］捉迷藏。

发疯寺，就立刻将医人庙抛弃了。那时他后生、无心。他跑去疯堂斜巷尽头，远远看着发疯寺通花铁门。那铁门总是锁起的。他远远等着，等麻风病人放风，然后贪婪地临摹那些被风病摧毁的肉身。"那时刻，我必定是恢复了乞儿本性，"冯喜说，"似乞儿，似食尸体的禽兽，扑在一种废墟上搜刮。我本性恶啊！"

他时常回望那个立在铁门之外的冷血学徒仔，那学徒仔也望他。他俩就那样对望，隔着漫长岁月。其实算不上多漫长，不过填充物令人发指地多、杂、乱，就显得漫长。他觉得学徒仔眼神发狠发恶，有时又觉它们空洞。他认为自己辜负了他，常感悔恨，总想忏悔。忏悔是老师教他的另一门手艺。澳门街头、山头，几多十字林立？十字又分门别支，寰球十字斗斗打打，哪个可供忏悔？他想要忏悔的事太多。他冷血时候，连眼神都是刀。他走去板樟堂。板樟堂前地人情烟火至盛。他看人家踢猪、打仔、算命、将骰子掷入酒碗，一陇一陇洋尼姑穿街过巷。街口画肆里有大量山水挂轴，描绘静局，描绘落叶要归的根，但是，他向妈阁山山头一站，啊呀！内外十字门一眼望穿，海的路，船的梦，哪里有尽头！

老师首先教画神明。有一天，学徒仔笔下的天使现出渔民神色，也像被海风吹袭的渔民一样皱缩、开裂，老师就不再画神明，转而画起风俗、风景。老师离群索居，却要画商贩挑担、信众烧香、洋人骑马，学徒仔不能信服。他想求证：风俗、风景在脑海中禁闭太久，岂是不会腐败的？岂是会像神明一样，越禁闭，越焕发光彩的？

因此抓了老师所画妈阁，一口气跑到妈阁庙前。那地方终年热闹，香火香雾氤氲山脚不散，浪拍石矶，流离浪荡罟仔和流离浪荡人众一样多。有个番鬼突然问他："你画的这个？"他摇头，将画藏去身后。番鬼说："倒好。那不叫画，那是死肉。"

番鬼跷脚坐在一张画师椅里。那个词，"死肉"，正在发挥效用，令他愤怒、好奇。涨红脸问："我可以看看你的吗？"他的英文是黄埔港教的。又把老师教的零星拉丁词混在英文里使。"过来看啊，小子。"番鬼说。番鬼的微笑像鞭子抽他的脸。他的愤怒和好奇一样大、越发越大。终究还是凑过去，看。

站在那里看了一个下午。

回到茨林围，照样准备晚饭。吃纳豆、咸菜、清粥。纳豆包在扎成捆的禾秆草里，似蛙卵。咸菜在墙角瓦罐里。老师吃得少，吃得快，吃得静。

第二天还是跑去妈阁，番鬼无影。向剃头佬打听，剃头佬反问："剃头吗？采耳吗？"只好坐下采耳。后来知道番鬼叫"詹士"，住风顺堂区。

南湾沿岸常有番鬼骑马行路。各个骑一匹亮晶晶大马，三三两两，慢慢悠悠。马尾粗粗麻麻，扫在脸上有股味道。番鬼鞋底是木质，很硬。一个月后，学徒仔最后一次去茨林围，向老师行跪拜大礼。老师始终静英英，静似某时刻天空，那种天空永不会在澳门出现，大概不属于人间。老师从不在画上署名，只一遍遍地落 *Ad Majorem Dei Gloriam*——这个细节，冯喜永恒想起。

冯喜搬进詹士位于黑蛭巷的寓所。刚开始也干仆役活，但他认为自己真正身份是学徒。詹士那样的番鬼通常雇有一二十个仆役，分管账本、衣橱、治安、厨房和马。多数时候詹士带着冯喜——写生、找生意、社交；另一些时候不带，那说明詹士是要去找点儿乐子了。找乐子时候，詹士带一个名叫安东尼的混血儿。冯喜常在夜里听见隔壁女主人（一个壮实的番妇）抽打一个名叫保禄的黑奴。黑奴保禄哭嚎声之强韧，可以一直传远去撞在风顺堂钟上。而撞钟之前，哭嚎声伸缩、蠕行，勾勒巷道模样：极窄的，回环的，令人安乐，令人厌倦——冯喜枕着邻人嚎哭声，想象阴间巷道也是极窄的、回环的，有长长短短衫裤晾着，有猪的鸡的鬼魂拱着，阳间烧下来的钱、人、船、马在焦黑天顶如大雨落着。有人孤身浮沉无垠大海，有人人挤人挤破头。他和两个本地人共用一间仆役房，两人一个叫阿清一个叫阿胜，如今都找不见了。在澳门，如果你是黄皮肤，你可以向任何方向消失。如果你是其他肤色，则不可向北。我问："若然是蛙哩？"冯喜说："若然是蛙，麻烦你即刻化入水去——那是最大本领，一朝化入水去，就可以随水去一切地方。"天空开始发蓝，我们不得不离开门洞往回赶，回到好景花园倒头就睡，醒转之后大吃特吃。白天变得苍白，因我们期待子夜。

等到鼾声再次涨满池塘我们立刻出发。我们游历了（第一夜提及的）茨林围、妈阁庙，仍然回到门洞，背靠泥墙坐下，蓝色天光从木格窗隙溜进来，阿清窸窸窣窣起身，因为伺候詹士盥洗是阿清的活，阿胜仍躺着，冯喜一睁眼就能看见他的月牙头顶。外面各种跑楼梯、跑地板、开门关门的动静一通乱响。整个下午冯喜都在画室干活。詹士走进去，有时穿常服，有时穿晨衣，视乎他即将要去哪、干什么，他也不是没试过穿晨衣骑马——从家门口一直骑到跑马场，和已经骑得微微冒汗的男男女女会合——有一阵子，作为澳门为数不多的女骑手，阿尔梅达·冈萨加在马背上大出风头。反正阿尔梅达·冈萨加不管在哪都是大出风头的，还想把风头出到珠江去。她使整个澳门围着她转。她的前任们留在原地像废纸团，努力展平自己、活下去（其中有几位因为死于非命，不得不沦为"前任"）。

半年之后，冯喜能画炭笔画、油画和极好的水彩。他的画被他们拿去广州，还有少量寄在商馆区画肆卖。那时他的画是论斤叫价。詹士替他在木匠围另租一个套间，认为他"应当学习像一个绅士那样过活"，又领他去裁缝处置办唐装洋装，搜罗让他变得体面起来的各样配件……那是一笔结实开支，完全由伊丽莎白掏钱。说到这里冯喜陷入沉默。他被某种大锚拖住，在他沉默的时候我只能小心翼翼望向启明星（升在了中天），既不能望得很明显，又不能显得没在望，我整个表现出一种温和的、无所事事的姿态，矿石味的西北风刮擦着我，一并将他的既有形象刮去——他也像一只蛙啊，正当着我的面变形，他是新的，陌生的——他是新的，更是真的。

穿着新衣见了许多人——冯喜重新说起来——出入各种场合，那些地方总有苏格兰人；有葡萄牙人；有花旗人，花旗人简单、快活；有印度人；有各式各样的夫人，她们恪尽职守。夫人中的佼佼者无疑是阿尔梅达·冈萨加。阿尔梅达·冈萨加绝非通货。她是战利品，是皇冠，仅供澳门之王持有。新一天的光驱赶我们。我们往回走、倒头睡。毫无疑问，我们一步一步地被夜间故事驯化成夜行生物。冯喜两手着地、跑在前头，我两手着地是为了追上他、听清他。白天不值得过。我们八爪着地，射向慢慢降临的子夜。第三夜，我们游历了木匠围和三巴堂——如果没有出现在冯喜的故事里，这些地方就毫无意义。我们取道三巴堂东南侧的捷径返回门洞。

"后来，"冯喜说，"年轻有为的新晋画师从澳门去广州，差点忘记其实是'回乡'。"精致裁剪的新衣在他身上慢慢变旧、变贴，看上去就是他与生俱来的皮。画师挨船栏站着，一个哥仔凑上去说："阿官，白榄爱吗？有咸有辣。"卖榄哥仔大概九岁十岁，不会超过十二岁。画师在黄埔下船，不自觉默念：黄埔。乞儿立刻包抄上去，扯他衫袖衫尾，"好心喇少爷仔，"他们说，"好心畀个钱。"他们中的一个令画师突然想起一个老友：泥鳅仔。那种事很常见，有时想起旧时老友，有时想起旧时自己，人是拥有镜中岁月的动物。

画师摸一角碎银出来，很快地塞进那幸运儿手心。他的仁慈（或自怜）引发小型打斗，一班人马撕撕咬咬向栈房背街去了。余下的继续连扯带求："好心喇少爷仔，畀个钱。"画师看着听着样样亲切，登时惘然。他换驳艇。驳艇西行时候，他才真真正正、完完全全成为一个少爷，是围着驳艇旋转叫卖的疍家船助他完成最后一步变形。他轻轻一跃，降落海皮渡头石基。他是一个少爷了。剃头佬、小贩、乞儿涌上来。他们见他不做任何帮衬，就打听他的来处。那一天真是荒谬至极，冯喜说，他变成另一个人，他认得的每一个人都不认得他。那些踢他、赶他、给他恩惠、和他在街巷里肩并肩或一前一后亡命的人，不认得他。他在客房站定，仔仔细细抹脸。他要好好抹净脸，因为它从前是污糟邋遢、淤青淤紫的。他要天天抹净脸，使它永远是一张新脸、光鲜的脸。

他很快租下靖远街 23 号。那时千年利[1] 和关家兄弟关系恶化，詹士掮来的头几单生意都是从关家兄弟手上撬得。不到一年，他走在四条大街上无人不识，人人叫他"喜呱"、"喜官仔"。有一天，詹士带个少年仔到画肆去。那时冯喜已收足五个学徒、画肆扩张一倍。少年仔水手样，光溜溜细颈上扎条领带，右臂夹紧个板夹。

"让他瞧一瞧，"詹士说，"让他吓破胆。"

少年仔打开板夹，取出一沓水彩。尽是些瓜果、花草、鸟虫，还有黑色男女。冯喜一页页看过去。詹士边敲台面边喊："瞧见了吗？这小子是个天才！一块真

---

1 "钱纳利"的粤方言音译。乔治·钱纳利（George Chinnery，1774—1852），1802 年赴印度，1825 年迁居澳门，1852 年病逝于澳门寓所。尤擅风景、风俗画。

金！"詹士兴奋得要命，手舞足蹈，走来走去，"他刚从日出号下来，那船的锚上还挂着加勒比海的水草，已经有三个傻瓜跳进江底、去凿龙骨里的船蛆了。小子，告诉他你叫什么。"

"塞巴斯蒂安·费歇尔。"少年仔说，咧开嘴笑。上门牙牙缝那样宽敞，一条三桅大船可以轻松穿过。

"告诉他你画的是什么。"

"我画的是博物水彩画，猪尾巴。"塞巴斯蒂安·费歇尔说。

接下去一年冯喜不再接新单子——他得先"学会"塞巴斯蒂安的技术，再把塞巴斯蒂安的技术传授给学徒。他没日没夜地临摹板夹里的东西。板夹主人呢？剃了个好头，换上绅士的好衫裤，像一个小巧的圣诞树挂饰那样吊着詹士裤头到处晃，不到一个礼拜名号就变成"前途无量的塞宝"，海皮十三夷馆无人不识。

冯喜对那一年的圣诞夜记忆深刻，因为，不仅有花旗国来的乐队，还有前途无量的塞宝，豁着门牙，歪坐席上，多枝大吊灯璀璨的虹光轻抚他乱糟糟的亚麻色鬈发。有什么好抱怨的？据詹士透露，他和H早有一个惊天宏图，塞巴斯蒂安带来了曙光。

H评价冯喜在植物、矿物（包括贝类）的表现上很有一手，但处理动物像刽子手——"一画即死"、"把南美土人画成木头雕像"。趁新年游宴机会，他们在花地广收花木，冯喜坐在画肆二楼花丛间日画夜画，直到把金桔叶画出皮革的反光、把茶花瓣画出丝绒的柔光、把蝴蝶兰唇瓣画出英石的闪光。詹士建议用处理花瓣的手法处理带翅膀的虫、用处理矿物的手法处理带壳的虫，冯喜照做了，终于画出如绸缎的膜翅、如宝石的鞘翅、如流沙的鳞翅。他听说他们竭尽全力也留不住塞宝。四月初一个下午，塞宝涨着一张红脸晃进画肆，脸红是因为竟日酗酒——他脚步浮浮，踢翻了从楼梯口到画架旁的一溜盆栽，导致街坊四邻以为他是醉酒闹事的水手。冯喜花了长得离谱的时间替他解围、劝人群散开。那一天到了最末，塞宝赖在一把圈椅里，周围是刚刚打扫出来的空地，"冯，"他说，"我十六岁，没什么留得住我，我是操你妈的一颗流星，纽约圣海伦纳帝力鸽子岛帕劳广州我一射而过，我乐意照亮你，一点点光芒是我乐意白送你的，你把它变成银子好吗？凑合着活吧猪尾巴，我明天就要走了，去找头白熊画画，冯，冯，忘恩负义的小蚰贼，不对我道个谢吗？"

那就是最后一幕了。第二天塞宝搭驳艇去黄埔，从黄埔去马尼拉。又过了两个礼拜，H差人送了一箩筐拖泥带水的植物过来，要求冯喜"画出活力"。之后的一年冯喜供应了五六百张——那只占H惊天宏图的一小部分——合格的图样送到工坊制版，雕版累积到一定数目就装船发去澳门。后来冯喜知道同时替 H 干活的还有五六人——王芬专画鸟。另有专画龟鳖的，专画鱼虾的，等等。冯喜打听："这是要做什么？" H 说："修一部大书，岭南万物无所不包。"冯喜小声讲："这事皇帝才做得。"

很奇怪的是，尽管塞巴斯蒂安是扇在冯喜脸上的火辣巴掌，脸却一直心系巴掌。冯喜不时会问："有无塞巴斯蒂安的最新消息？"有一次他得到的回答是"在檀香山"，另一次是"在温哥华岛"，然后是"不知道"、"三圣徒港"和"再回首湾"。旁人看来，冯喜对塞巴斯蒂安的关心完全是学徒对师父的关心。"实情不是。"冯喜说，"我对塞巴斯蒂安的关心，在一八二一年五月之前，是一种嫉恨。"他希望听见他的死讯，或在某张新闻纸的某个角落读到他的讣告。他害怕听见他又登上某座火山、发表某种新鸟、加入某个功绩显赫探险队，"不过，一八二一年五月之后，事情发生了变化。"那年五月，法兰西废帝客死天涯，而塞巴斯蒂安和达那厄号一起扛过北纬六十五度的冰风暴（当时冯喜不能理解何为"冰风暴"，詹士解释说，那是某种和死亡一样无垠、寒冷、暴戾的东西）并成功横渡白令海峡。

极寒之地的塞巴斯蒂安用颜料捕捉一切惊奇。无眼、寒冷、暴戾的惊奇，漫天狂卷，又仿佛始终静止。开裂的海上冰原。鲸骨栅栏。天空冻成一块巨冰（太阳也被封在冰里）。船厨发疯跳海，嘭一声撞死在冰上。海象肉硬成砖，在舷墙上一块一块排过去。楚科奇人的皮毛迎风翻飞。一只无人认识的鸟突然冻死，嘭一声砸落甲板。世界是不可穷尽的，当他意识到这一点就永远远离了忧愁。他们在乌厄连登陆——达那厄号和塞巴斯蒂安，和遥望他们的冯喜——他跟随黑发、红脸的楚科奇男人走过楚科奇海西南岸狭长的融雪地带，天空阴沉、倾斜，黑色的卵石在鹿皮靴底发响。他饮过年轻驯鹿奔腾的动脉血，被血流的热气湿润过眼眶。他和梳孖辫的楚科奇女人各划一只海豹皮艇，去猎浮冰上的斑海豹。他变了。旧的他留在了浮冰上。浮冰已经空了，净剩几摊血。

那就是塞巴斯蒂安的最后消息，它是被达那厄号带回人间的。达那厄号同塞巴斯蒂安告别，从乌厄连起航，绕过东角[1]，贴着亚细亚大陆倾斜的东缘直插赤道，把塞巴斯蒂安的最后消息压在新加坡鲤鱼肚酒店一个空杯底下。就是这样：塞巴斯蒂安去向极地，他的最后消

---

1　1898年更名为迭日涅夫角（Cape Dezhnev），此前使用的是库克船长命名的"东角"（East Cape）。

息落向赤道，旧的冯喜冻在冰上，新的冯喜坐在这里，门洞边上，尽一个岭南人的全部努力去想象冰川、白夜和极寒。当北风到来的时候，冯喜说，我们不再保持完整，我们碎开，散向各方，你要学会忍受这个，这就是北风带给我们的东西。

我们还剩下一些时间，但我们就是让时间白白流逝，仿佛他的故事释放了北风于是我们只能任由北风带走一些东西。我们无法预判哪些东西是最重要的、次重要的、不重要的，我们至死方知；因此只能让北方随意挑拣。我们什么也不讲地坐着。黎明前的大海是收缩的。我们退入白昼。黑夜高升，我们扩张，我们的边界重新抵达门洞。我们从门洞溢出去。鲤鱼肚酒店与讲古寮无异。故事浸在酒里。故事越是摇晃便流传得越广。因此流传最广的是关于鬼魂的故事、关于故事的故事，它们夜夜颤动好似琴弦。塞巴斯蒂安先在鲤鱼肚酒店取得一席之地。后来，新豆栏新發记也有他的座位。再后来，人间有多少座港口，就有多少个塞巴斯蒂安。最近的两个塞巴斯蒂安相距一个小时，最远的两个塞巴斯蒂安相距一次日出和一次日落。

你知道吗，冯喜说，故事里的死者重返人间，总是率先出现在港口，因港口是阴阳两界关闸。浪迹天涯、鲜鲜靠港的旅人走进酒店，发现自己的鬼魂正堂而皇之坐在桌边，闷头喝酒。旅人不得不靠近去，同自己的鬼魂对面而坐，诉苦，干杯，一杯又一杯，结账。总是这样。浪迹天涯的旅人上船下船，穿经越纬，接二连三遇见自己的鬼魂，非常尴尬。于是旁人不再敢妄下定论。旁人学精了，只说"塞巴斯蒂安暂无消息"。冯喜不再憎恨塞巴斯蒂安，任何一个散落世间的塞巴斯蒂安。达那厄号在冯喜脑海从未止航：塞巴斯蒂安永恒穿行于蓝颜料的水面、绿颜料的岛屿，塞巴斯蒂安航行，他要去的地方站满白色狗熊。有一天，冯喜把画过百遍的黑熊、棕熊统统涂成白色。

"蛙，"冯喜突然叫我，"其实，此次我到澳门来，并非度假。"

他说："其实，我来，是为搭一条大船。"

我大吃一惊，问："好好地，为何搭船？"

他说："蛙。我要走了。"

我发急，捉住他问："走去何处？"

他说："我要去远处地方了。我曾向你提及的一切地方，都要去去。"

他说："要想法子去。要搏老命去。要缸瓦船打老虎，尽地一煲。"

他说："蛙。有一日我醒觉：原来那就是我一生所求。"

我出不了声。他默默流眼泪。我说:"唉。"我尝试说一点,能说一点是一点,但什么也说不出。我摇头,两只爪挠紧。他走过来抱着我,伏在我的背上哭,哭得瘫落地上。

后来他说:"会传染。"

我说:"什么会传染?"

他说:"出海病。"

他说:"你望着海。你见有人从海上来,有人从海上行远。你听讲有人再不回头,在一处远得不可思议地方过活。一旦你开始细想那处远得不可思议地方、那种不可思议的远,你就感染出海病。"

他说:"你身边的陆地人,人人觉得你头脑有病、面目可憎。你病得神憎鬼厌。你好似个鬼啊!离乡别井、背祖弃宗。"他笑笑。"我无爹无娘无祖宗。唉!"他抹眼泪。"人家讲我认鬼作父,我到底算个什么?"

我说:"我想学人饮酒。我想大醉一场。我想知道什么是醉。"

他说:"胡闹,你不可饮酒。"

我说:"你如何知道我不可饮酒?"

他说:"你是一只小动物——"

我说:"古有马骝醉酒——"

他说:"不可。"

静英英吹了一阵风，我又说："我想似你们当中的伤心人一样醉去。"

他说："不可。"

我说："我心中发起大忧郁！我非饮不可！"

他大喊："不可不可！"

我说："我只求，未来日子，你去每座港口每家酒店饮落每一口酒，都有今夜的一滴。"

他又大哭，一哭，心就动摇。我又加倍地弹跳、哀求，终于使他同意。他让我在原地等候，自己小跑去沽酒。很快小跑回来，拎了一壶两盏。他坐下，平顺气息，斟酒。我舔了一舔。他喝了一杯。一杯。又一杯。酒的口味很怪。如果你拥有蛙的味觉，就会明白酒的口味极似兔仔肝。我说："这就是酒！"真是奇，我的大忧郁在星河间折返跑，我看见而非听见我的大忧郁，我眼睁睁看着我徒劳往返的大忧郁直到轰然倒地，醉成一摊烂泥。

# 14 黑白牛

白色洪水冲刷三角洲、群岛和须德海——那就是她披裹的黑白地图，是她生而为荷斯坦牛的实证。她的双

亲一个纯黑，一个浅白。她的祖先之地被智人命名为巴
达维亚。

她被迫怀孕，无休无止，在低地，在祖先无从想象
的"新大陆"、暴君的荒芜宫殿和黄金国度。她顶着风
暴分娩，海水浸泡她的胎盘，鱼群啄她夭折的孩子，那
些描述未至之境的浅色地图融化在海底。她被咒永恒饱
胀，乳房和子宫皆然。她是她奶水的奴隶，受孕和分娩
只是不可或缺的手段、不可避免的后果。

儿子被带走。顶好的儿子关进牢笼，活着，等着；
次等的儿子很快被杀死，赶在浪费太多牢饭之前。女儿
成为她。她们的图案叠在她的皮上。海风有时像儿女
的哀哭：腥甜的、腿脚发软的儿女，睁开睫毛弯长的
湿眼睛。分娩时刻，她不过是个黑白大袋，袋口破开，
无比脆弱。总是腿先出来。否则她就活不长了。她爱
他们湿漉漉的腥甜。她亲吻他们，看他们如何向世界
投去好奇、探问的第一眼——每个孩子都各不相同，
真的。但大铁钳立刻过来，咬住他们软软的颈子、把
他们拖走。

她一见大铁钳就瑟瑟发抖。尽管大铁钳是世间仅存
的、闻起来像孩子们的东西。

她的儿女哀哭，在高山草场，在木栅栏背后，在
赤道的影子里，在无名远方。风跑来跑去的。她乳房胀

痛，烦恼地踢踏蹄子。乳汁的分量拽她坠向子宫底部，疼痛和胎儿的幻觉仍然留在那里。四个大如蜜瓜的乳房个个浅白。智人的前爪推挤她，假扮儿女们芬芳的头颅柔软的鼻舌，蒙骗她的身体。乳房里的三角洲开始震颤——网状的水道，洪水的预感，一切都是祖先之地的摹本——白色的潮水起来了，她条件反射地接受幻象像上一次，像每一次，像她的祖母、母亲、女儿。

幻象平复她。平静是奶白无垠的。她平静地交出儿女、乳汁、自由、一切。


## 15　离魂

风吻水。风长久地吻水，使它老了、起皱纹。等到密密麻麻木船遮起水面，风一滴水也沾不着，就生气。风使劲打木船里人仔。人仔多啊。风把她们阔绰的袖子打起来，把他们黑长的辫子打起来。他们之中还有大量光头。

风从甲板缝里闻到沥青，还有花粉、鼠毛、皮屑、鱼鳞、血等等一切被沥青融化的东西。

风睡了。水手躬身洗甲板。银河静止因为风睡了。水手热得跳进水去因为风睡了。水手用塘鲺味的黑水冷却肩背、胸膛。白天那水是黄色。风睡了之后，黑水背上星辉熠熠。

水手的梦不再摇晃，稳如墓碑，显得陌生。白天水手在码头散步。码头是泥糊的，苍蝇在上面搓手搓脚。水手擦洗桅杆、卷缆、补帆。水手喝酒、朝水上小贩吐口水、赌骰子、等待。水手入睡但没有梦。在一个新鲜的清晨船长宣布：现在下船吧！管好你们的手和鸡巴！

风一下子醒了。风胀得浑圆，奋力一蹬，在江面挠出亿万道爪痕。把小艇绷上弦，稳住啦！风舔嘴，爪尖一松，小艇就飞射出去。小艇飞呀，像热带海面成群滑翔的飞鱼，飞呀，鱼背上骑着成排水手，风把他们五彩的头发压向脑后。那些头发是世间各样矿物的颜色、活的岩浆的颜色。

小艇飞。风瞄准了，把它们一股脑扫进小小渡头。水手上岸，未饮先醉。水手涌进新豆栏。风站在巷口看。斜的凉篷、满的货摊、可疑的阴影使风踌躇不前了。风原地打转，水手则一往无前。他们对眼前这条窄巷和巷口正对的大江拿不定主意，因为类似的窄巷、大江他们经历太多。水手怀疑自己得了海员健忘症，怀疑自己不知不觉间已落入衔尾蛇肚子，但新發记门口少女的一笑让他们立刻抛却一切——开普敦或广州，孟买或利马，认得也好不认得也罢，水手在阁楼倒空半个钱袋，跌撞下楼，扑在酒缸上倒空余下那半。风仍在巷口等，蜷作一团，奄着耳朵。

醉醺醺水手爬起来，腿一软就跌进醉鬼洪流，冲啊！卷啊！酒精、胃酸、胆汁和胰液的洪流！欢笑！发酵啊！天已擦黑；绅士躲进安乐窝，慷慨地（或不得不）将夜晚让给醉鬼，健忘啊！胆汁味的健忘！风把鼻子埋进爪底。有水手落水，人家把他扯上来，抱成一团大笑，竞相吐成两座喷泉。有人突然闷静，挨着风坐下，一点声音没有，思念三座大海之外的情人。有人在巷尾咯血，踉踉跄跄，碰翻了油灯火。


火诞生在兵营后巷。起初是一篷烟，熏走野猫野狗。烟发围，挺起孕肚。醉酒鬼通宵搞作，此刻钻去后巷看烟，又笑又叫，拍手掌。茨林围在梦中掩耳。要到火光窜起，浓烟轰穿巷顶，人用五种语言大叫，梦才一哄而散。南北楼房，无论唐式葡式，石的木的，全都大大受惊，呜哩哇哩吐人、吐家私细软。什么楼房肚里装什么货色，完全一清二楚。铜锣声四起。人要逃去空旷地，但哪里去找空旷地？人爬上巷口木柱，摇柱顶火警大铃，警铃声落入火海立刻烧化成灰。一对顶顶醉醉鬼迎火光跳吉格舞。不那么醉的，渐渐清醒，知道害怕，撒脚去捉盛器，桶，盆，酒樽，帽子，皮靴，手掌，统统做盛器。有人误泼了火水[1]，被火舌咬住手臂咬上身，咬成火的炮弹射向人群。铜锣声响通天，为火的吉格舞打节奏。火围攻兵营，轰出一波波番鬼士兵、猪狗鸡鸭。水入火海，霎时蒸作一抹水汽，似女人仔轻唉唉一声叹。救火队爬上屋檐打烂储水缸，有些储水缸只储一缸蛛网！浓烟围起火场，火在灰色天壳下慢烧，烧出一种孤芳自赏味道。走难人个个一头炭灰、一身烂布，灰飞好似落大雪。火弓背伸腰，背脊毛炸起。风大抽脸，热浪兜口兜面轰埋来，皮肤即刻开白花。铜锣又敲。风成烙棍，一棍一棍烫肉。肉香四溢，轰上天去，似在祭祖。人围着火打，叫，敲铜锣，人太小！火望都不望一眼。火望着天呀！飞擒大咬，挠天壳，把朝阳咬进嘴里，又啐出来。朝阳初升起，吓一跳，但不动声色，仍原路升着。

由于伤不到老天分毫，火就发怒、膨大、嗥叫。火擒住三巴堂斜顶咬上去，一路打滚，压得木梁砖石轰然地倒、连绵地倒。铜锣声无一时停。火光炸烂人脸，人人面目异于平常，人人都变癫佬、狂人。大风向西猛吹，火海嗡嗡发震发响，似大浪打大石，似大瀑布贴耳，三巴堂头顶盛开大火花，似大恶鬼红当当头发向风

---

1　[粤方言] 煤油。

中乱飞乱甩。火烧天！天壳被火烧薄、烧熔，淌下金红浆汁。三巴堂内一口西洋铜钟突然坠地，地动山摇，同等巨响要到未来大火船[1]入埠才能再次听到。各色人盘着火海乱窜，真正阎罗王开烧味档！大火烧得兴起，大咬大食，吞下整座教堂轰轰声地嚼。神爷火华众十字背映火光，黑烟乌麻麻祭天。

三巴堂陷于火海时候，我希望我在场，但我没有。从好景大宅北露台望去，三巴堂俞字形前壁已被浓烟吞没。浓烟持续攀升，企图吞下整片北方天空。大火改变了天色，那种冬天清晨常见的金鱼色变成不祥的淤紫，迭亚高和好几个仆工哇哇乱叫冲上北露台，立刻被末日景象击倒在地。他们祈祷、流泪、痛吻地台和自己的手指（有个后生仔当场发起癫痫），直到莫名之力终于使大火熄灭——我希望我在场，但我没有。

我又看见众人围起玻璃缸，检视我软似烂泥的肉身。众人之中有迭亚高，有 H，有两个鸟大夫、三个水族大夫、三个牲口大夫，唯独没有冯喜。

我问现下是何年何月何日何处？母亲缄口不答。我只能继续昏昏渺渺地，隔着不可名状之雾离魂旁观。

---

1 ［粤方言］蒸汽轮船。

八个大夫连轴给蛙看诊。他们闻蛙的腘，闻蛙臭烘烘的呼吸，在蛙心蛙肾上捅了又捅，同声同气判蛙"离魂症"。等到房间里只剩蛙和迭亚高时候，那孩子总要轻轻责怪蛙，叮嘱蛙别再乱跑，说蛙口含他的命，然后又不由自主地谈起那场大火。

"火是在中午灭的，"迭亚高对着蛙背说。他直挺挺站着，露出来的皮肉上都是血痕。小小的圆脸已经没法看了。

"火带走整座三巴堂，只留下一块墙壁。你知道吗蛙，自我懂事以来三巴堂就在那儿。我需要看它的时候，我就抬头，我就爬高。我跑到一个天空敞开的地方：天空敞开，它在那里。天空多么高呀，它也足够高。我会碰到别人。大人。老人。愁眉苦脸的人。和我一样，从地底钻出来，看着它。看够了就钻回去。"

"现在都烧完了，"迭亚高说，"现在我该看什么？"

他给软趴趴的蛙浇水、浇药。水流好像要把蛙冲烂。"回来吧。"他说。他踱来踱去，不敢坐，不敢靠。他祈祷的时候走到窗边，冲着窗外。

"大火之后我再没见过喜呱。没人见过。"迭亚高说，"豆皮亚弟看见，大火一起，喜呱就冲出花园，朝火场方向狂奔。火熄之后没有回来，一整天都没有回来。第二天也没有回来。第三天回来了——不是喜呱，是H。从广州赶回来的。H惩罚了我们，唯独找不到喜呱。"

"你会这样对待亲爱的人吗，蛙？"迭亚高说，"害她生死未卜，然后不辞而别？"

"我算走运的，"迭亚高望着窗外说，前景是茂茂然树冠，远景是三巴堂残垣断壁，天空已经愈合，"我只是挨了鞭子。另外六个倒霉蛋，挨完鞭子之后被扔到街上去了。只能血淋淋地爬回恐怖街，等。等下一个雇主，或等死。唉——我可太知道恐怖街了。"

迭亚高浇水，站着喝粥，祈祷。八个大夫看诊的时候，他目不转睛守在一边，像是防着贼。

"临阵逃跑算哪门子朋友？"迭亚高说，"坏朋友。臭朋友。假朋友。"

另一天他一声也不吭，举止古怪。半夜里突然爬起来，说："蛙啊，如果你不愿接受一个人死了，就送他去远航。天堂和地狱正是为此发明的。"

说："天堂给我们亲爱的人，地狱给我们记恨的人。我们祈祷他们无止境地远航下去。这样他们就永远与我们同在，一起享福，一起受苦。"


什么东西让世界慢慢溶解——可能是八个大夫所开

药汤，那些用人参、当归、石榴、续断、茯神、茴香和踯躅煎出来的泡澡水。我越陷越深。那远离我的、玻璃缸里的肉体会突然抽动起来。新症状包括肌肉无力、眼球震颤、梦魇、"胃火沸腾"、心律紊乱。

我一扭头就能望见冯喜所在的花旗大船。我俯瞰那大船，就像冯喜俯瞰塞巴斯蒂安，就像母亲俯瞰我和世界。我给大船提几座岛来、拎几座岛去，我给大船撒一把海鸟，有时也会吹起无伤大雅的逆风。逆风已经是最坏待遇，在我的大海上，我亲爱的远航人不会遇见更坏的事了。

要是碰到冯喜踱上甲板透气，我就要凑近去。我凑得很近很近，近得能看见他铰掉长辫、戴顶草帽的怪模样。那草帽表面涂一层沥青，大小同他的脑袋极不相称，显得滑稽。他扶着舷墙望啊，望透我为他预备的风景，望进一个新世界。


惊蛰过后，来了第九个大夫：擅长动物催眠的格致家，检查过瞳孔和长胴之后立刻动手催眠我。紧接着，八个大夫被轰走，他们的药方子被铲得一干二净。取而代之的是新大夫所开药粉。药粉分装在三支极细的玻璃管里，看上去是毫无区别的白色。每天早午晚三次，新大夫在玻璃缸外现身，监督迭亚高掰开我的嘴、往喉咙眼倾倒药粉。

新大夫简直像个皇帝，坚称"病号应像奴隶服从暴君那样服从他的大夫"。遵从他的指令，仆工沿房间四壁扯起临时白帷幔，玻璃缸里花里胡哨的水景被一股脑清空。最终，一种均匀、平静的室内光包裹我，对我的每道褶子每颗疣子都一视同仁。当明娜走进我的幡然一新的病房，为被毁的水景缸叉腰抗议时，新大夫对她一眼也不瞧，吩咐人，扫个废纸团似的扫她出去了。

"回来吧蛙，"迭亚高说，"咱们还能上哪去呢？"

回魂并不容易。我一度卡在中间。一旦卡在中间，世间万物皆成病因：风声，迭亚高的脚气病，风顺堂钟声，有人在夜里哭，过道上小推车的轻叫，阵雨，雷雨，暴雨，雨弹奏树，雨侧耳倾听各种树的音色，听得多了你就知道雨也有偏好，被扫去的灰尘，故意遗漏的灰尘，皮肤叹气，自鸣钟自鸣，仆工咳嗽，木筒听诊器冰冷的突袭，沿舀柄流下去的水……一切。接连三天注射针剂（大夫推针，迭亚高连连祈祷），第四天开始严重腹泻，我浸在满满大半缸稀屎里虚弱地挣扎，"目前病员可以动弹了，治疗是卓有成效的，"大夫向 H 汇报，我看见他灰蓝色的声音从门缝钻进来，药粉落进喉咙眼，那味道是寡的、苦的。冯喜和大船可曾泊岸？

立冬北风回来了。H 返回广州。大夫左算右算，颁布"复健日程表"。依据此表，每天下午三点，我得披一件润而不湿的晨衣离开病榻，抖着一身皱皮、脂肪、癞疙瘩，慢慢挪动，下楼，从北门出去，在植物园圆形地呆坐至四点，干嚼一百克南美烟丝——大夫坚信这种异域干叶子对治好我的怪病会有奇效——等到某个方向突然传来迭亚高的啾鸣（"蛙—蛙—蛙"）我就起身，兴致好继续直立行走，兴致差四脚慢爬（晨衣下摆拖得尽是污泥草渣），钻进西门，穿过长长、长长、长长的连廊到花厅湿蒸。

简直难以置信——我在连廊上遇见鬼魂。它们和仆工混在一起，淅淅沥沥播撒传闻，诸如北方局势堪忧、明娜的慈善小学堂倒闭，诸如广州大刮撤离之风、南湾码头日日拥挤、本堂区被南下番鬼和他们的行李挤爆。风从廊头廊尾对灌，墙壁窃窃私语。鬼魂从不迈入花厅。玻璃顶下，蒲葵叶影依旧摇曳，白芨花串依旧弯垂，一种纤细的、绷紧的安宁得以维持。安宁持续到傍晚。那时自鸣钟连敲六下，每一下都使安宁裂开一些，伴随"蛙—蛙—蛙"的鸣声迭亚高再次现身，指引我踏上来时路。连廊陡然衰竭，像脱水的芦苇梗。仆工变干、飘落，墙壁青筋暴起。我看见威廉四世离开墙壁，几个仆工高举起圆脸、褐发的维多利亚覆盖那个空位。连廊穿过秋天钻进冬天，晨衣冷得像岩片。"太奇怪了，"我对迭亚高说，"你看见了吗？"我问他，"老陈领着几个生人正往外搬东西呢。"H的大书桌、竖琴、巴斯人的魔灯、那幅对称的画（《孪生姐妹与大头怪胎》）、明娜至爱的贝纹长椅——"你看见了吗迭亚高？"——"蛙—蛙—蛙"——我扒掉晨衣因为它压得我喘不上气。我看见H走在前头，领巾散乱，头发像翻倒的墓碑。"为什么琶洲塔的倒影这样长，"H扭头问。一颗长有八个犄角的星星，滑落而不是升起，一颗，一颗，一颗，"鸟怎么办？"一阵跑步声，那是番鬼皮鞋跟子才敲得出的跑步声，植物园圆形地积着雨水，探险者的帐篷接连瘪下去，像花的枯萎，像从花冠腾起的死神，一只蝙蝠撞进来，向连廊四壁来回撞，门嘭地摔上，扶手椅里的H看着我。

"嘿。"H说。

"嗯？怎么？"

"我又梦到老鲍。"H说。

在那个置于针尖的时刻，几个十分简单的词对我而言太难了。它们像被玻璃挡在外面的雨珠，像那样挂在我的意识之外。而且，老鲍是谁？

"H，"我说，"你怎么这样老。"

H看着我，好像我是他的同类。他笑得咳嗽起来，"蛙啊，蛙，"他说，"你如何看待我？"

不需要回答。他讲下去："让我告诉你吧，《晨报》大谈我们的罪孽，头脑简单、百无一用的书生！有生之年从未踏出书斋半步，看不见债务堆积如山，看不见银行接连倒闭，'发动战争将使帝国蒙羞'，啊哈，连汇票都看不懂的白痴！"他收住口，连连怪笑，连连摇头，"我生在福斯湾，二月，到处是雪。苏西在信里管我叫'鸦片贩子'。她们一帮子鼠目寸光的妇孺跑上街摇横幅：'谴责不义之战'，印横幅花的还是我的钱！蠢婊子——"

吐完那个骇人的词，H哭了。脸埋进手里，花白的、乱糟糟的头发散下来。H失声痛哭。我从没见过此等场面，只能一下一下干舔我俩之间的玻璃缸壁。不知哭了多久，他突然抽出手帕，把鼻子擤得震天响，又胡乱抹一把脸，"我吓坏你啦畜生，"手帕蜷成团，跌落地面，"我把你吓了个屁滚尿流，有一天，我经过大烟馆，看见他们正抬一条干尸出来——"他又哭，我等着，舔着，一时间我以为他喝了酒，我想要寻找醉酒的证据但没有找到，我一下一下舔玻璃缸壁，舔这幅尤为特殊玻璃画，用我冷的腘，用我从未真实存在过的肉腘。这个从未真实存在过的我，正无能为力地舔着一个真实存在的人和他真实存在的痛苦映落玻璃的虚影。

过了很久。他说："但太迟了。"他笑笑，泪已干，脸皮绷紧。他说："现在我欠皇帝的银子可以买下整个印度。"

我问："H，你不舒服吗？"

他说："哦，你觉得我病了，你觉得老好人、慈悲为怀的银发爵爷发了疯。看看你。你这畜生，你这奥秘。我来不及拆开你。这地方是如何对待你的？你待遇太差！我怒火中烧，蛙。你应该骄傲而清洁地向世界展示——你会呼吸的皮、你屁股上的疤、你拉不完的卵、你的脑仁——你应该配备专门食谱、饲养员、大夫、恒温恒湿玻璃大屋、你最爱的大树——我打赌是桫椤，尽管你从未见过桫椤——应该有一支武装探险队，常年派在外面，掀翻世界，为你搜寻采集配偶、亲戚，搜寻采集任何一种使你不再孤独的生命。丑八怪，你会死，你亦会不朽，因为我们的防腐技术离完美更近了，你的陵墓同时也是你的天堂只会比这儿更好，酒椰、桫椤、软树蕨、那些南十字星抚养的大得能吃人的陆生蕨，他们总会替你搞来的，你会趴在一棵桫椤上，你会抱着它就像你尚未出现的好丈夫抱着你，大极乐鸟和棕颈犀鸟在你凸眼边飞翔，圆鼻巨蜥从你屁眼下方的假池塘出水上岸，一切都布置得宁静致远，至永远，一百年后，我们的后代将隔着玻璃欣赏你，那时我已经走得很远了，我的血肉已成原子，汇入自然的永恒循环，我无法预知那会儿我行到哪一站，是在一顶竹苈多孔的裙罩上迷路，还是冲淡成云絮汤流向深谷，我不知道我，但我知道你——你还在那儿，在玻璃后面，即便世间血肉纷纷消溶成彩虹成雾成霜成风，即便砖石倾覆星移斗转天地变色，你仍在玻璃后面，你头顶是静止的树叶、无害的光线、通风口、无冗余的钢架和伟大博物馆永不陷落的穹顶，我们的后代将隔着玻璃念诵黄铜标牌上你的学名——我也在那名字里，与你同在，和你和你祖先的名字紧紧相嵌、咬合成不朽链条。那才是我。我本该——"

他像是噎住了。他毫无预兆地起立。"拼老命活下去吧畜生，"他庄严地抚平头发，"晚安。"

走到门边时我叫住他。他回头，面如云石。

"老鲍，是标本师老鲍吗？"

"不是。"他简单地答。他走出去，走远了。

照豆皮亚弟讲法，那日上午，他照例步行去板樟堂前地采买。刚过议事亭就听到大炮台山方向传来轰鸣，好似山基慢慢崩——那是六点正，因为支粮庙小子正好走出来敲钟。豆皮亚弟眼睛从吊钟移向街面同时，揾食的，乞食的，一个个撞邪，丢下摊档、粥碗、乞儿碗、手头架镬，踮脚伸头，迷迷惚惚向大炮台街涌去。

豆皮亚弟自然也在其中。到连安巷口，遭遇咸虾巷吐入的人潮，完全塞死。五颜六色人头大水发起来，每个头都问着"怎么了""发生何事"，所有头撞邪、迷迷懵懵。轰鸣声从北边一浪一浪盖来，像风飓挤过羊肠细道，像巨人吹空心苇秆，前所未闻，万分怪异。烧剩一块残壁的三巴堂立在西侧。现时人家不再叫它"堂"，改叫"牌坊"。颗颗心被怪声摄住，摇，心跳和碎语加入怪声，使它发绵发厚、发狰发狞：它总体远在山背后，但它又长又软前爪绕着山脚包过来！眼下不存在比怪声更重要的事。怪声摄住各人心魂，摄住澳门心魂。豆皮亚弟从风中听出坏感觉。怪声充大，躺在天地间，成一只大摇篮，摇得澳门发懵发梦，正梦着，新的怪声突然爆发，摇篮和昏梦都被拦腰劈开，人潮惊醒，人头翻涌，豆皮亚弟吓破胆，只见怒涛顶一个怪东西颠颠荡荡，朝他来了。

豆皮亚弟撑大眼，亡命地望。他人仔细细滑似塘鲺，索性一蹬二爬，踩着前后左右肩膀头顶登高望。起先那怪东西俨如一支水流柴，在潮头颠跳、颠跳。刺眼的耳鸣落下来，空气煞白，豆皮亚弟一下子撞聋，无数伸向天空的手的潮流将怪东西推送给他——因为他高高踩在肩上头上，怪东西几乎是从他鼻子底下经过了，无数的高高伸直的手摩挲、传递，黑的棕的红的黄的白的手指是五色海浪拍抚，豆皮亚弟下巴松掉，视线噗一声插进去，怪东西在五色的寂静的浪上漂流，极慢，又极快，怪东西过去了，插着豆皮亚弟的视线，插着无数支硬直的视线，漂远去了。

豆皮亚弟颓然滑落。一千只鞋底立刻合拢，要盖没他。世界重新返回耳中，发一千串炮仗的巨响，五种语言的尖叫、呼救、咒骂在炸啊！五色手臂合力扯起豆皮亚弟，他一站稳就问："那是Ｈ？那是Ｈ？"豆皮亚弟反复地问、回转地问，他听见五种语言问着同样问题但没有任何一种语言作答，怪东西湿漉漉，海沙鳞鳞，腥似海味，有人扑在上头撒泪，有人撒临时扯来的蔬果皮，有人恨它入骨，发狼发狠，要去咬它的肉吃。轰隆隆人浪和发问声向南奔涌，沿着豆皮亚弟来时路，追赶怪东西，怪东西真正成了怒海孤舟、一条快艇，引着滔天洪水冲过板樟堂前地，陡然北拐，冲向三巴牌坊，冲上花王堂街，豆皮亚弟心头一震：啊呀！是要去坟场！这样一想，登时哭出来，洪水一过花王堂就成了哭河、骂河、欢呼河，汇集了五种颜色五种语言的哭和骂和欢呼的奇观，从各处赶来的人向洪水里投啊！投恨，投爱，投仇怨或感恩，七情八苦投个齐全，爱恨相撞，恩怨互搏，火光乱溅。大火水冲入白鸽巢前地，突然散开，铺成个大湖。白鸽巢主人利先生一头雾水，躲在锁紧的通花大铁门里看，五个扛鸟枪伙计在他近身把守。很快，利先生下巴也松掉，挂着，因他终于看清了怪东西：一个湿淋淋担架，H被紧紧绑在上面，湿的，死的，无帆的，漂过榕荫穹顶，撩动垂垂榕须，驶入血口大张的公司坟场。

好景花园南院铺着玫瑰色陶砖，还有一口百年老井。豆皮亚弟跑过头，弯身猛吐，把这条大新闻吐在井边。胃酸四溅。几个头脑发热的立刻奔向坟场，其他人老老实实听完，散场时候都换上一张马脸。他们挂着马脸向遇到的第一个活物复述大新闻——后知后觉的洗衣娘、墙角夜合花、笼中蜡嘴、那个没赶上船的植物猎人。迭亚高在二楼走廊迎面碰上豆皮亚弟，被一把抓住、听完大新闻、传染了马脸。

马脸迭亚高开门进来，把大新闻摆在地板中央。我俩静静看着它。它像极了一块白石膏，被下午三点的日光斜照着。

迭亚高率先一笑，似乎是想摆脱它。可它纹丝不动，未变大，未变小，也没有变得更软或更硬、更远或更近。我俩不知该拿它怎么办。迭亚高索性坐下。我俩就这么看着，迭亚高从左边，我从右边，直到时针下垂，窗外升起连绵哭声。

这回轮到我笑了一下："怎么，他们在搞什么鬼？"

迭亚高一边咧嘴笑，一边把自己抱成一团。

晚餐自动取消了。大夫仍然没有现身。迭亚高给我搞回一桶麦皮，"将就吃吧，"他说，"厨房已经空了。"

夜里我和白石膏睡在一起。第二天，不到六点，迭亚高就摸进来。"蛙，"他说，鬼鬼祟祟的，反身锁门，还移了一口大柜挡在门前。

"干什么？"我问。

他只说"这样比较好"。我俩在房里待了整日。其间他进出三次，伺候我吃、泡、排泄。大柜移来移去。我望出窗，植物园里静悄悄的。

我说："奇了，我脑子里好像亮了。从未有过的亮。"

"好啊蛙，"那孩子蹲在墙角抱成一团，"我高兴。"

夜里，外头拼拼碰碰、长久地响着。有人哭。有人惨叫。有人砸木板。有马嘶鸣。鸟叫声此起彼伏，一直闹到后半夜。我趴下睡觉，迭亚高仍蹲着，守着我。第三天一睁眼，白石膏不见了。迭亚高显得疲劳，眼窝脸颊凹进去，脸上血痕不知何时已沉淀成疤。早饭吃麦皮。十点半左右，老陈敲门："蛙即刻去红厅。"

又补一句："即刻。"

迭亚高坚持让我换上正装。他替我裹上带滚边的黑纱丽。纯金锁链已经和它的女主人一起消失了好一阵，迭亚高就用一根晨衣系带做替补。那系带柔软轻薄，不会磨损我的皮肉。他一板一眼地给我套系带、打活结，到那时我才问出来："是真的吗？"

"什么？"

"H。死了。是真的吗？"

"是的蛙。"

"——是什么？"

"H。死了。是真的。有个渔民在劏狗环沙底起出他的尸体。"

他望一眼照身大镜，从黄铜盆沾水抹额前头发。他头发又黑又鬈。

我俩一前一后走，走完走廊。那走廊经了浩劫。我俩下扶手楼梯（梯毯失踪，梯肉裸露，货单乱散），穿过连廊（一只鸡惊飞着离开吊灯；珐琅彩大花盆碎在半道上；几块冷却的牛粪沿路摊着，被碾得一塌糊涂）和前厅。

宅门大敞。外头日光刺眼，无一丝风。几匹亮晶晶、戴眼罩的花马慢悠悠甩尾。两个兵头扛着枪，歪站在棕榈树荫下闲聊。

红厅静得要命。只有我的肉爪噗滋噗滋发响。怪不好意思的。六个番鬼，统统穿成黑色，一个坐，五个站。老陈候在右侧。他们身后，法式大窗框松脱、半悬。玻璃尽碎，被不知谁人扫作一堆、归在墙角。一只藏马鸡头朝下塞在壁炉膛内，撕得破破烂烂的。

"巨蛙——"老陈笑眯眯说，"连同它的专职饲养员，五年经验。"

六个番鬼聚头低语。一个问："动物目前健康吗？"

老陈望向迭亚高，迭亚高连点五下头。

"健康，休斯先生。"老陈说。

番鬼说："根据遗嘱，饲养员应跟随动物一并转移。"

老陈笑眯眯："一切照足程序来。"

"去办吧，上船前务必备齐各样文件，"番鬼说，另一个番鬼在一沓纸上一划，"下一项——木雕版两百三十件。"

## 16  "向一无所获海岸边"

迭亚高生在澳门，他父亲则生在一艘斯库纳帆船上（苏丹号）。迭亚高的祖母萨拉来自斯瓦希里海岸，第一轮阵痛窜过她海蛇样的背脊时，苏丹号正在横渡"海盗巷"过分宽阔的湾口，宫缩引来索科特拉岛又将它推远；在翡翠色的北阿拉伯海，外科大夫麦克雷夫林将新生婴儿的脐带祭献给"黑色圣母"、子嗣多似游鱼的海母叶玛亚，然而，不知哪里出了错，阿布雷乌（萨拉的丈夫）还是不得不把妻子的尸体留给咖喱味的莫尔穆冈。苏丹号再次起航时候，阿布雷乌变形为父兼母职的鳏夫。他给男婴起名伊扎克，给男婴喝偷来的牛奶。进入缅甸海不足一个时辰，阿布雷乌突然跳船，五个水手明明白白目击他奋力游向安达曼—尼科巴群岛。人们在奶牛栏里找到伊扎克（被一堆烂布裹着），麦克雷夫林做那孤儿的临时看护直到大船泊入马六甲，之后，河东教堂的博格坎普神父接棒，成为伊扎克的监护人、老师和噩梦。麦克雷夫林乘苏丹号继续东行，终点是黄埔，他人生的终点则在澳门，死时五十三岁。至于阿布雷乌，没人知道他死在哪里或到底有没有死。

河东岸教会伊扎克荷兰语、拉丁语和痉挛，河西岸教会他马来语、福建话和活命，他的逃跑病则是祖上遗传。十三岁那年伊扎克首次逃跑，一举成功，涕泪纵横地将教堂院墙和马六甲城墙抛诸脑后。他依次现身柔佛、巴淡、民丹、邦加槟榔，重返马六甲时已届中年，拖个大腹便便小姑娘，简直匪夷所思。那姑娘年幼得吓人，也许来自帝汶，也许来自锡兰，右耳只得半片。他一贯称呼她"阿哈依"。没有旁人的时候，伊扎克和阿哈依亲嘴、打架、用泰米尔语高声交谈。起先阿哈依在荷兰街帮佣，伊扎克在码头打杂。街上骑楼深廊、大厝排屋给这对男女（以及成百上千和他们一样的男女）提供了莫大便利。一旦窗外响起长鼻猴的哀鸣，阿哈依就想尽办法脱出身去，隐入夜色配合她气喘吁吁的丈夫。

码头那边，澳门像刮来刮去的风，日日吹拂伊扎克的心。当澳门从东边吹来，他颈背鬃毛立刻竖起；要是从西边吹来，则会在他身上犁出道道感伤的金黄。纵然伊扎克的心硬似桃核也无法抵御交相吹刮的澳门。有一天桃核竟回春、发成大肉桃，柔软芬芳，汁水饱满。那就是澳门，伊扎克想。大肉桃澳门日日诱惑他，他长鼻猴的哀鸣中滋生出希望的炫光，他从背后向阿哈依描述澳门，向她窄窄的耳道灌注芬芳的桃汁、猿猴的鼻息。他愈少地去荷兰街了，因为他要"尽快赚到我们的舱位"。

万灯节过后伊扎克得偿所愿，跳上一艘发往澳门的飞剪船，不是因为终于赚够了银子，而是因为终于卖掉了自己。他没有同阿哈依告别，因为阿哈依、她腹中珠胎、博格坎普神父（他赶在上船前把那老鬼捅了个稀巴烂）并面目模糊的双亲都如眼前渐渐消逝的晚霞，哪个傻瓜会和晚霞告别呢？时隔二十日，伊扎克在外十字门再次遥望晚霞，感觉自己成为全新的人。

他跳下船变成全新的人——moço伊索。他穿起猩红多罗绒，前臂上搭块白毡布，每朝五点敲响后院泉边吊钟。澳门在一些方面使他幻灭，在另一些方面好得超出预想——人生不正是如此吗？——而快乐才是立身之本。他去水手西街喝酒，去恐怖街打群架，钻进直街多如牛毛的岔巷学长鼻猴叫。他同时和四种肤色、五种语言、八种信仰的女子过从甚密，一个罗安达姑娘率先受孕——受孕使她凸显、拥有名字（"贝卡"），也终结了伊扎克—伊索的故事——他又一次、也是最后一次逃跑，从此失踪，有人说他混进发疯寺山脚下窝棚，有人说他逃往新罗。而贝卡娩出一对孪生兄弟，亮似乌漆念珠，最终交在仁慈堂乔安娜嬷嬷手里，一个得名艾萨乌，一个得名迭亚高。迭亚高坚信乔安娜嬷嬷百倍地偏爱艾萨乌，因为乔安娜嬷嬷去天国时候独独带上了艾萨乌——那年迭亚高三岁，他同时失去了乔安娜嬷嬷、哥哥和童年。"如果你当时只有三岁，"我问迭亚高，"你如何能知道这么多？"

"是平托太太告诉我的。"黑亮的孩子答，他蹲坐墙角，抓紧自己一双脚腕子。

"谁是平托太太？"

平托太太是我第一个主人。那是世界的第一天，我头一回睁眼，平托太太就在我跟前，像一颗刨得乱糟糟的马铃薯。平托先生早就死了。不知为什么，她没有跳上一艘大船走掉，也没有再找一个丈夫。她的圣坛安在楼梯底下，有陶瓷海星圣母、陶瓷鹿、许多珠串、平托先生画像、半熔蜡烛和落满灰蓬纸花。她每身衣服都是黑的。礼拜日披一个黑头纱，哼歌，腌鸭子。她一高兴就大笑，一生气就抽人。她让我、小吉、内马尔和达维蹲成一排，噼里啪啦来回抽。对玛莎，平托太太则非常慈善。玛莎是平托太太后来收养的，右腿有点儿残疾，但那残疾总躲在裙子里头，是一种秘密的残疾、残疾的秘密。玛莎每分每秒都黏紧平托太太，是平托太太的第十一根指头。有一次，为了弄明白玛莎的残疾，达维钻进玛莎房间，把她整个剥光了、绑在一把木头椅子长长的椅背上。我们围着她仔仔细细地瞧，果然弄明白她的残疾到底是怎么回事。两个小时之后平托太太回来了，把我们好一顿抽，直抽了六个小时！从那以后，玛莎就成了平托太太的第十一根指头。在我、小吉、内马尔和达维当中，平托太太对达维最坏。平托太太抽他、饿他，总站在楼梯顶上大叫：达维，魔鬼的野种！后来，一个夜里，我被内马尔推醒了，迭亚高，醒醒，内马尔说，外头有动静。我揉眼睛的时候，内马尔推醒了小吉，可我们发现达维的床是空的。我们摸到二楼，看见只穿衬裙的玛莎倒在走廊上，倒在血里，血河流向平托太太卧房，三个陌生人立在房门前，有一个用澳门土语喊：站住！挥刀扑向我们，我以为我们都要像玛莎、平托太太和达维那样被大刀剁烂了，哪知达维突然从平托太太卧房跳出来，大喊：别碰他们！这事和他们无关！后来达维对着我们又说一遍：这事和你们无关，达维说，这是我和老妖婆的事。小吉说：玛莎也死了。达维说：玛莎是小婊子。达维一再重复：我不碰你们，你们等到天亮，天一亮，你们该如何就如何。我们——我，小吉和内马尔——在楼梯口挤成一团，互相抱着，哭，发抖。到后半夜，达维和那些歹徒——一共六个——提了银钱财宝要走，再见小老弟，达维对我们说，恐怕是不会再见了。我、小吉和内马尔呜呜哭着，祝他一路平安。他本想拥抱我们，可他浑身是血，就算了。达维和歹徒从后巷逃跑。我和小吉、内马尔抱在一起，哭，发抖，等到天亮，攥着彼此的手，走去红窗门报警。我们蹲了三天大牢，第四天他们把我们放了。我想问问，你们抓到达维了？可我不敢问，我、小吉和内马尔没有一个敢问。有好一阵子，没有一个买办敢雇我们。我们在恐怖街混了半年日子，几乎把一切坏事、烂事都干遍了。有一天，内马尔带来好消息，有个买办一下子要七口人，不是给葡萄牙人干，而是给英国人干。我们洗了脸，成排站在买办跟前。我和小吉被选上，小吉落去大码头，我分在这里。我老老实实干，干了一年半，有一天，小吉告诉我内马尔死了。因为内马尔比我们都年长，尽管我们谁也搞不清自己的岁数，但内马尔看起来总得比我们年长个十几、二十岁，而年纪大、反复蹲大牢（除了为平托太太蹲的三天，内马尔又因打架、盗窃和别的坏事被关进去好几次）的人几乎无人敢保，内马尔不得不一次又一次回到恐怖街，他看上去和六个歹徒越来越像，那多少让我和小吉害怕，再过些日子，他和恐怖街越来越像，他跑来卑第巷找我要钱的时候（有过五次），就好像整条恐怖街都来了——

"蛙，"迭亚高说，"迭亚高不想再回恐怖街了。"

我深受触动，被他的逃跑家族、恐怖街和抠紧脚踝缩成一团的姿势。他湿翘的黑睫毛扑扇，他和任何一任主人都不同——假如你命水足够硬、经历足够多的相聚离别，就能采集到足够多的主人样本，主人施行奴役时候各有制胜法宝：爱或恨、银子或笼子、藤条或欠条。当然啦，任你再智再灵再直立，最后还是得和我，和万物，在那个终极主人手上喜相逢。

迭亚高的制胜法宝是可怜。当我主动擒住他的可怜（或被他的可怜擒住），谁是主人谁是驯兽就再没分清过。

考虑到未来好一阵子我俩将相依为命，我希望对未来和他了解更多——他对我则已经了解得够多，除了那些没人答得上来的问题，诸如我的卵可育吗？种间杂交在我身上可行吗？等等。好景花园接管者调整了餐食：一份蛙用饲料并一份饲养员标餐"直送入屋"。我们躺在地上消食，迭亚高开始介绍帝国人：

"迭亚高是蛙饲养员，园丁是植物饲养员，"他脊梁贴地，抠紧脚踝，滚来滚去，"在大溪地，帝国人每运走二十棵面包树苗就要配一个大溪地园丁。即便远洋大船舱位价值连城，他们还是愿意为浇花淡水预留空间。他们还为植物定做专用船舱哩。帝国人怪不怪？

"帝国人对待人，倒更像对待货，那些茶、丝、生棉花。帝国人把人捆起像捆木料，推入底舱塞满。帝国人让园丁精心服侍一花一木，免得它们在海上染病、死掉；帝国人让园丁给植物浇水、驱鼠、防风，领植物去呼吸、晒太阳。可是，在帝国人眼里，人倒是不必呼吸、不必动换、不必见光的货哩。帝国人怪不怪？"

我问他都是从哪里听说这些的，他回答说，往年，每到五月，植物园圆形地上就冒出植物猎人的帐篷。坡顶的，圆顶的，还有人只是简单地在两根粗树干之间拉起吊床。帐篷聚集之处总有一股苦楝油味。有时H也会下到帐篷中间，带去酒水、烟丝、歌舞。他们谈论远方事物、无罪之物：季风、珊瑚、鸟、纤维、六分仪镜片折返的阳光……他们几乎无所不谈——只是从不谈论人。

三　游增

## 17　世界号

　　三个月后，H 的遗产装箱完毕，有条不紊地抵达港口，列阵世界号腰下。这艘三桅帆船刚刚赶到，此前在孟买船厂改装，六十个木匠扑在它身上一刻不停地狂敲猛凿，终于在火烧眉毛前完工——要是再耽误几天，一港湾的遗产（它们聚成一座蜃城，悬置在两任主宰之间，只能经由梦的陆桥抵达）就要错过季风。

　　木匠赶上了。世界号赶上了。委员们大赞 H"死得其时"。所以现在我可以闲卧船长室，一边透过巨大的舷窗观看装货工程（已装了五天五夜），一边听迭亚高讲解何为"船长室"——"船长室是船长寝宫，"迭亚高和水手一样，穿亚麻阔腿裤，打赤脚，异常兴奋，"船长在船长室收藏武器、财宝、女人、敌人、死人……一切。海旅凶险，一不小心，船长就要被推翻、砍头！船是漂泊帝国，皇帝死了就换。倒是从没听说有女船长。"

然而世界号船长室已被改造成温室，归巨蛙及一众老友享用。船长本人（抱着手臂走来走去的亚历山大·侯斯顿中将）只能蜗居隔壁斗室发号施令。

看看我。我身处的海上丛林——也可以叫它海上监狱——现在是静止的，即将漂入海深处。完全超乎想象。身下：距离水面九尺有余；前方：一百八十度玻璃大窗和同尺寸风光（此刻是静谧的湾景）；头顶：玻璃天窗，夏季狼毒日光破窗而入，立刻被树荫过滤为迷蒙细雨。再看看这些树荫！——我深沉、上进、寡言实干的狱友——我们有梭罗、杜英、芭蕉、润楠，它们蓬松的长臂伸向舱顶，哀悼被肢解成材的柚木；我们有蟠桃、朱槿、蓪木、荔枝，未成年的荔枝蝽混入荔枝花荫实行偷渡；我们有黑面神、天门冬、黄花稔、千斤拔，蚝蛴卷成肉丸于泥底发梦，笼装高髻冠若隐若现——蚝蛴甜脆肥美啊！滋味与七月荔枝无异；高髻冠面珠肉微酸，类黄粉蝶翅味道。树在泥底伸脚趾，做水淋淋呼吸。我湿皮充满幻梦，那是树影叠树影、桂花星座、蛙洞和焦边、树灵的洪水，是叹息、不寻常的光线弯曲、花枝拼贴、颤动的露珠绣片。我吞下龙舌兰的黄金花序，那巨型狼牙棒在我嘴里搅起花粉尘暴——我认识了沙漠、羽蛇神和安第斯山脉干燥的西风，而花序滚烫的苦汁讲述一种普遍的航海生活。在死者的植物园，花王示范如何移植：木本的移进空心木桩，草本的移进木箱。H的老友和夙敌全都加入移植队伍，反正葬礼之后他们一时无事可做。独独不见明娜。

他们还未换下丧服。他们手持园丁铲，披戴泥土、落叶、泪珠。植物园黑压压一片。那是第二场葬礼：植物园的葬礼。当初它是靠风和水聚起的，现在风和水要将死的它拆碎、散去。植物园和它以日光为食的儿女和以它为食的百兽流入石籽大道，轰隆隆流行。半座城的人追着看这千年不遇奇观。澳门人说植物园迷了番鬼的魂，将番鬼驯化为己所用——这就叫一物降一物，澳门人说。番兵封路。番兵戴着有黄流苏的筒帽，从马背上睥睨。澳门人撒脚就跑，绕去港口石基上等着。植物园果然来了。植物园拖成长长一条浩浩荡荡地来，它是千足千眼周身嘴，它吞吸沿途一切活物，飞鸟在它头顶盘旋，鸣虫走兽一头春进它绿血里，介于人兽之间的小人孩罔顾一切钻去它毛皮底躲起，使世间无一人可以找到。这样，当植物园完全抵达港口时候，密度和重量又翻三番；它临岸而立，港口暖水即刻变绿，鱼都聚拢来看。港口入绿梦，那不是一个正在流逝的梦而是一个正在聚拢的梦，港口在梦中聚拢，它从来蒸发的血气、溶解的筋肉、失散的皮屑聚拢，它退回婴儿形态：一座荒崖，百兽聚拢，安然发梦。当港口日日为梦所劫持，沉甸甸的植物园正在离开。每天，植物园向世界号转移一点。植物园用相同巫术催眠世界号，于是世界号入梦，在那个同样聚拢着倒退的梦里，每一块构成船体的木头都召回了生命，抽枝发芽、葱茸摇摆，而酷似凶器的锚则打回矿石的原形，和戗船石一起团结为岩礁——世界号梦见自己是童贞岛，稠密的林冠充胀它的轮廓，它总是发响，不是风的歌就是百兽的歌，世界之初的空气使它轻松，于是它稍一侧身就乘风滑翔起来。

我，世界号的囚徒，也在一个梦里。那里有蕨林海岸、针叶树和大似山冈的巨兽，一种翼手蜥蜴正在统治天空。那里尚未有我的祖先，但那个画面仍然被母亲刻入我的短促尾骨。至于那些古老的、永远消逝了的长长骨串们，它们跑到哪里去了？有一座尾骨天堂，世界诞生以来所有退化的尾骨完整地躺在那里，有我的，也有你们——智人的，被刷得白白净净，静英英铺满，像一个雪夜。这座即将穿越著名或未名之海的海上监狱囚禁了九百七十生灵，它们梦见我；海梦见我；它们中的一些即将死去，它们陆生生物的梦落进深海被古老的利齿分食——我将终生铭记它们的真名，以一种无法言说的方式。

我们划开海图，挤过密密麻麻的港口名字。名字与王旗朝暮变换，潮汐和风候永恒。从顺化到吉大港，一路高温高湿。过新州府那夜，有人在甲板上搞一种小型烧火仪式。丁咖啰[1]港口有堆压成山死孔雀。马六甲有堆压成山水鹿角。沙喇我[2]有堆积成山虎皮。在马德拉斯[3]，一头抹香鲸被刺穿、凌空吊起。这些死亡风景是玻璃大窗外不断展开、镶金嵌银的地狱图。我们迅速掠过被城墙圈起的"黑白城"[4]，它怪异的风貌绵延海岸十数里——怪异，夹杂着微妙的熟悉，以及怪异和熟悉杂交而生的惊怖。绕过多彩的科摩林角，尸体更为多样：犀牛角、象牙、鲨鱼鳍、黑皮肤的智人。炎热半岛几个倏忽而逝的港口提供了一种印象——一种制造尸体的事业正在兴起；前仆后继的港口则补充说，同步兴起的还有倒卖尸体的事业。我和迭亚高安静目送一个又一个港口抵达、远去，入夜之后他从窗边离开因为他什

---

1　今登嘉楼。
2　今雪兰莪。
3　今清奈。
4　圣乔治堡。

么也看不见了。夜间的港口（摩加迪沙、贝拉、马普托、德班）殊为不同。我见过酷似空棺材的死港、血水倾泻如红色帷幕，也见过水星映照的码头上有人正举起匕首杀人。但也有可能，我们取道另一条航线，更常规的那条——离开澳门，借着顺风向南直坠噶喇叭[1]，就像一个自信的、闭起眼睛栽进深渊的人。船逃过了无风带的诅咒——一切尽在掌握——噶喇叭极热，有令动物印象深刻的乌云、大雨和参天椰树，腰间包一块毛巾的智人蹿上树顶，砍那些沉甸甸的甜水丸子。东北风漫天游荡——一切尽在掌握：信风、帆装、针路、老水手的教诲——在东北风将毛里求斯的蓝色淡影拱手送上之前，只有蛮荒蓝水淹溺天地、时间、眼耳口鼻，那蓝水体量之大、面目之森冷，足以变乱一切陆生动物心智，"世界是大的，"冯喜说，在他这样说的时候，尚未懂得真正的"大"。世界是大的，因此，听过风的海客不甘再受困于囹圄。

有时迭亚高从甲板上带回发疯水手故事。水手疯了又疯、死了又死，变幻姓名、肤色、起点、终点，世世代代，永不超生。海平线永恒不变：它仅仅是平躺着，自我重复，就可以把世界切成两半，把智人的脑仁切成

---

1　今印尼—巽他海峡一带。

两半。假如你逮住一个疯水手，迭亚高说，他正要跳海呢，你当场砍开他脑壳，就会发现里头脑浆已经变得跟眼前世界一模一样：上半截蓝，下半截深蓝；有的疯子跳海，迭亚高说，有的疯子跳舞，有的疯子跳进沸腾大锅，锅里正在熬着沥青呢。而世界号所有可能的航线和所有疯梦都在大鱼河[1]西岸汇合。船泊进一面辽阔港湾，那宽度、那碧蓝色水是我前所未见。朝向陆地的一方，一座怪模样平头大山和一对尖头小山填满了舷窗。

一泊就是一个月。男人们登岸放风——他们已被数月以来的海盐腌得极干。我的牢房门边布置了两名带枪看守。我问："船在等什么？"放风回来的迭亚高告诉我说："等一股可靠的东南风。"迭亚高放风时候，一个印度人来顶班。他搬一把椅子，岿然不动坐直。我则严格遵守和迭亚高的协议：四爪着地，不吐一字，伪装成一头真正野兽。

让所有人目瞪口呆的一幕降临在世界号起锚时刻。"所有人"是指世界号、湾面近千艘大小帆船，以及寄居码头的乌泱泱生灵。当时"可靠的东南风"已经起来，船帆大腹便便，绳索、桅杆在我们头顶吱扭扭欢叫。涅墨西斯号突然出现在兔子岛（迭亚高和他在甲板

---

1  19 世纪开普敦殖民地的界河。

上新交的朋友们划一条小艇到岛上去，发现遍地是兔子。有个人称烂嘴德雍的一等水手指认了欧洲野兔，说那种兔子在他童年的原野上十分常见。"真滑稽，"迭亚高说，"那些跑来跑去的兔子让烂嘴德雍原地痛哭起来。"迭亚高和朋友们在岛上停留了两小时，那是计划之外的两小时。他们枪杀了五十六只兔子，当中有欧洲野兔，也有一种花兔和一种特别纤瘦的灰兔）后方。迭亚高指着那怪物说："看啊蛙，那是什么，她在干什么。"我说："天后作证——那是一块铁，她在顶风航行。"迭亚高说："一块巨铁，浮着，逆风疾行。"我俩一起扑向窗玻璃好看个明白，甲板上的吼叫声、跺脚声使玻璃震动，很快整艘世界号像发癫痫似的震动起来。迭亚高拱开舱门蹿了上去。码头挤满人，人一团一团地失足、落水，不怕死地向巨铁游去只为看个明白。据说水冷得刺骨！一切甲板涂满人。人链从望楼、桅杆、支索挂下来。人人不要命，只为看个明白。迭亚高说得没错，巨铁涅墨西斯号逆风疾行，一根黑亮巨管从她腰间冲天凸起，像要轰天！但没有轰天，只是持续地喷吐黑烟。她发着一种破天荒的怪声越逼越近，一连七夜，那怪声回荡在所有人梦里，把他们催化成铁：吊床上的铁，湿巷里的铁，深陷羽绒的铁，母亲怀里的铁。

后来，迭亚高说，她比世界号长一倍，她轻松刺穿拦路的风障就像被看不见的千匹骏马拉着跑，她不张一帆，向后笔直吐黑烟。迭亚高还说，好几个士官当即抹泪，因那船主桅斜桁上挂着红船旗。码头上有人大喊："她要往昆士兰去！"许多声音问："铁块如何能够逆风疾行？"人们看不明白。一块巨铁逆风疾行的景象壮丽有如世界末日。涅墨西斯号让所有人着了魔。在接着经停的圣海伦纳岛，人们不太关心托体同山阿的法兰西废帝或他的长屋，顺利跨越赤道的好运气也无人在意；直到入碇达喀尔，我们才见到另一拨和我们一样着了魔、丢了魂的人，没完没了地呼天抢地、大肆议论：人人都在打听那块扬长南去的冒烟巨铁，终于，在特内里费岛，他们明确得知涅墨西斯号的目的地是奥德萨，"哪个奥德萨？"世界号水手如在梦中，茫然无措，"不对，怎么可能，我们是在桌湾遇到她的，她正逆风东行。"

那几乎就是终点了。我们带着新生的万物的尸体（那些可怜的树和鸟没能扛过大海）和巨大的困惑，在七月末一个下午滑入帝国心脏。空气凉、硬、带刺。海水是不祥的紫色。我们一路顺风，远离风暴、疾病、叛乱、暗礁和邪灵，但终究未能躲开困惑。铁块如何能够逆风疾行？那就是风和帆的终点了。我爬进大木笼（我就是被同一口木笼从好景花园转移到世界号），笼底厚铺蕨叶和苔藓，一根手腕粗的铁链缠紧笼门，一块大黑布当笼而罩。迭亚高起先还在近处唠叨着"蛙——别怕——蛙——",后来我弄丢了那声音。

那就是一切的终点了:热地之海,故乡,风和帆。


# 18　舢舨

舢舨同芫女是生死之交。舢舨每一寸皮肉都为芫女熟知。它是她水下延续,是她半水族的鳍、爪、尾,是她得以健全的契机。夜里它歇在她屋船旁。雨天它噼啪轻响。

它尖咀剪水。唰——。剪出两开的波纹。水乐意被剪。水又阖起。水之宽大,在于可承受无穷无限的剪。

它运货。它运过花木、盐、海味、野味、烟土、瓜菜、茶叶、大黄狗、干湿粪便、人。它向着珠江剪,剪过几千次。珠江每打开、阖起一次,时辰就坠落似珍珠。它运男人、女人、老人、襁褓婴儿。它运过午夜、一对大汉和一个少女,午夜被少女哭得发震。它沉默地运,沉默地剪。它停在芦竹高深水坦边,身子一歪将人抛上岸去,而午夜太重。它听人抹开芦竹、沙沙远去的声音,和午夜一同发震。

它运种种尸体:花木的,水族的,飞禽的,走兽

224

的，人的。它剪过来，剪过去。制它的人早死了，向江底行路。江底是蜑人王国，有蜑人的肉和魂永恒行路。江中一切水族鳞介，皆吃蜑人肉、与蜑人灵魂同行。制它的人早死了。现在它是芜女的水下延续。它感到江流突然变慢。对它来说，时间和江流是同一件事。

芜女同舢舨是生死之交。她们总是早早剪过江，抵着海皮边缘慢慢蹭。风向海皮乱跑，日复一日，终于将海皮跑旧、跑至寻常。有时芜女从舢舨离开，不知去向。舢舨等。风专挑那种时候搞鬼，跳向舢舨头上踩啊踩的。

舢舨等。舢舨闭起眼，幻想风是芜女。即便是绣满水珠的南风也要比十二岁的芜女轻。也要比芜女的十一岁、十岁轻。更早前的芜女舢舨不认得。舢舨陷入回忆，短暂地做风的水下延续。它把风和幽灵混为一谈，正如它把时间和江流混为一谈——它看见蜑人的幽灵在水面拖出涟漪，看见珠江的幽灵跑过海皮，跑向白云山。它回忆小小芜女唱过的歌（"粉蕉圆眼润得你喉，石围杨桃真正滑溜，西瓜畀你红食透，菠萝蜜味水流流"[1]）、她过分灵敏的弹簧颈、永湿的身体；她污糟邋遢小手一抹脸，时间就从头来过，她就忘记一切、再

---

[1] 粤地水上人民谣。

度快乐——她就快乐、发狼、钻窿钻罅。小小芜女的唱歌、伸缩颈、抹脸、快乐与发狼，都为活命嘛。那时有个叫细春的打杂事仔，成日立在海皮上叫她"塘鲺妹"。

"塘鲺妹！"那个事仔用下巴指她，"上来！做生意喇！"

舢舨同芜女是生死之交，是十二岁芜女的温驯驮兽。堪称朋友吧，它想。它爱她、珍惜她。它对她的爱未曾有变。它贴岸等她时候，叹息、轻笑。天光很慢、很慢地黯下去。


# 19  我们中的三个

百兽学苑归那个富可敌国又虚无缥缈的会员制组织鸬鹚眼所有。鸬鹚眼既是贵族俱乐部，也是殖民公司董事局，再兼科研机构。大海战之后，百兽学苑论名头论规模都显得局促，配不上帝国扶摇直上的气运。于是鸬鹚眼斥资扩建园子，使其变豪变阔三倍。新打一套铁花大门，开门见山炫耀寰球战利品：北非棕榈，西非可可，大洋洲袋鼠，东亚凉亭，南亚孔雀，北美驯鹿，南美——暂未拿下南美，南欧葡萄，西欧大麦……顶部焊着崭新园子的崭新名字：帝国动物园。

大羊驼和马来貘是我在帝国动物园的左邻右舍，"奇怪"是我们三个唯一共性。我们一度是全园最奇怪动物，因此是我们，而不是别的谁，获准入驻全园第一风水旺位（名曰"珍宝苑"）：三间糖衣监狱，摆成个品字（注意是俯视图），围起一座噗噜噜冒泡喷泉。从我的牢房望向大羊驼牢房，越过它的特色彩绘屋顶，一直望，在望穿天壳之前会先望见"熊熊乐园"的彩绘立柱。那柱子总能让我忆起船桅和湿水岁月。两头熊熊当中更活泼的那头，熊熊阿特阿特·阿利亚，时常出现在柱顶，东眈西望，舔手掌，闻风向，引爆阵阵喝彩。如果望腻了，你可以转而望向马来貘牢房。马来貘牢房非常像一个谷字，有着同样的尖顶、缓檐，而且是用真干草搭的。"真"在此地极其罕见。然后终有一天你又望腻了，你会忍不住越过谷字形的、真干草搭就的屋檐一直望去，届时你就会望见落日、晚霞，你还会在干草屋檐和晚霞之间遇到售票厅的红砖钟楼。钟楼没什么特别的，不过就是时间赶着钟面指针转、风赶着楼顶风向鸡转。

　　时不时地，我们三个也会望来望去。这儿有一套思考题留给你——

　　问：巨蛙能同时望着大羊驼和马来貘吗？

　　问：大羊驼能同时望着巨蛙和马来貘吗？

问：马来貘能同时望着大羊驼和巨蛙吗？

我们三个到底有多奇怪呢？首先，我担保，我的两个邻居非常奇怪。从没见过长成那样的东西。大羊驼是一堆会动的老棉胎——直到某个闭园日，一个穿工装裤、戴平帽的番鬼钻进去，挥舞大剪干了一下午，一个光膀子、长脖子的怪东西才终于显露真身。马来貘差不多是一头黑白相间大猪，只是鼻子太长，吊在下巴底下乱晃；要是它兴致高，鼻子就发狂地翘起、摇摆；它用鼻子抓饲料塞进嘴，叫起来就像巡逻员突然吹哨。"看看它啊，"我会对迭亚高说，"世上怎么会有那种东西。"大羊驼喜欢用带笑意的光脸对着我，嚼着，日复一日，五官渐渐被新棉胎淹没。马来貘喜欢用浑圆的、上白下黑的光屁股对着我。我希望它俩认同我的奇怪，认同我们三个怪得惺惺相惜、肝胆相照。

然而，在鸸鹋眼中，大羊驼恐怕还怪得不够。所以六十七天之后四个穿粗布夹克、戴桶帽的人要把大羊驼弄出监狱，弄进一个带轮木笼，推走。大羊驼微笑看着，嘴里嚼着，原地站直不为所动。他们只好把帕查库特克叫来。帕查库特克是阿兹台克人。我从没见过阿兹台克人，是迭亚高说的：帕查库特克是阿兹台克人，哎，他戴着豹纹头饰，还插了那么些羽毛。颧骨上画两杠横纹。腰上围一块羽毛围兜。羽毛，又是羽毛。还得举一把小号蛇杖，一有游客过来就得举起。那还不是阿兹台克人？阿兹台克人帕查库特克看守印加风格彩绘监狱照料曾经的印加贵族坐骑如今的阶下囚饮食起居，合情合理，哎，你读一读监狱前面的木牌，你识字吗？——"这里住着从马丘比丘远道而来的大羊驼拉马·格拉马。"是不是阿兹台克人？大羊驼像平常一样，不假思索地服从了帕查库特克。他们阖紧门，给整个木笼缠铁链，合力推着走远了。

我问：他们要把大羊驼搞到哪里去？

迭亚高说：我不知道，蛙。迭亚高站在我的监狱外面，穿一身唐装，剃光了头，戴一顶做工粗糙的官帽，帽檐内侧粘了一截绒线长辫。

另一次，我问迭亚高：那么我的木牌上写了啥？

迭亚高念：这里住着——从大唐帝国远道而来的——巨蛙太极。

我问：巨蛙谁？

迭亚高说：巨蛙太极。

我说：哪个太极？他们搞错了。

迭亚高说：那可能是你的工号。比如，帕查库特克就是工号，他们也给我发了工号。

你的工号是什么？

满大人。

淘汰大羊驼之后，他们用帆布幔把整个珍宝苑围起。十二个穿工装裤、戴平帽的壮汉开始拆卸印加风格彩绘监狱。拆卸工程给我们提供了一整天乐子。第二天，色彩被剥得一干二净，只剩水泥裸露。

那就是个盒子。我说。水泥的框子，生铁的栊子。

那就是个盒子。迭亚高说。

在我之前，谁住咱的盒子？

我不知道，蛙，也许逞仔知道。

十二个壮汉搬来一大堆五颜六色木板。我们又高高兴兴看了五天，热情地猜测新一任怪客来自何方、能有多怪。我们也不忘观察马来貘及其饲养员（逞仔）。看得出来，马来貘害怕锯木板声、敲钉子声和劳工阶级的大笑，但食欲未受影响。逞仔当然也是个工号。迭亚高直截了当评价逞仔："嘴欠""鸡贼""不够朋友"。

布幔如期撤除。珍宝苑迎来新风情和新狱友。动物园为新狱友举办了长达一个月的欢迎派对暨促销活动。整整一个月（除去闭园日），穿正装的女人、男人、小人孩把我们大吉大利的品字园地塞满。人们切蛋糕、奏乐、演露天木偶戏（《丹顶鹤大名主》，一个日本大名和心腹家臣吸入魔法茶粉、变形丹顶鹤漫游世界的荒唐故事）。切蛋糕只在礼拜六下午。带刀东瀛武士推着香喷喷的蛋糕车，在欢呼尖叫声中徐徐登场。日本庭园——

监狱的新名字——铁枝前堆满鲜花和涂鸦，新来的丹顶鹤吓得要死，日日缩在角落阴影里瑟瑟发抖。丹顶鹤饲养员，工号长崎，显然跟日本扯不上任何关系，被迭亚高问及出生地时偏要装神弄鬼，声称自己是降生在巴比伦的蒙古人。

要我说，丹顶鹤实在太过寻常，根本不具备顶掉大羊驼的实力。它刚摆脱晕船症又染上惊恐症，背对我们面壁而立，优美的、染了墨的细颈抖出残影，"它马上要咬自己的尾巴了，"迭亚高预言。果然，第一场雪飘落的时候，丹顶鹤啄起尾羽。它啄尾羽的疯劲，让你以为它屁眼里卡着半截死神。它焦躁、失控、坠入深渊，而我们眼中只有正在飘落的、开天辟地的雪。

你认为我们冷血。可能。我们无视眼前受苦受难的生命，投入自我感动的欢愉。那欢愉无关苦难或福祉、生或死，只关乎审美、新知，和别的什么说不上来的东西。雪下着。世界簌簌发响。丹顶鹤长颈打死结，细腿几乎拗断，痛苦地啄尾羽，彻底发狂。长崎和满大人张着嘴，立在喷泉池边仰望落雪。雪带来一个匀质、阴薄的新世界。鹤羽散落一地，像泼墨，像怨恨的书写，那种笔画只有我能读懂。那是那一年的帝国初雪，是迭亚高一生的初雪，也是我的。我生在福斯湾，二月，到处是雪，扶手椅里的 H 说。雪落进喷泉融化，像烧化那样快地融化。雪让活的凝固、死的起来，起来的死在大雪边缘留下足印，舢舨在大雪边缘割出焦痕，我是否有罪，假如此刻我被他人的大雪感动、在异域新知中尝出欢愉，我是否有罪假如我以囚徒之身尝过并承认这确是人间欢愉之一种？

铁枝根部积起雪的连绵群山。我用二十四小时寻找一个词，以形容雪的味道。那很难。我也去梦里翻过。找到的每个词都不达意。唯一的真词躺在某根舌底，而世间有亿万之舌、不可尽数之舌。如今乡音蒸腾的群山和群山般的舌头都与我远隔重洋。

他们在监狱里添了火盆，烧炭。斯汀先生每天给我搞两次体检。斯汀先生总在该出现的时候出现，用他的出现标示哪些时段特别重要而其余时段毫不重要。常规步骤是检测（我和监狱）、收集（食物和排泄物）、提问（我的饲养员）。"你好啊满大人，"踏雪而来的斯汀先生哈出白气摘掉帽子，"你脸色不大好，可别是沾了什么传染病。"

满大人趁机溜进来烤火，"日安斯汀先生，什么传染病斯汀先生？"

"骑士在冬天来，踏着瑞雪来，倒空面粉，装进灵魂，一袋一袋大丰收，听过这个吗？"

"从没听过斯汀先生。"

"嗨，我忘了，你是外国佬，"斯汀先生说，"总之，注意着点儿，别和弟兄们抱太紧。"

"是的斯汀先生。谢谢提醒斯汀先生。今天我们测什么？"

"冬眠，伙计，你知道冬眠吗？"斯汀先生搓开手提袋搭扣。袋口啪一声弹开。我喜欢听那个。

"哪里斯汀先生？"

"冬眠，伙计。有些野兽，天一冷就得睡大觉，不到春暖花开不醒来，那就是冬眠。"斯汀先生拿出听诊器，"严寒逼它们去冬眠，伙计，不埋头睡觉的话根本活不下去，"他听了一会儿，"还能指望什么呢？如果它们烧不起煤，穿不起皮裘，可不就只能去冬眠了么？这大头蛙从前冬眠吗？"

"不斯汀先生，从没去过斯汀先生。我们的地方太热啦。"

斯汀先生用下巴颏指点火盆："这玩意烤着，不觉得干燥吗？"

"他们不听我的斯汀先生，"迭亚高搓腿上的劣质布料，他的假辫子已经脏得没法看了，"我说，'火盆会烧光空气里的水，先生'斯汀先生，我说，'巨蛙需要空气里有水先生'斯汀先生，'要不然巨蛙会干死先生'，可他们不听我的斯汀先生，现在他们该知道我是对的了斯汀先生。"

斯汀先生用纸条从我皮肤上吸黏液，他马上会发现他很难吸到什么，"是啊伙计，现在他们该知道了。"

"反正巨蛙每天都睡觉斯汀先生，不管天冷天热。"

"我说的睡觉可不是你说的睡觉，"斯汀先生把我整个儿翻过来，"来搭把手伙计，"现在他要造访我的小孔了，那是我最讨厌的环节，更讨厌的是斯汀先生每次都不会搞忘我最讨厌的环节，"现在我怀疑这几盆火阻止——或者说延缓了它的冬眠。"

"你总是对的斯汀先生。"

冰得像雪的东西滑进小孔。还带点刺。那是酒精。我讨厌酒精，讨厌它的气味、口味、回味、回忆。斯汀先生在小孔里捅来捅去。火光在迭亚高青黄的脸上扭来扭去。"胃口怎样？还是每天三磅土豆泥七磅鱼肉泥吗？"

"是的斯汀先生，三磅土豆泥，七磅鱼肉泥，干个精光。"

"它有没有，呃，比如说，不太愿意动换？"

迭亚高看看我。我冲他笑了一下。"我不觉得她不愿意动换斯汀先生，她该怎样还是怎样斯汀先生。"

斯汀先生从小孔离开了。他收拾东西。收拾东西的斯汀先生像个屠夫。"看起来一切正常。开门吧满大人。"

迭亚高掏出监狱钥匙，"火盆怎么办斯汀先生。"

"我会找他们谈的。你放宽心。"

"睡大觉呢斯汀先生，她会睡那种大觉吗斯汀先生。"迭亚高让斯汀先生出去了，自己还留在门里头。

"咱走着瞧，"斯汀先生扣上帽子，"再见满大人。好好干。"

迭亚高回到火盆边，舒舒服服地坐好。他说得对吗？你要睡大觉？睡什么大觉？

我不知道，我说，我既没有特别想睡觉，也没有特别不想睡觉。你能把我翻翻正吗？

现在可不能翻正，不然等他们来检查的时候，我就不能摆出正在翻正的样子了。迭亚高望着监狱外头簌簌堆积的雪，来回搓自己。对面日本庭园里，秃尾巴丹顶鹤把软白的长颈卷去后背，小脑袋钻在翅膀底下，像一团白绫大结。长崎不知所终。

太冷了蛙，雪实在是太冷了。迭亚高搓自己、搓我。下雪没什么可高兴的，他们可真傻啊蛙，他们真该去永远挨不着雪的地方看看。


不下雪的时候，迭亚高很乐意满园飞奔，到处打捞见闻。他有点儿咳嗽，但咳嗽不能阻止他四处出击，连偷带抢，生吞见闻，吞了一个又一个，一股脑带回来。他机灵，年纪轻轻就见过多种世面，像珍重家园一样珍重我们的监狱。有一次我问他这监狱从外面看长什么样，他回答说有点儿像西望洋山脚土地庙——有瓦顶、左右对联。——联上写的什么？——番鬼画符，狗屁不通。他一有机会就来回飞奔。我劝他抓紧时间偷偷懒，他说："唉！蛙！我冷啊！"鬼知道斯汀先生上报了什么！他们把火盆撤走了，憋红了脸等着看我冬眠。

我说，那就跑吧！我说，迭亚高啊，我可太无聊了，我已经看完了一切能看的，我仔仔细细看每一个游人，绅士鬓角，发蜡反光，耳垂上淡水珍珠，花纱手套，一枚向我砸来的杏仁小圆饼，小人孩牙龈……我慢慢看，生怕看得太快；我看日出日落；我看鱼肉泥表面灰色气泡；我看熊熊阿特阿特·阿利亚，彩旗花色，饲养员喂鱼给它时那支举得很高的叉、无鳞鱼皮的银色反光；喷泉水有七百二十种坠落姿态，结冰姿态只有一种；冰纹：水面上，地面上，树干上，蜗牛壳上，那蜗牛壳已经空了很久；看云是一种煎熬，因为云的变化多端毫无意义，因为预测明日毫无意义；我已经看完了一切能看的，迭亚高，如果我不能立刻出去，我只想立刻死去。从此以后，迭亚高一有机会就满园飞奔，到处打捞见闻。"蛙，"迭亚高背靠铁枝说，"马来貘之家背后有条石籽路，路边竖了四个箭头，两个指左：天鹅湖、熊熊乐园，两个指右：野性黑非洲、皇家鸟舍，下次你想让迭亚高去哪个箭头？"我胡乱挑了一个（野性黑非洲），三天后他终于捉到机会，嗨呀！蛙！迭亚高跑回来说，野性黑非洲是个马场，中央有间石屋，四只鸵鸟和三只长颈鹿在场内走走站站，还有个倒霉黑仔，天寒地冻只围一件草裙、捉一支长矛，矛头是假的！野性黑非洲对面是皇家鸟舍，像极好景花园鸟舍，只是小得太多！——迭亚高手舞足蹈——鸟笼二十步走完，小家败气，挤满鸟！一步五六只，两步十一二只，笼中鸟全无生机，伏在横木上像褪色丝巾，我走到第十步，立刻看见极乐鸟、金鸡、白鹇，你记得吗蛙，是好景花园老朋友极乐鸟、金鸡、白鹇呀！它们认不出我，奄奄一息，毛色差，气色差——好歹活着！活着就好！

我问：你看我气色如何？

迭亚高说：你先看我，我再看你。

我定神看他。我说迭亚高，你好瘦啊，你怎么这样瘦？你魂精凹进去，面颊凹进去，你瘦得发青发紫落了形。

迭亚高说：蛙，天好冷啊。长崎和暹仔躲在马房后面烤火盆，巡逻员一到就跑，巡逻员一走又钻回去。我说：你也应去烤火盆！他说：不蛙，迭亚高不烤。你看对面马来貘、丹顶鹤，日日孤独无聊，长此以往是要发病的。

我就让他多说说老朋友极乐鸟、金鸡、白鹇，它们羽毛齐全吗？翼爪健在吗？望它们的游客多吗？它们得人喜欢吗？迭亚高又说了一些，一下子就说完了，无话可说。他说：迭亚高可以时时去看，迭亚高还可以去各处看看，看看翟鸡、灵猫、冠鸢一个二个，都住哪里。

是呀，我说，你去看看，一个二个都住哪里，还活着吗？都瘦了吗？

有一次，他跑着回来，边跑边咳，他说他跑到了尽头——"游客止步"牌子后面，结冰的天底，一条银桦林带横亘着。光秃秃的树冠向上延伸，好像天空的裂纹。一根细细的煤渣路劈开那林带。跑下去。尽头。一座围场。桦林掩映，粪味浓郁。他有一种感觉，觉得自己跑进了清晨（实际上是午后）。围场算得上空旷。老动物四散。老狮子。老老虎。老驴。老马。老长颈鹿十分老，脖子耷在地上，拖着走，发出一种沙沙声音。受这些软脖子拖累，老长颈鹿都是倒着走。"它们在干嘛？"我问。什么也不干，什么也不必干，它们一生太劳累了，现在享清福，活动活动。它们不再爱好吃人，也不再爱好吃来吃去，因为它们都老了，再不必干那些。它们住在尽头，蛙，等你老了，他们也会把你搬进去的。我问："你可看见大羊驼了？"没有，迭亚高说，因为大羊驼还不够老。那么大羊驼究竟上哪儿去了？我们还没遇上，迭亚高说，因为这园子实在太大、太大了蛙。迭亚高摇摇头，咳嗽。唉，大得要命。看我的吧蛙，我一定会找到大羊驼的。

有一次他突然问我："你见过大象吗？"没有，那是什么？大象，迭亚高满意地说，很大，和这监狱一样大，但是，倘若算上鼻子、耳朵、牙齿就远远不止了，它就大到马来貘（他用下巴指指马来貘，那家伙正抱着火盆睡觉）那里去了。那可太厉害了我说，这里有大象吗？有啊，我今天就碰到了，大象，抬起鼻子，能把柱子上的阿特阿特·阿利亚搂下来，只可惜阿特阿特·阿利亚已经去了冬眠。那可够高的我说，力气也够大的我说，他们给大象发工号了吗？

迭亚高连连咳嗽。发了啊，他说。他们叫它贾姆卜。那像个非洲名字我说。你可说对了迭亚高说，大象正是从非洲来的。他们把大象装在一个大箱子里，那箱子大得像富豪的大宅。船一泊碇，他们就用一种冒烟的机械吊起大箱子。运大象的船除了大象之外什么也不装：只有船长、大副、四十个熟练水手和一个外科医生，此外就是大象，和大象的淡水、饲料。大象的淡水、饲料重得要命！因为大象每日食量是它体重的一半。那船连压舱石都不必放。从港口到这里他们用斑马拉大象，一共用了八匹斑马。你知道斑马吗蛙？

不知道，我说，什么是斑马？

那是一种来自非洲的野马，马鬃硬得像铁丝，马肉硬得像铁板，只有它们才拉得动大象。拉大象那天，全城番鬼都跑去看热闹。绅士、淑女、木匠、警察、大群大群的小孩，小孩用鲜花猛砸大箱子，大箱子里头就是大象，大箱子上有很臭的白漆刷出来的字"大象！"，小偷在淑女裙笼里钻来钻去，乞丐讨钱，但小孩给他气球。大象进园。斑马嘶嘶叫着回到斑马房。

大象住哪儿？咱们的珍宝苑不再是黄金地段了吗？

珍宝苑当然还是黄金地段。大象之所以不住珍宝苑，是因为大象哪里也不住。

那是什么意思？

他们让大象背一个塔。他们找来珠宝匠，精心制作了那个塔。那个塔有镀金的、洋葱形的顶，还有簌簌发抖的流苏和铃铛。大象一旦迈开步子，那个塔就像八音盒那样发响。他们卖票，只卖给身高三尺六以下的儿童，太胖的话一个人得买两张票。抓着票的儿童，全部爬到塔里去，可不是没完没了的，一次只能上去十二个

（瘦儿童）。都坐稳之后，有人抽大象鞭子——就是那个叫做伟大苏丹的大象饲养员，他还抓个手铃哩，"坐稳扶好，扶好坐稳！贾姆卜这就起驾！"他又抽又摇，大象动起来，那可真有点儿山崩地裂！十二个瘦儿童又惊又喜，尖叫啦，手舞足蹈啦，他们可从没试过这个！大象从方尖碑走到天鹅湖，那是一程票的路，它得吃伟大苏丹的五百下鞭子，那都算少的，大象贾姆卜是个暴脾气！在天鹅湖畔，瘦儿童全都下来，除非谁再买一程；如果再买一程，就是从天鹅湖，经由猴山、礼品店回到方尖碑，可以从大象背上望见马来貘之家尖顶。大象来回地走。它脾气坏，因为塔底钉子已经划开它背上皮肤，同一枚钉子在同一道口子（实际上一共有十六枚钉子和十六道口子）上来回地划，划得皮翻肉烂。它一疼就生气，就摇头晃脑，用鼻子抽打路过的猩猩笼，它的鼻子可比马来貘的鼻子还要长上百倍！它抽鼻子，把猩猩群拍得发火、捶胸、龇牙咧嘴，但那没一点好处，因为伟大苏丹会立刻抽它、从腰包里掏出 G 型钳夹它的耳朵，G 型钳是木匠用在木头上的，用在肉上，首先搞出一种凉凉的、对剧痛的预感，紧接着，又细又尖又精确的剧痛就如期而至，大象耳朵已经被 G 型钳夹成烂布，伟大苏丹对老板们发誓，那是驯服大象的唯一办法而且小小皮外伤根本不碍事。为了粉饰破破烂烂的象耳，他们给大象盖一顶刺绣头巾，又在它额心粘一颗假红宝石，而塔底新装的围幔巧妙地遮起溃烂伤口和滴答脓血——大象贾姆卜看起来更加壮丽了，它简直是眼下最受欢迎的动物园新星！虽然他们大吹大擂地送它破纪录的五层蛋糕，虽然它也吃了（两个鼻孔里全是奶油），但它一直生气，它愤怒，它不愿卸下它的愤怒，就像他们不愿卸下它背上的塔。后来那个塔就是它的愤怒，精美的瑰丽的愤怒。儿童管它叫"不高兴的贾姆卜"，他们仰着脸乞求："妈咪，今天我可以去骑不高兴的贾姆卜吗？"当苏丹的伟大鞭子啪一声抽在大象肚皮上的时候，儿童就大叫："嗨呀！不高兴的贾姆卜！看你还敢不高兴！"儿童伸出脚来，挑最硬、最利的部分——鞋跟——对准大象背又碾又挤，短鼻腔摹仿鞭子弄出嗖嗖呼呼的响声。

它总得睡觉，对吗？他们总得让它去睡一觉，去阖个眼，对吗？

你是对的蛙，大象总得睡觉。

那么好了。它在哪里睡觉？

在方尖碑灯柱边。那根灯柱总是绑着最多、最应季的花簇——眼下绑的是槲寄生和红丝带——因为那灯柱是"贾姆卜伟大之旅"的起点，需要最隆重的装饰。他们把这行字印在票上：贾姆卜——的——伟大之旅，票是粉色的，字是黑色的，每天八点，礼拜日除外，检票员捏着一大沓粉色票走向灯柱，检票员约翰逊先生，蹬一双亮晶晶、硬得要命的高筒皮靴。那时大象已经到位。它可是一睁眼就到位了。现在就等伟大苏丹。伟大苏丹刚刚刷完大象粪桶，"早上好啊约翰逊先生，"伟大苏丹边打招呼边拆下大象缰绳，那缰绳在灯柱上绑了一宿，"闻到了么？这畜生臭得像屎。""神佑帝国，"约翰逊先生随口一答，约翰逊先生不想多说，因为人潮正沿路涌来，打头的永远是儿童，后面紧跟着他们温柔的妈咪、庄严的爹咄。

他们用槲寄生花簇装饰喷泉尖顶，那里已经不再有水涌出来了。一切简单地变成了冰。他们给冰结的一切绑双层缎带，打蝴蝶结。他们往日本庭园顶上的厚雪里胡乱扔一些红果子，又在它和马来貘之家之间摆一口马槽，然后真的牵来一匹长毛马。一个穿礼拜日套装的小人孩低头检视马槽，抬头问他妈妈："基督宝宝在哪里？"好一个白色圣诞节啊我说。好一个白色圣诞节啊迭亚高说。他们给大象戴什么花了吗我说。

他们在塔顶插了颗大星，每个圣诞乘客都能分到一颗金色糖球。伟大苏丹摇晃一根细链，链坠是一个不断冒烟的球形香炉。圣诞大酬宾期间，伟大苏丹不叫伟大苏丹，改叫东方博士。他每喊一声"追随那颗升起的星！"，就要抽大象一鞭子。香烟缭绕的象塔在雪中移动。大象腿冻成紫色，发肿发硬，流脓。你知道冻疮吗？那东西太要命了。那东西让你的手指脚趾变成一截烂木头，又疼又痒。疼痒到极致，你只能把手脚赤裸裸插进雪里——要么冻掉，要么痒死，你倒是选一选。大象正是生了冻疮。冻疮沿着四条象腿吃上去，把皮肉嚼得稀巴烂。大象疼，痒，愤怒，每走三步就得掀翻鼻子惨叫一声，他们认为大象在为大星歌唱呢，就像军号手那样。大象暴怒，捣乱，大唱赞歌。到处都是节日气氛，大人小孩开怀大笑。

圣诞夜，大人小人孩唱起颂歌。尽管咳嗽声、擤鼻声响个不停，大人小人孩还是喜乐地唱下去，坚持下去。颂歌从东边飘过来。那是大人小孩在天鹅湖草坪唱颂歌，迭亚高说。他跟着哼了半句就不得不重新咳起来。上帝保佑您快活，老爷，没什么能扫您的兴，人们远远地唱着。我说：你进来歇会儿吧，人都去唱歌了。迭亚高拒绝了，怕又被捉住，挨打、扣钱，再说，积雪能帮他降温、止疼止痒。我说：就说你是进来做清洁的。说完我爬到靠墙角的地方拉了一堆屎。

他只好抱了一怀雪，掏钥匙开锁、进来。他条件反射地检查了屎。"达标。"他说。我们靠在一起。他把雪敷在额头上、手上脚上，咳嗽，打喷嚏。我说：听，这首是什么？他侧耳听一阵，说是《我看见三只船》[1]。我们边听边猜，说起炎热地方的圣诞往事。好几首我们从没听过。后来响起《圣诞佳音》[2]，迭亚高抱着我默默流泪。

当晚发生一些奇事。第一件奇事是巡逻员整晚都没出现。长崎和逞仔一起挤在马来貘之家烤火、咳嗽。马来貘打呼噜。丹顶鹤单脚而立，头埋入背羽，羽绒里有它的无边雪国。第二件奇事是八点一刻前后，一个浑身冒热气的东西落进雪地，把丹顶鹤吓得直扑腾——是个小人孩，后背长（绑）一双天使翅膀，手抓一根星棒。她趴在雪里等了一会儿，不得不自己爬起来，拍掉膝头雪，张望一圈，选择走向我们。盆火在远处哔哔啵啵地响。她隔着铁枝问："你们是谁？"——也许她问的是"你是谁"而我擅自加上了"们"——"我是满大人，"迭亚高吃劲坐直，念规定台词，"我来自古老的大唐帝国。"倒是说得轻柔、顺滑，没有被咳嗽或喷嚏打断。

小人孩用星棒扒拉铁枝，"满大人，你在干什么？你也生病了吗？你旁边是谁？"

---

1　*I Saw Three Ships (Come Sailing In)*，传统圣诞颂歌，据悉"最早的印刷版本来自 17 世纪德比郡"。
2　*The First Noel*，传统圣诞颂歌，源自康沃尔郡，1823 年出版的《古今颂歌集》（*Carols Ancient and Modern*）已收录。

"小小姐，这是巨蛙，来自古老东方的明星。"

星星弹奏铁枝。"它咬了你吗？"

"她从不咬人，"迭亚高按摩我低温、遍布疣子的皮肤，他烫极了，他的温度正涌向我，"相反，她需要保护。"

远处有人喊，"卡洛琳——娜——？"

小人孩回了回头，"那是我，"她说，"我得走了。"

"再见小小姐，圣诞快乐小小姐。"

但小人孩站着不动。

"卡洛琳——娜——？"

"我在想——"小人孩说，突然变得扭扭捏捏的，"要是我可以给这只老蛤蟆一点点祝圣就好了。"

"一点点什么？"

"祝圣，就是下午的时候亲爱的神父在柜子后面对有个先生做的事情。那个先生咯血了。"

"卡洛琳——娜——！"

"你计划怎么祝？"

"请问你可以请它帮我一个忙走到我近前吗？"

我撑起身子。我四肢僵硬，但仍挪得动。我向其名飘散于雪夜的小人孩爬去，雪地在她背后柔和燃烧，铁枝将她切割成竖条条，她鬈发是琥珀，她轮廓是天使。她吃惊地盯着我。

"卡洛琳——娜！你在哪儿——啊？"

"小小姐，"迭亚高催她，又咳起来，"你确实该走了。"

小脸拧成一团，几乎被我的丑样吓哭，但还是勉为其难举起星棒。星星钻进来，小心停在我两眼之间。一片黏满金粉、薄薄的五角星。"老蛤蟆，我祝你圣诞快乐，我祝你背个十字架，祝你喝酒、健康、快乐、一切好的。我祝你最好的。"

她望向迭亚高："满大人，我祝完了，现在我真的真的该走了。"她道了别，很快地扭身，翅膀对着我们，一歪一扭踩进厚雪，去和大星下的名字会合。

那确是奇事之夜，我时时忆起。跨过年去，第一个礼拜日，迭亚高冻死在我的牢房，我的身边。我舔着他。他顽抗血源履行了承诺，终生不曾逃跑。没人知道他到底活了几岁。


## 20　北方世界

你足够幸运，长成一个识字的人。有一天，你动身去往北方世界。

陆地向北方翻涌。泥滩，平原，丘陵，山峰，黄土地，白土地。那种黄和白是你看一眼，嗓眼就呛满粉。空气愈发干燥，直至硬成坚冰、黏住舌头。极北之地的坚冰上黏满舌头，都是耐不住渴又缺乏经验的旅人留下的——他们终于承认自己毫无脱身办法，只得割去舌头，匆匆上路。北方世界实在干燥极了，因此不会有泪，也不会有血。

字引你去北方。你虽识字，在北方却终生要做旅人。字记下旅人的死：客死。客死是浩瀚的死中你最为惧怕之一种。因此你学乖，努力在北方世界掩藏旅人本质。

字从北方世界吹来，顺着群山阳面倾泻下来。不识字的却望向泥，望向仿佛绝境的海。还有极少数一种人，把海当作平地走远了。


# 21　我们中的三个

他们把迭亚高抬走没多久，又抬走了长崎。我和丹顶鹤静静注视白布底下、长崎的鼻尖顶出的形状。一个连连咳嗽的大块头番鬼每天早晨进来，取走我结成冰块的屎；日落前再来一趟，往角落扔一桶饲料。同样是这个番鬼，对丹顶鹤、马来貘做同样的事情，因为逻仔也消失了。看不见巡逻员。看不见游客。我记不清是先看不见巡逻员还是先看不见游客。马来貘再也不动了。有一天早晨，大块头没有按时出现，到傍晚放饭的钟点仍然没有出现。后来太阳落了，雪漫天卷着。丹顶鹤饿得踱来踱去，用长嘴敲笼枝，那声音就像有人在远处撬蚝。我从没经历过那种寂静：雪的重量，鹤嘴敲铁的重量，落在纯然的空白上。第三天，我和丹顶鹤都已将空饲料桶吃过五遍，吃得不剩一点残渣。饿啊。饿死了。饿像一种下在肚皮里的雪。马来貘之家周圈的雪已然积得很高。那个黑白相间、冻硬了的尸体快要被完全挡掉了。紧要关头，尸体也是一种肉。我奋力听远方——什么都没有。只有雪广大地落下。雪落向大石砌的街道，落向嘶嘶响煤气灯，落向漆黑铁轨，铁轨向更远方伸去，远得无法听见了：雪切断、关闭了时间。雪落向大河。一条宽大、古老的河。河的臭味冻硬，泊在河上。雪面广大，不着一个鞋印。我想起马来貘吭唏吭唏甩鼻子的模样。十年后我第一次看见橡胶，我说：这东西可真像马来貘的鼻子。

再会，马来貘。愿你梦见火。愿你重新入河怀抱、行向垂垂果枝。


铁门哐一声飞出去，插进雪里消了音。我破笼而出。如果我愿意，早可以破笼而出一万次。我两次射腘，第一次是为试探铰链硬度。我爬出监狱。我从没试过这个：陷入雪中。真是奇。像是在咯吱作响的棉胎里游水——也没那么像。世上再没什么会像陷入雪中。在此之前我特别愤怒、特别饿，可随着陷入雪中，愤怒和饿都消融了。我拱雪、推雪、吃雪、扒拉雪。

丹顶鹤静静看我。丹顶鹤盯着你看时，它的侧脸对着你，它眨眼膜。我射断它的牢房铰链作为回答。大白鸟步入白雪地，慢悠悠地，打一阵抖。现在，饥饿返转来，比之前更狠狠。饥饿变成能量，变成藤条，逼我不要命地沿着月光照不到的雪地一路飞跳。我经过熊熊乐园，发现那其实是一口极深的大井，阿特阿特·阿利亚爱爬的柱子从井中央支起，但这会儿见不着阿特阿特·阿利亚，积雪几乎将井填平。我盲春春入一幢水泥平房，里头布置得像个剧场，一排画满火焰花纹的水泥牢房正对一大片空椅子，牢房里趴着老虎、狮子和它们空空如也、七歪八倒的饲料桶。我挑了第一排偏右某张椅子坐下。我很久没有坐椅子了。我大吃一惊，因为老虎、狮子已经饿成晾在骨架上的皮。我和奄奄一息的陆生君王对视，交换饥饿和悲伤。我受不了这个，很快起身离开。

我饿。我破开雪面，爬过一座座寂静囚笼和里头冻死、饿死、悲伤的尸体。冷血动物逃过一劫因为它们早已遁入梦乡。我追上一匹正在奔跑的长毛马，白气从它外翻的鼻孔涌出来，"你要去哪儿啊！"我竭力发问，它目不斜视，口吐白沫，并未减速。我看见一头直立巨兔，有一个人那么高，前腿缩在胸前，两条后腿弹跳着狂奔。我急切地想要分享这一奇观，但迭亚高已经不在了。我一头撞进他们存放饲料的地方：一间仓房。空无一人。

我最想吃鱼肉泥。但鱼肉泥已经冻成死硬死硬、灰粉色的冰。我继续从货架上扒拉桶。他们有三种尺寸的桶，桶上写了油漆字。好些桶死沉。死沉的桶里都是冰。灰色的冰。粉色的冰。灰粉色的冰。要提防冰。冰会黏住你，撕脱一层皮才可脱身。后来我丢开阴险的冰，去翻墙根麻袋。麻袋都装了什么啊！土豆、面粉、燕麦和南瓜！我一口气吞下十数个土豆、两袋燕麦和半袋面粉，从饿死的边缘掉个头，疾速坠向撑死。撑死的预感把我吓坏了。我趴在仓房砖地上急喘。死神从货架上、麻袋里、桶里、木箱里逼视我，生的、没削皮的、沾着土的淀粉死神。我急急喘大气。我搞不懂人都去哪儿了。

我消化掉一部分食物，吐出消化不掉的一部分。我吐了近五个小时（货架上头有一口挂钟）。我很慢、很慢地吐着；我耐着性子吐，我醒醒睡睡，吐进梦里，三次濒死。我吐成一种张着大嘴、用于辟邪的偶像。等死神的影子行远，我就转移到仓房外面。一个人都没有。我在雪地上吐，边爬边吐，吐出一条导向仓房的路线图。我把能砸的笼门都砸了。动物逃进雪中。每一只都跟跟跄跄、皮包骨头。它们吞下一切能吃的：雪，以及我呕心沥血绘制的雪上地图。

我折回狮虎剧院，往狮虎笼里扔土豆，倒面粉、燕麦。陆生君王盯着我，眼球里关着冷却的黄金、静止的水影和不再起风的稀树莽原。我说：好歹吃点素的。我扔更多的土豆，倒更多的面粉、燕麦，直到饲料淹没它们，隆起似坟包。

人都哪儿去了？

生了巨角的大鹿在雪里发愣。售票厅钟楼檐上挤着一排雪白鸟。小猴皱着眉，紧拥母猴尸体，想不明白。雪面横横纵纵落着印记，禽类的，奇蹄的，偶蹄的，猫科的，犬科的，写♧，写Ψ，写♋，写∞，有的一往无前通往围墙，有的从哪里出来又返回哪里。我爬遍空无一人动物园。我也想不明白。因此我一遍、一遍爬。再一遍。又一遍——徒增困惑。我没有找到大羊驼、大象，或老动物、被桦林保守的围场，没有找到野性黑非洲、皇家鸟舍、天鹅湖或方尖碑，当然也没有老朋友金鸡、白鹇、极乐鸟；这个园子并不像迭亚高所说"太大"，而是正正相反——极小，极拥挤。目之所及尽是水泥和铁——两者组合，达成惊天的荒凉和死意。而雪并不在乎。雪只是目空一切地厚积着。因此就不知道雪层之下是青草、煤渣，或仍是水泥。

我也没有找到迭亚高。我想他们给他准备了坟场，还有十字架和墓志铭，"这里安睡着"——完啦，他们大有可能刻下"这里安睡着满大人"。丹顶鹤滑翔而至，风吹羽毛的猎猎之声大得惊天。它来得那样慢，太慢，催眠了每一只追随它的眼睛；它盘旋不去，愕愕长鸣，呼出白气。

后来，它下定决心。这一刻总会到来：下定决心。它鼓起翅膀，向东飞去。眼睛一下子全醒了。它决心已定：重新成为一只鸟。它要去哪里啊？它总有地方要去，它要克服一些困难。它越飞越小，像每一只飞行着、决心已定的鸟。它平静、坚白，飞越围墙，越飞越小。


煤是退却的树荫。铁是断开的山。钢是上升的碳。汽是落下的铡刀。这是帝国教我的事。

我想找到一个人。没有人的城市怪可怕的。假如能找到一个人，我就远远地看她（也可能是他）。我可不会靠近。我远远地看她一会儿就走。仍然要找一个无人之地待着，好好想一想，为我的未来和末日着想。可是，假如这城里一个人也找不到（这还是帝国之心哩），就有理由担惊受怕。

这是城市。是人的地盘。这是笔直的路。一种中间走马、两边走人的路。这是楼房。这是钟楼，这是钟，人要知道时间。什么是时间？人要知道时间，但人搞不懂时间。这是花坛，全是雪，从雪里钻出来的是草。野草。假如有人，就不会有野草。

这是马车。现在没有马。这是一头狮子，假的，铜胎的。人在露天放假狮子，在笼里放真狮子，为什么？这是广场。是水泥驱逐泥土。也就驱逐了蚯蚓、蛴螬、蜗牛、蛞蝓。驱逐得太多了，只留下水泥和人，还有马——因为人不爱用腿。人首先希望少用一半的腿（他们做到了），然后希望剩下的腿也不必再用。那里倒是有一匹马，头塞进巷子，屁股尾巴对着我。它没看见我。它不甩尾巴，因为这里没有苍蝇。只有雪。

唉，这是喷泉池。又一个喷泉池。现在是一座座冰塔。这是太阳光，静静的，迷惑的。迷惑于空无一人。这是一棵压满雪的桦树。这是垂着不动的帝国旗，它是黄色的，褶子里藏着三头海兽。这是一些马粪，没有人管。这是一个奇怪的矮柱子，我不知道它是干什么用的。这是一大串爪印，像是果子狸的，也可能是狐狸的，它们沿着台阶印上去，台阶尽头是人的门。爪印消失。奇了怪了。

这是一座医院，还用说吗，门柱上挂着"医一院"。这是两条蛇，缠着墨丘利的权杖。这是入门阶、窗台、沿街地下室的窗。这是一个邮箱，里头没有信，只有一肚子雪。

人都去哪儿了？

这是路牌，左指右指。这是一顶帽子，落在雪上。那是一头小鹿，跑过去了。这是窄巷，墙壁是石头砌的，凉爽无味，写满番文，这字写的比小人孩还糟。这句说"你们活该遭天谴"，谁是"你们"？——这句是"谋杀！"——看看这句，脱色脱得快看不清了："娜娜的很松"，那个词我不认识。

这是大空桶。那里有一只猫，哇一声跳走，踢得桶撞在一起乱响。这是纸，贴在墙上，满是番文。各种各样的纸，卷边的纸，破破烂烂的纸，印着人脸的纸。可是人呢？这是一扇怪门，门前雪快积到门腰上了。这是巷子尽头。这是河。

哎呀，这是一条非常、非常大的河。它像珠江。提起珠江，我有点儿难受。珠江在哪里？我的老友都是珠江上面水流柴，而珠江是时间上面水流柴。现在假设所有大河都是珠江吧——所有的河都是同一条，流过不同风景。这是什么河？远处，大得惊天的桥跨河而过。河面很漂着些东西：布，担架，一些纸，半膛棺材。

这是石头大桥。这是拱形桥洞。这是桥的大脚，插进奔流的河。一定冷得要命。这是一条下行的楼梯，也是石头砌的。帝国之心是石头心，插满钢条和水泥柱。

这是紧贴大河的小路。光线变暗三度，空气又臭又冷。这河是钢铁颜色。它的臭味是很复杂的，得花一个晚上好好认识。这是桥洞里头。哎——哟，这个弯拱可真是大极了。这一段路没有雪。路面上嵌着一件圆东西：一个大铁饼。一个开了小孔的大铁饼。臭味从小孔钻出来。

这是一摊篝火，噼噼啪啪烧着。这是一只——什么？它突然横冲出来，呜哇乱叫，龇牙咧嘴，恐吓我。我险些吓破胆，僵在原地，眼珠偏转一侧。它变本加厉恐吓我，脖颈膨大，背毛竖立，咕噜咆哮，嘴唇翻上去，鼻子皱起来。它看起来像狗，很瘦，背上有老虎那样的条纹。

篝火方向有声音说："搜它的身！"

那怪狗立刻嗅我。我吓得要死，硬成石头。它嗅我眼珠、鼻孔、嘴角、后脑勺、后背、屁眼。它嗅我前爪。它身上呢，倒是有一股鸭粪、湿木头混合熏肉的味道。

怪狗猛地扭头："有燕麦味！还有面粉！"

篝火下令："弄过来！"

怪狗用尖嘴顶我屁股。我向前慢爬去，渐渐看全一个怪异景象：桥洞底下，两个动物围篝火蹲着：一只猴子，一只粉头鸭[1]。

"这可太怪了。"我说。

"哪里怪啦？"猴子怒气冲冲地朝火里猛扔一把木屑，"你才怪！你是个啥？"

"一只猴儿，一只粉头鸭，还有一只怪狗，"我说，"在桥底烤火！"

"我是恒河猴！"猴子说。它气坏了，獠牙龇出来。

"我是塔斯马尼亚虎[2]！"怪狗在后面说。

粉头鸭不作声。

"你到底是个什么！"猴子问。

"*Polypedates giganteus*。"

"阿查，它在说什么？"

---

1　*Rhodonessa caryophyllacea*，曾分布于东印度、孟加拉、缅甸北部等地。进入 21 世纪后极可能已灭绝。最后一次未经证实的目击报告约在 1988 年。

2　袋狼（*Thylacinus cynocephalus*）的俗名，被认为已灭绝。有记录称："1933 年有人捕获一只袋狼，命名为'本杰明'，饲养在塔斯马尼亚的霍巴特动物园（Hobart Zoo），1936 年因管理员疏忽，曝晒死亡，此后再没有活袋狼存在的消息。"袋狼本杰明的最后影像留存在互联网上。

"不知道，"塔斯马尼亚虎说，"从没听说过。"

到这会儿我可算是看清楚塔斯马尼亚虎了。它真是怪！它是一种嬉皮笑脸的狗，毛色像烤面包。它的嘴角几乎要咧到耳根去，还有一双尾梢吊得又高又长、因此总像在嘲笑的黑眼睛。

"咱朴实点儿好吗？"猴子用食指抠后槽牙，"可以别整那些拉丁□□□吗？"它用了一个很长的词，一个我从没听过的词，米斯—彻兰—乃斯之类的什么东西，看来它打算跟我来一场词汇量大斗法，要用一串一串豪华的、繁复的、重的长词压垮我。公猴子争权夺利的时候什么事都干得出来。

我不愿蹚浑水，对它的领地或随从都毫无兴趣。于是我另起一行："你们也是动物园跑出来的？"

猴子笑了。它有一双笑起来也仍然平直的眉毛，和一对深深凹陷、深得埋没了眼珠子的眼窝。它转向粉头鸭："看，动物园。这东西是动物园的。"粉头鸭嘎嘎叫，听起来像是喉咙破了。

塔斯马尼亚虎大叫："禽动物园！"

我很有教养地问："我可以烤火吗？"我爬向篝火。我说："我只有一个问题。"我在猴子和粉头鸭对面屁股着地地坐下，用人的姿势坐下：挺着肚子、张开两腿。

猴子和怪狗看着我。粉头鸭问："你有什么问题？"

我说:"人呢?"

猴子、怪狗又笑。粉头鸭没笑。火噼里啪啦地烧,我感觉自己软活了些。大河的复杂气味又被我剥开几层:湿的金属,凝固的屁。

"人被咳嗽病打败了,"粉头鸭说,"人大撤退。"

"人?撤退?诸位屁股所在位置正是人的地盘。"

猴子和怪狗笑啊,笑啊。猴子笑得滚倒在地。怪狗笑得哮喘、舌头歪斜。"人撤退回恐惧洞穴,抱紧自己,"粉头鸭说,它的左脸对着我,"恐惧洞穴是万物的故乡。人走出去太远,忘了本。"

我又问它们从哪儿来、在桥洞下多久了、将来有何打算。粉头鸭摇摇头:"你说你只有一个问题。你问完了一个问题,也得到了一个答案。"

我们在火边告别。大河奔流着。雪已经停了。


## 22  大透明

人新世[1]之前,没有一个活物能想象玄秘宫:它需

---

1  又称"人类世",由保罗·克鲁岑(Paul Crutzen,1933—2021)于
   2000年提出,是一个尚未被正式认可的地质概念,用以描述地球最晚
   近的地质年代,始于公元1800年。

要前所未有的字根、水分和空气。人需要再想想。玄秘宫是地底矿物在人新世的新式联合——经历高温、撕扯、分离、痛击——它屹立地表，俨然天外之物，令人困惑。人远远望着，迎来煞白一刻，一种颅内打闪。等人回过神来，就大量地向玄秘宫涌去。

大量、大量的人。海量的人。当人以那种数量级聚集起来，就跌价。跌成鱼、虾那样的东西。由于玄秘宫通体透明，人能从外面见证稠密的同类如何在它内部流动：像气体一样流动。玄秘宫是人造透明的极限，正如帝国是帝国的极限。起先是沃德箱。然后是后院温室。再然后，人造透明开始生吞更多门类——雕塑，凉亭，电灯，骑兵队，仿真恐龙，月台，意大利水池，丝绸，银山，大炮，像剑鱼标本一样悬空吊起的蒸汽轮船，不时闯入又闯出的蒸汽火车和它辽阔似村庄的蒸汽。远远不够。人正在开发一种低温透明，专门用于贮藏、展览月球。在可以想见的未来，人要用钢铁手臂盗取星体，用比海洋更大、比水滴更小的人造透明贮藏劳碌的行星、飞逝的流星和无星宇宙的寂静。

你从城南的老树浓荫脱身，穿过宪章公园和水库去往玄秘宫。这是盛夏的帝国之心，凉得像年底的广州。雄狮雕像底下有人抗议海底电缆正在毒害他们的生活。若干年前，还是在这个位置，有人扯起横幅抗议战争：广州的，喀布尔的，大沽口的，亚历山卓的，塔拉纳山的。后来有人抗议失业，抗议机器对人的侵略：呜呜喷汽的机器，安静灵巧的机器。大草地上阳光斑驳，有人扎堆野餐，有三驾马车沿宽敞的道路直奔玄秘宫入口。你远望玄秘宫，今天和它格格不入。今天匍匐在它脚下，显得破旧、黯淡——不对，玄秘宫没有"脚"，它是一块四方体的光，压弯了世界的头颈。它透明、沉重。万物自惭形秽，收缩，变成实心。

你想：玄秘宫是为巨人准备的垫脚石——你总得为它发明一些句子以充谈资，而这种句子就是你才能的极致："巨人的垫脚石"——你一路仰望，望进天的最高处，寻找为巨人准备的巨门，但你实心的肉眼只能找到紫色薄云、一些迅速移动的蓝染的阴影。你停下脚步，严肃地审视玄秘宫不可思议的形式——一种无形式的形式。大街小巷正流行一句话：天堂也是透明的。有人把这句时髦话涂在后巷，而大疫病时期留下的警世危言、咒天骂地早已褪色。总有时髦话层层覆盖。人遗忘。人向前跑，摹仿光。

入口之大超出你的期望。玄秘宫搞坏了规矩。在玄秘宫之后，只有超出期望才能让人满意。你从没见过这种尺度的入口，毕竟，哪里有人能在透明中分辨出入口、出口、边界或领地？你滑进去了。一支看不见的乐队正在演奏《威廉·退尔序曲》。你夹紧手杖走着，你发现自己正置身无边的光的监狱，换句话说，你已步入停顿的时间。向左或向右都是一望无尽的光的大道。万国旗帜静静垂立，全部被光淋成落汤鸡。你糊涂了，搞不清这是一块砖、一座城市还是一段时间。你挤过参观者，这里有万国参观者，你开始"参观"，对呀，你当参观，"参观"是帝国发明、推广的新式生活，你参观大炮、骗子的机械、大块头"光之山"[1]、压成薄片的石墨和压进石墨的歌声，也参观美人、驯狮人、抚琴人和喷火人，你向东走，经过水族缸、南美干尸、许多杠杆和飘浮如水体的深蓝华盖；乐队在二楼；两层楼高的望远镜让你驻足不前；你偷听西装革履的背影谈论地震和螺旋桨，观看二十四条蚂蟥在酷似旋转木马的玻璃玩具里预报天气（"明日有雨"），和人群一起，为一个口吐冰块的箱子惊呼起来；你参观了塑料、正在形成的布、一个逐渐显现的幽灵画面（一片模糊树影，一头鬼祟老虎，一些跑来跑去的黑人）；你漠然地经过巨型管风琴和一些雕塑，它们无甚可观，仅仅是特别大而已；

---

1　一度是世界最大的无色钻石，来自印度。围绕它涌现了种种传闻，最著名的一则也许是"光之山的诅咒"："拥有此钻石的人将拥有全世界，同时也将拥有这个世界的所有不幸。只有当拥有者是神或女人时，才能幸免于难。"

你看着那个演员，把一台四轮玩意从这头弄到那头，来回地弄，"那是什么？"你问，已经呆看五小时的绅士扭头回答你："车。"

你穿过气流、电流、声流，不知怎的，它们变得可见，你穿过它们好似穿过一些染成彩色的玻璃珠串；有人拉你的手肘，拉你去参观观念，你毫无兴趣甚至感觉厌烦，欠身离去继续向东，直到意大利花园最边缘的青苔也消融拔地而起的热带丛林直抵光的脆壳。光软化，重回有机状态；光重新是温度、湿度，这些可以理解、可以亲近的东西，这些未经加工的气息和滋味，你一阵晕眩像是中暑又像是往日重临，你看见一头花斑豹穿过萝蔓像一团热蜜流淌，那是你永远遗失在南亚雨林的一点点自我，其余的你已重回文明世界多年。你挨个经过那些野人雕塑，你看得发恼，因为每一种野人都被雕得错漏百出而帝国显然毫不在乎。帝国只在乎发明。帝国梦想重新发明世界。在这个被强光遗忘的有机体之角，在沦为绿衣弄臣的古神的怀抱，你看见我，我、肥大、丑陋、疣疮密布，皮肉无一处平整，呼吸恶臭无比，我就是一座咕嘟嘟冒泡有机粪池，我和我的展台冒犯了你和你的文明世界，你如遭雷击，我对你微笑，你震惊得无以复加，你绕着我看了又看，和导览员攀谈起来，导览员的心肠是水泥管子跑铁浆，他第一万遍背诵湾镇巨蛙传奇，那是我的新主人为我撰写的新名字新故事，我顶着新名字新故事登上帝国大报小报的副刊和报缝，《首都日报》《大河邮报》《星期三周报》……《今日惊奇》除外——我上了那小报的头版。湾镇巨蛙让你热泪盈眶，"我也听说过一种巨蛙，"你忍不住对导览员忆起旧来，忆旧是最糟糕的，可你管不住自己，"在广州——真是恍如隔世——上帝，有多少年了？当时，临江商馆里，每个人都在谈论一头巨蛙，有一头水牛那么大的巨蛙。你刚才说这野兽是什么时间发现的？"

"三年前，"导览员弹着舌头背诵，"在湾镇以南人迹罕至的沼泽地。"

你陷入沉思，"后来，我从广州去帝汶。在那儿得了痢疾。你知道痢疾吗？"

"知道，先生。痢疾。"

"你不会想得痢疾的。你叫什么？"

"约翰，先生。"

"约翰。你是哪里人约翰？"

导览员白得刺眼的眼白闪了一下，"加尔各答先生，我生在加尔各答。"

"加尔各答——"你重复，你猛吸林间空气好像真的吸进了一些加尔各答，"我怀念加尔各答，"你说，"我的青春在加尔各答埋葬。"

"我的也是，先生。"铁石心肠的约翰说，又一波游客涌入树林，像雨林游击队一样从四面八方包抄，隔开了你和约翰，和我，和你的广州帝汶加尔各答回忆，越过各式各样的帽子，我看见你眼含热泪，朝我们，或只是朝约翰举了举手杖，你转身离去，淑女们尖叫起来，"快看呐！它是活的！""是的太太，"约翰说，"活的。"然后是湾镇巨蛙传奇、更多的大呼小叫和叹息，"世上唯一一头巨蛙！它不孤单吗？"太太们泪眼汪汪，"它有别的朋友吗——除了你之外？"从开馆到闭馆，约翰要讲一万遍湾镇巨蛙传奇，一万遍，你能相信吗？而蒸汽火车每天进站三次，排出一肠子乘客，得意地大叫，跑走，奔向强光外的新世界，那里生命溶化，无机物蒸蒸日上要做新世代之主。而我们这些生命，不能太冷也不能太热，不能太干也不能太湿，不能太晒也不能晒不着太阳，不像寰球伟大死物，任人摆布，颠簸不破，只需定期擦灰。半夜里约翰冲野人雕塑吐口水，冲酒椰树撒尿，天亮之后把尿骚味怪在我头上，"没法子，这就是野兽，"约翰对前来探视的教授耸耸肩。出借期结束，我头也不回地爬进我的旅行包厢——湾镇巧手木匠樱桃师傅精心打造，改造自一个二手兽笼，马戏团班主吹嘘它关过大象——配有天窗、侧窗、饮水槽、草垫、提供湿度和野地风情的蕨丛，还有我最爱的布偶罗斯玛丽小姐。教授拍过我的下巴（像往常一样，两下轻，一下重），退出去，钻进马车厢。埃文扬鞭。老马尼克、松鼠和橙子争相喷气，撒开蹄子，直奔湾镇。

湾镇好极了。雪达犬沿蛮荒海崖奔驰，教授远远跟着，用哨声指挥它。空气闻着像岩石，像松露。每一块构成湾岸的黑色圆石都曾被维京长船碾得咯吱发响。湾镇留存着帝国无助的幼年期，留存着帝国的恐惧。海崖那边，草坡向灰色大海倾斜，满坡的史前石屋酷似地鼠洞，那是幼年帝国对风的恐惧。无桥无路的大沼泽是对死的恐惧。地底骸骨和它们胸前贝壳是对遗忘的恐惧。

教授书房里摆着全家福照片，被摄影术摄住的一家五口现在只剩教授还活着（其他四人都咳着嗽，被咳得同样厉害的死神领走了）。照片旁边有一块美妙的海百合化石、一些陨石和冷却的"地球之血"。逢礼拜二、五，一位看不出年龄的女士从西边过来替教授录写：他踱来踱去地念，她右手支脸左手运笔地记。

湾镇好极了。每一只动物都有名字，每一株植物都有肖像画。有诗赞美菌丝的绒花，有目光钻探蜗壳的涡旋。时常我像有预感似的，相信湾镇是一切结束的地方。我望着那只岸边苍鹭（它已经站了那么久），想知道河水是不是递给它同一种预言。有翅膀的，有鳍的，或就只是轻，轻得足够御风而行的，海角天涯地寻找激发预感之地。这是奢侈的。世界真大啊。鸟儿都哪儿去啦？

教授说，有一座鸟的坟场。他伏在书桌上说。书桌刚刚收拾好，胆形花瓶里换了新的野花：菊苣、矢车菊、野萝卜花。教授白发蓬乱，膝上盖方格羊毛毯，实际上并没有看起来那样老。他说话时候像是自言自语样子。雪达犬挨壁炉睡熟。鸟无法预知死期，他说，他年轻时肩背一定很宽的，现在萎下去一点，话说回来，谁也不能啊，有时鸟飞着，死落在它背上，把它踩了下去，鸟啊，死着，坠着，掉进鸟坟场，一点声音没有，因为坟场里厚厚地铺满鸟，软绵绵的，像小提米的床铺。小提米让雪达犬支了支耳朵，眼睁开又慢慢闭上。教授旋上笔帽，起立。你想出来吗？他回头问我。他的膝盖能精准预知雨天。我奋着嘴角，一动不动。行吧，他说，你先泡着，一会儿我回来换水。他捏起那叠纸。雪达犬弹起来，拼命拱他腿肚子，行啦，他笑眯眯地说，嗨呀，咻，去，他俩推推拱拱走到门边，他想把羊毛毯挂好，可狗又拱他，好啦！他说，羊毛毯就地一撒，和狗一起，推推拱拱地走远了。

## 23  赤膊阿炮稳坐船头

赤膊阿炮稳坐船头，浪颠不落，风吹不落。身后是菊花、山茶、金桔堆置的丛林，迎风飒飒响，间中有竹笼，画眉、蜡嘴叽哇鬼叫。船底疏铺一层石，本地金钱龟、水鱼向石面任意爬。此一条锦绣舢版仔，香枝颤颤，巧舌哴哴，向东剪浪而去。

江面撒满船，好似油锅煎芝麻：单桅、孖舲、三扒、四往、点出巨眼大开尾。船头巨眼有讲究：渔船眼珠向下望，望网网有鱼；商船眼珠向前望，望一路顺风。江风劲吹。船头阿炮眼观六路耳扫八方，开口叹："哎呀！新凤记居然捉到只金鸡！"

新凤记，连船带货，精神爽利斜插过来。她脚边大笼内装载金鸡。另外有鹧鸪、竹鸡、马骝等等，全部被金鸡光芒压得糊里糊涂。金鸡的确抢眼：连尾长三尺几，头顶喷发金光，虎纹领巾，一炉火红铁浆从喉底浇到腹底，背上翅上层层蓝绿珐琅点睛。向林中飞跳时候，真正干柴烧烈火，勾魂摄魄；静立枝头时候，黄金眼瞳心一点黑，又是霸王孤高。而今虎落平阳困入笼，干柴烈火泼湿，长尾抻出笼外失魂。

船不如新凤记快，货不如新凤记好，阿炮却是滋悠淡定。满载万物的快船争相逼入黄埔。蓝天底升起桅杆森林，密麻麻索具大幅垂落，似藤蔓勾勾搭搭、缠绵不绝。帆是大白门，远远地，开在天边。更多时候，门合起、卷起、绑起。门鲜鲜历过千山万水，暂时收心。收心的门成百上千栖在黄埔港湾，那茫茫森林、门和水影，令阿炮相信黄埔就是世界的尽头了。人家说珠江在黄埔发力掬气[1]，掬胀，掬深，掬出一响巨屁，向南一轰，连江带屁轰入咸水海——咸水海，勿接近，那是真正大门，开向无边无尽游增地狱呀。

　　两侧沙田退开去，琶洲塔退开去，声和浪兜口兜面扑来。西洋大商船轰然而现，一条船就是一声雷。船腰、船楼上挤满摇手臂、发怪叫的番鬼，码头上亦挤满。沿岸栈房大门洞开，鬼由内间荡出来。照旧有三五个差人蹀来蹀去。艇家个个发狼，寻找制胜曲线，贴近巨船兜售百货。群艇循着秘密节奏律动，一散一聚突显敏捷、优美。湾面已无缝插针。密挤挤舢舨竹排嘬紧大船，好似水蛭嘬肉。热粥、柴鱼干、汗、鸡屎和素馨花的混合气味一浪浪拍打船壳。船壳边缘，无数多毛手臂蠕动，万国的番鬼手臂！臂上刺大船、海图、裸女、怪物及各式番鬼兵器，是为精妙肉卷轴。有个有心人，将肉卷轴逐一钻研，竟成世界第一饱学之士。万国的刺绣

---

1　[粤方言]憋气。

手臂降下吊篮、吊桶、吊笼等等各式容器，等到摇摇晃晃回收时候，容器已被水上百货塞满：腊肉红糖米酒，盆栽花木笼中兽。利爪抓出血痕，马骝尖叫，鸡鸭打滚落水，花木静英英，盆土大声倾泻。

当日黄埔水面唯一金鸡，亦被推向汹涌人头上，赤星流火，将万国的眼珠点石成金。无数手撕它、抢它，令它开张，成一大字，于是它的霸王傲气无论如何无法维持。它发一种厉鬼啸叫，黄金眼滴血，手仍然抢，仍然撕，烈火色羽毛扬出来，琅琅彩羽毛扬出来——阿炮才知觉，它的一切羽毛会在日光下发射金属闪光——然后是花斑长翎，然后是层层叠叠短羽绒……唯一金鸡当场碎散，似祭祖日子锦地开光大盘碎散。番鬼闹。艇上男女被血、屎淋湿头，亦闹。有人即刻跳水，争夺四散的花斑长翎。

阿炮看得开怀大笑。笑饱，通身放软，瘫作一截船底缆，一对桃花眼瞟来瞟去。金鸡的热闹既完毕，他就可以专心望那个同他一艇之隔的疍家妹。"芜女！"他叫她一声，"记得我吗？"

疍家妹无回响。

乱糟糟船艇渐平息，恢复成微颤大地。阿炮笑微微望芜女，心神荡漾，一下子就荡返某月某日午后花场。午后花场，蝉音浩荡，花香硬静。几个绿釉大缸上还贴着旧年挥春。花木仓门闩起，竹帘放低，地面铺张烂席。芜女发髻松乱，汗浸黄泥，在花木丛中戆然地摇。

某个瞬间，她望向一侧——可能是望向墙根那撮酢浆草花——突然真心一笑。无人看见，也无人在乎的真心一笑。

窗外葵荫里，一对非常青春小姊妹正在踢燕[1]，莺莺艾艾叫着。

# 24　海湾

最后十年我睡在一口旧澡盆里。那是我的澡盆时代。至此，我的历史已完成七分之六。我的名字，三吋来长的累赘，也清减成简短的"湾镇巨蛙"。他们说，越简单，越神秘。

澡盆是橡木拼的。深夜时分，拼缝间偶有微光涌动，泄露了母亲仍在为这世界做工的秘密。更多时候，是教授暗哑的陈年皮屑自缝间释放气味。我听说智人中的智人，"智者"，皆爱澡盆，那不是没有道理的。

我不排斥同人造物发生关系，甚至允许它们深沉地

---

1 ［粤方言］毽子。

与我同在：我用人造物命名我回忆的各章——除了"沼泽时代"。沼泽时代在湾镇南边的大沼泽深处拉开序幕。时间在大沼泽深处有丝分裂、单性生殖、自己和自己抱对。教授（准确说是他的雪达犬）就是在那没边没际的温柔乡里发现我的。他正在遛狗，我正在纵欲。相遇发生了：倒霉狗一口咬住我的后腿。

沼泽时代就此结束。我甚至搞不清它是短暂、漫长还是不短不长。它放浪形骸、荒唐无度，像黑洞，像月球暗面——你总得允许一头传奇野兽拥有一些个暗面。起初，教授一门心思要在澡盆里复制我的"生境"：他以为我是那种没见过世面、娇生惯养的沼泽土著哩。他把大沼泽挖回来，每次挖一点，铺浅浅一澡盆，让我泡着、养伤。后来他循序渐进地用舒茵河水稀释大沼泽含量。舒茵河同他家门前小路平行，斜斜贯穿湾镇。稀释工作进行得缓慢、小心翼翼。九个月过去，我和狗成了朋友，澡盆里百分之百的舒茵河水也成了五种大沼泽植物的新家。教授画夹里添了好些湿生植物彩绘，模特儿全数来自我背部的巨壑深渊。他画起来近乎少女手笔。采集自我皮上的生物足以攒出一个博物学小品，它们也确实以小品形式问世了，在他去世之后。题名《蛙背上的森林》。

我喜欢这个人。我们初相逢时他已是老人。他也是业余博物学者兼画家，能替镇上牲畜接生，会一点儿木工活，能烧陶、吹玻璃，懂得修锁修钟表，通晓夜空的闪烁秘径。他的手柔软好似无骨，他吃得很随便甚至常常忘了吃，他的正业是地质学。他说地质学就是研究地球的一生。

——他说"地球"，从不说"世界"。我还从他那儿听来好些个——上百个——闻所未闻的词、闻所未闻的万物的别称，以及更多闻所未闻的万物，那些长埋地底、难见天日、刻画于岩页的万物。那些词属于另一本书，此生已无暇翻阅。多么遗憾——那样的词和书还有无穷。

多么短。多么遗憾。 ——"地球的一生有多长？"——"哎呀，别上来就问这个。"我泡在澡盆里（水面漂着一片浮城：澡盆生物的繁忙世界），听他走来走去念"心得""研究""思考"。埃莉诺也不止是抄写机。她打断他、质疑他，他们辩论起来，他很容易结巴，但结巴不代表什么，他的头脑总比他的口舌快。他或她的声音都是雪达犬的上好摇篮曲——这就是我和那狗永远成不了灵魂之友的原因。

狗和我，我和教授，教授和狗——我们三个循着湾镇边界走，无一个抓锁链，无一个戴镣铐。教授也不抓手杖，他抓地质铲。他还斜挎一只帆布包，包里掉出什么也不该吃惊：放大镜、针线、瓶装乙醚、绮丽蕨叶、红色鸟蛋、一截硬骨头。我知道人和狗的结伴漫游始自万年之前，万年之前，人和狗就像他俩这样，走过幽林、群山、炽热或冰封的陆地。那时地球表面就像蛤蟆背。我们循着湾镇边界走：舌头般的苔藓地，肥沃沼泽，海崖，银白溪谷。教授敲、挖、凿，使深埋的时间喷涌；雪达犬对一切时间都要闻上一遍。

多么短啊。太短。

我预感到湾镇就是终点。应该这样对待终点：巡逻、细究、牢记。有时我领会到老。我领会到那个变老了的、同我隔河相望的死神。我俩都有点儿不计前嫌的意思。那时我才意识到，死神是另一头怪物、单型种、天涯独行客。死神掌握了各种各样打发时间的细艺：打水漂、观鸟、掷骰子，它最喜爱的恰恰是最古老的。我领会到仍在天空凝望我的那只巨眼，那只倦眼，极易被风拉长，拧成一道疤。

可是，什么才算老？教授认为银河算得上老。越来越频繁地，我脑子里落雪，落蚝灰。那是一种先声，声明冯喜要来了。冯喜总是裹着雪暴、蚝灰和帆影来。在他活过的时代，帆密得像五月横扫哈德逊湾的雪雁。那个时代也终于像哈德逊湾，冻结在远离地图中心的苦寒之地。冯喜驶向何方、死在何地？冯喜不作答，只一遍一遍回来。

有一天，教授拉开书桌抽屉，取出一口扁盒。一方大玻璃居中地嵌在盒盖上。"小伙子小姑娘，看看，"他招呼道，书房里只有他和我和狗，"这些可爱、可爱的东方蒒纸画，"他慢吞吞开盖，取出里头发着微光的东西，"蒒纸，看看这些，用蒒树纤维做的纸。"

他一张、一张看过去，那些纸上有蓝蔼蔼珠江、珍珠灰海皮商馆、十三支旗杆；有长辫子省城人，抬轿、卖鱼、斗鸡，有花船、罟仔、舢舨，有鸬鹚，有一条大鸭船，"多有意思啊，你们看看，"他嗅着，看着，"呶，这一幅是我至爱，"他冲我们举起那片薄薄的光，像举起一片水——

一株甘露藤生在水心，生在光的湍流里，三枚极秀丽汉字陪伴它、解释它，相伴相随，就不觉孤单，"一棵佛陀灯台[1]，"他快活地说，"出自东方画家手笔，你能看到一点梅里安[2]，一点奥杜邦[3]，然后就是大面积的陌生，这可真妙，小伙子小姑娘，陌生是一切美好的源泉啊。"他笑眯眯凝视那画，忍不住轻轻摩挲起来。

---

1　甘露藤和佛陀灯台都是玉叶金花（*Mussaenda pubescens*）俗名。

2　Maria Sibylla Merian（1647—1717），画家、博物学家，《苏里南昆虫变态图谱》是她留给昆虫学和植物学等领域的重要贡献。

3　John James Audubon（1785—1851），画家、博物学家，作品有博物学图鉴《美洲鸟类》、《美洲的四足动物》。

另一天，推开书房门的不是教授，而是埃莉诺。她通身黑色。我和狗抬起上身望着她。狗那样安静，仿佛和我同样理解、熟悉那种黑色。


## 00  冰


新世纪前夕，一个普普通通的隆冬下午，一件巨型包裹从湾镇发出，收件人是帝国自然博物馆无尾目部门主任斯汀博士。每个经手的邮政工人都坚称那包裹是一块巨冰，一块用蜡布一包、用麻绳一扎就寄出的巨冰。时隔多年，他们还是被那回忆冷得牙齿打战，活像打着赤膊坐在冰窖深处嚼冰。

还有一封信随同巨型包裹寄出。当收件人，也就是斯汀博士本人，在另一个普普通通的隆冬下午捡起信时，立刻被纸张的温度和硬度吓了一跳。来信稍事寒暄就直奔主题，先描述"冰块"（"封存着雌性湾镇巨蛙尸体，品相完好，我们猜测它死于衰老或孤独"），后陈述捐赠"冰封蛙尸"的意图。行文之低温、清晰与坚冰无异。

那么冰块呢？

没有冰块——任凭斯汀博士，和他的副手，和警局干探们掘地三尺——没有冰块。邮政工人的证词让这桩怪事勉强挂成失窃案，不致沦为恶作剧。今天，你去帝国自然博物馆无尾目厅，走到"脊椎动物的比较解剖学"和"蛙螈[1]标本"当间，即可亲自检视那可疑信笺——支棱在一口普普通通的玻璃柜里，被一束黄光照着。

2020 年 5 月初稿

2021 年 6 月终稿

---

1　†*Gerobatrachus hottoni*，距今约 2.9 亿年前的古生物。2008 年人们在美国德州发现蛙螈化石。

# 后 记

2017 年，翻画册偶遇一幅水彩花蝶：19 世纪中叶，24.5×32 厘米，一枝红芙蓉坐镇，蛾蝶傍花翻飞。材质标注"蒗纸"。

尽管是复制品，柔腻晕色、朦胧阴影、仍在颤动的触须还是让人过目难忘。人们未必能在大自然手里找到画中昆虫的实存对应。好像同时被真实法则和虚构的天性拉扯，画师向虫翼大小的时空倾倒梦中所见。画师生平已不可考，唯留商号"煜呱工坊"。几乎是立刻，霓裳昆虫唤醒了它们的南宋同侪——翻飞在《艳艳女史草虫花蝶图卷》静谧、褪色的低空，发着嗡声，发着螺钿光泽。《图卷》安躺上海博物馆，艳艳女史的身世则散佚人间，仅存片语只言："任才仲妾艳艳，本良家子，有绝色，善着色山。才仲死钟贼，不知所在。"(《画继》)

这类不期而遇，足以掀起一阵阵心灵微风（有时是狂风），但要连成地基以成全一种稳定建筑，却还未够。关键的打火石降临在2018年底：一是粤英词典《通商字汇》（1824年），二是Martyn Gregory Gallery系列"中国贸易画"收藏。前者无疑是一口方言生态缸，一个幽灵魔盒，其中最生猛强劲的词破壳而出，啸叫着，胁迫我开辟一段时空供它们称霸；后者则将我引向广州关氏兄弟、乔治·钱纳利、奥古斯特·博尔热，以及更多四海飘零的画作：执笔者用光阴稀释颜料，使一瞬的珠江拥有永恒面容。

后来我们追逐珠江。我们有橡胶轮胎、数字地图，但依然难以遍历珠江。我们游历"内城""西城"并养殖一种新地层，它是《广州城坊志》（黄佛颐）和2019年广州的乘积，或二者的液态夹层。受惠于《粤海关志》（梁廷枏）、《广东十三行考》（梁嘉彬）、《广州贸易》（范岱克）等著作，我远眺过一种"十三行"，一种蜃景，而2019年夏天的十三行路上人来车往，黄衣骑手飞驰，大捆大捆批发服装堆满板车、从依维柯半敞的尾厢流泻。江岸拓宽。新的故事发生。地名是一种化石。来回搭轮渡，从西堤码头到昔日河南岛，从黄沙到金沙洲，直到江岸风景渐渐返祖。沿花地河岸慢走：水泥步道，周末钓手和他们的蓝体白盖小钓箱。从一只夜鹭想象一群，想象它们神秘的群集之地。烈日之下，黄埔古港的虚影自南海神庙古树荫涌现。

追逐珠江，追逐它的水道、出口。天后宫总是面朝江海，总是和黄昏一同到来。开错路。绕路。开到"重地！闲人禁入！"牌子前。在漠阳江边目睹三种并行的时间：岸上，岛心，江中。年迈的妻子（也可能是姐妹）单侧划桨，于是舢板打起圈来，年迈的丈夫（也可能是兄弟）得以长久地回收他的网。网是尼龙的、晶白的、无尽的。每一截新出水的经纬都可能附赠一尾鱼。在古老的时间之河打转，和落网的不确定性日日相伴。庙树：榕、木棉、海红豆。感受土地如何在鞋尖前终结，记住那种终结并随后而至的叹息。用眼睛，在狮子洋面增加一艘广式帆船的重量和体积。知识压向现实，像二氧化碳压向水。

到 2020 年 5 月初稿完成，巨蛙已是我的旅伴、同桌、室友。我们一起行过真实和虚构的珠江、它流经的真实和虚构的土地、它汇入的真实和虚构的大洋。两种光景以双重曝光的形式相印。幸运的是，那头不存在的两栖怪兽比我的血肉之躯走出更远。

巨蛙的故事受惠于前辈学人和艺术工作者的心血成果，他们是另一维度的冒险家，朝向幽深的未知海域。清单还包括但不限于：《广东新语》（屈大均）、《粤讴》

（招子庸等）、《疍民的研究》（陈序经）、《东印度公司对华贸易编年史（1635—1834）》》（马士）、《广州十三行》（孔佩特）、《广州番鬼录·旧中国杂记》（亨特）、《近代西方识华生物史》（罗桂环）、《澳门记略》（印光任、张汝霖）、《澳门学：探颐与汇知》（金国平）、《普塔克澳门史与海洋史论集》（普塔克）、《早期澳门史》（龙思泰）……仰赖这些求真、求实的耕耘，虚构之蛙获得了水源和大地。部分人物、动物、无机物角色有着相应历史原型或参照："H"脱胎于19世纪上半叶英国东印度公司商人群像；大象迪迪受1706年一则大象死亡事件（4月27日，苏格兰邓迪）启发而生；押运巨蛙的世界号以邦蒂号（HMS *Bounty*）为"模式种"，后者在1787年至1790年间服役，焚毁于一场哗变；如此等等。

旅程已经结束。有时我会想念远方巨蛙。也会想念篝火旁的袋狼、猕猴、粉头鸭。一种被称为"自然"的巨大整体正以肉眼可见的速度消逝，短促的我们只来得及取一瓢尝。

2021年7月10日

图书在版编目（CIP）数据

潮汐图/ 林棹著. -- 上海：上海文艺出版社,2022.1(2025.6重印)

ISBN 978-7-5321-8014-1

Ⅰ.①潮… Ⅱ.①林… Ⅲ.①长篇小说－中国－当代

Ⅳ.①I247.5

中国版本图书馆CIP数据核字(2021)第198412号

发 行 人：毕　胜

责任编辑：李伟长 张诗扬

封面设计：陈威伸

内文制作：燕　红


书　　名：潮汐图

作　　者：林　棹

出　　版：上海世纪出版集团　　上海文艺出版社

地　　址：上海市闵行区号景路159弄A座2楼 201101

发　　行：上海文艺出版社发行中心

　　　　　上海市闵行区号景路159弄A座2楼206室　201101 www.ewen.co

印　　刷：上海盛通时代印刷有限公司

开　　本：889×1168 1/32

印　　张：9.125

插　　页：4

字　　数：152,000

印　　次：2022年1月第1版 2025年6月第11次印刷

Ｉ Ｓ Ｂ Ｎ：978-7-5321-8014-1/I.6352

定　　价：58.00元

告 读 者：如发现本书有质量问题请与印刷厂质量科联系　T:021-37910000